D1719573

Das Phantom sucht seinen Mörder

Ein Reader zur Kulturalisierung der Ökonomie
Herausgegeben von Justin Hoffmann und Marion von Osten
für die Shedhalle Zürich

b_books Berlin

Impressum:

Das Phantom sucht seinen Mörder
Ein Reader zur Kulturalisierung der Ökonomie
Verlag b_books Berlin

Redaktion: Justin Hoffmann, Marion von Osten
Lektorat: Sabeth Buchmann, Stephan Geene,
Katja Diefenbach, Kirsten Riesselmann, Ela Wünsch

Satz und Gestaltung: Peter Spillmann
Umschlaggestaltung: Marion von Osten
Belichtung: Salinger Zürich
Druck: Albdruck Berlin

© 1999 b_books Berlin und Shedhalle Zürich

ISBN 3-933557-08-9

Inhalt

Phantome und ihre Mörder

Justin Hoffmann, Marion von Osten

Eine Einführung

Die Verschiebungen im Verhältnis von Kultur und Ökonomie, die auf der einen Seite mit postfordistischen Arbeits- und Produktionsformen, mit Deregulierung, Privatisierung, Neuer Armut und der Ausweitung der Weltwirtschaft in Zusammenhang stehen und auf der anderen Seite Effekte auf Kunst und Popkultur und deren Produktionsbedingungen zeigen, sind der Ausgangspunkt für die Zusammenstellung dieses Readers.

Das Programm der Shedhalle Zürich stand 1998 unter dem Thema "Ökonomie", und die Überlegung, dieses Buch herauszugeben, ist aus unterschiedlichen Bedürfnissen, wenn nicht sogar Notwendigkeiten, entstanden: Zum einen scheint aus der Perspektive der Kunst nichts so fern wie die Ökonomie. Diese Trennung baut auf einer kulturgeschichtlichen Tradition innerhalb kapitalistischer Gesellschaften auf, in der die Ökonomie die rationalisierten, funktionalen und Kunst die nicht-entfremdeten, emotionalen Tauschverhältnisse repräsentiert. Unter einem adäquaten kapitalismuskritischen Engagement von KünstlerInnen stellte man sich daher bis vor Kurzem noch eine aufklärerische Plakatproduktion oder sozialistische Propagandamalerei vor. Im Jahresprogramm'98 ging es uns aber gerade nicht darum, Antworten auf das Problem der Verortung der "politischen Kunst" zu geben, als vielmehr die Kategorien "Kultur" und "Ökonomie" an sich zu befragen, um daraus Schlüsse für eine künftige Kulturproduktion ziehen zu können.

Das Wirtschaftliche ist, unter dem Deckmantel des sogenannten Neoliberalismus, zum Paradigma für kulturelle, staatliche, städtische und bildungspolitische Entscheidungen geworden. Darüber hinaus ist die zunehmende Bedeutung kultureller Prozesse und Images im Spätkapitalismus durchaus auch ein beredtes Zeichen für die gegenseitige Bedingtheit von Kultur und politischer Ökonomie. Die Betrachtung der Relation von Ökonomie und Kultur birgt zunächst aber auch die Gefahr in sich, die orthodox-marxistische hierarchische Struktur von materieller Basis und ideologischem Überbau zu übernehmen und zu revitalisieren. Dabei will dieser Reader gerade der wechselseitigen Beziehung zwischen diesen beiden Bereichen nachspüren. Die Frage ist: Können wir überhaupt noch davon ausgehen, dass Kultur und Ökonomie ein Gegensatzpaar sind? Und wenn wir diese Frage letztendlich nicht eindeutig beantworten können, haben wir es dann mit einer problematischen Vernebelung vormals klarer Konturen zu tun oder aber mit der Demaskierung eines Phantoms?

Der Beitrag von Stuart Hall liefert zu diesen Überlegungen einige grundlegende Hinweise. Die postmarxistische Diskussion um die Frage, ob Ideen und Vorstellungen allein durch die kapitalistische Zirkulation bestimmt werden oder aber nur Besitz einer bestimmten "Klasse" sind, nimmt die lange Debatte um "das richtige Leben im Falschen" auf. Halls These erkennt eine gewisse eigenständige Entwicklungsmöglichkeit von Kultur innerhalb des vom Kapitalismus gesetzten Rahmens durchaus an. Dieser Text, der bereits in den 80er Jahren im Englischen publiziert wurde, stellt aber keine aktuelle Tendenz zur Disposition, sondern fragt nach den Instrumenten der Analyse und deren Möglichkeiten und Grenzen. Hall entwirft einen postmarxistischen Ansatz "ohne Garantien", der als Grundlage der Diskursanalyse und somit als ein Plädoyer für die Analyse von "Kultur" im weitesten Sinne gelesen werden kann, in der die Ökonomie ein Diskurs unter anderen ist und auch durch "Kultur" bestimmt ist, welche wiederum nur innerhalb ihrer ökonomischen Verhältnisse gedacht werden kann.

Maurizio Lazzarato verweist in diesem Zusammenhang auf die zentrale Bedeutung der Kulturalisierung der Ökonomie im Postfordismus für das Fortschreiten der gesellschaftlichen Transformation und des linken Projektes an sich. In seinem Text über die "Europäische Kulturtradition und neue Formen der Produktion und Zirkulation des Wissens" kritisiert er die Positionen europäischer Intellektueller und KünstlerInnen, die die Autonomie der Kunst gegenüber der Politik und Ökonomie weiterhin zu verteidigen suchen. Lazzarato hält diese Position für "schwach" und "eurozentrisch", denn sie unterschlägt die allgemeine Tendenz, dass Wissen, Kreativität, Geschmacksentscheidungen etc. gerade nicht mehr im Besitz einer einzigen Klasse des westlichen Zentrums sind, sondern durch die zunehmende Bedeutung der Neuen Technologien und der Kulturindustrie eine radikale Demokratisierung erfahren haben. Seine Verweise auf den Ökonom Gabriel Tarde und dessen "psychologische Ökonomie" lassen fragen, ob die gesellschaftlichen Projekte der bürgerlichen Kunst als der "kulturellen Ausnahme" und der politischen Ökonomie als "Determinator" von Gegenständen, Lebenswelten und Ideen vor allem Phantome der Moderne sind.

Dass die klassische, aber auch linke Ökonomietheorie außerhalb ihres auf materieller Produktion beruhenden Rahmens nichts kennt und somit das Soziale und das Kulturelle immer als bereits gegeben und "kostenlos" betrachtet, wird im Beitrag von Elisabeth Stiefel und Marion von Osten diskutiert. Die Folge dieses klassisch reduktionistischen und produktivistischen Ansatzes ist, dass im Neoliberalismus das "Soziale" und "Kulturelle" in die kapitalistische Verwertung geworfen werden, ohne dass das Konzept des Marktes an sich verändert wurde. So werden die Kriterien der materiellen Produktion (Industriearbeit) fatalerweise auf die "außer-ökonomischen" Bereiche angewendet. Diese grundlegenden, (diskurs-)politisch geprägten Defizite sind aus feministischer Perspektive seit Jahren bearbeitet worden. Heute gilt es, die Subjektpositionen der Ökonomie zu analysieren und sie mit den Agenten des Sozialen und Kulturellen in ein neues Verhältnis zu setzen.

Es scheint, dass die Ökonomie selbst in der Transformationsphase von Produktion zu Spekulation ihre klaren Konturen verliert – Fredric Jameson schreibt von einem Abstraktionsprozess des Finanzkapitals (Culture and Finance Capitals, in: ders., *The*

Cultural Turn, NY 1998). Der Kapitalismus beginnt seine materielle Basis, die Güterproduktion, zu desavouieren und entledigt sich zunehmend ihrer Produktionsmittel samt ArbeiterInnenschaft. Der Spätkapitalismus geht längst über die Grenzen des wirtschaftlichen Feldes hinaus und dringt in andere Bereiche der gesellschaftlichen Formation ein. Es sind gerade jene neuen Erscheinungsformen des transformationsfreundlichen Kapitalismus mit seiner Konzentration auf Image und symbolischem Kapital, die ihm den Zugang zum kulturellen Bereich erleichtern. Indem er selbst mit einer der Kultur entlehnten Wort- und Bildsprache arbeitet, kann er mit einem kapitalisierten Kulturbetrieb offensichtlich leichter verschmelzen. Im Unterschied zu Maurizio Lazzarato vertritt die Kunstkritikerin Yvonne Volkart in ihrem Text zu Überlagerungen (Crossover) von Mode und Kunst am Ende der 90er Jahre die These, dass es die allgemeine Tendenz im Spätkapitalismus nötig macht, eine strategische Reakzentuierung der Unterschiede vorzunehmen, um engagierte und kritische Positionen auch außerhalb des marktwirtschaftlichen (Image-)Zugriffs entwickeln zu können.

Im Sinne der Deregulierung und umfassender staatlicher Sparmaßnahmen gegenüber dem Luxusgut Kultur bekommen Institutionen der Kunst heute bereits den Charakter von Betrieben. Sie müssen mit Hilfe von Fundraising, Sponsoring und Einrichtung von Shops Gewinn erzielen oder zumindest einen wesentlichen Teil ihres Budgets selbst erwirtschaften. PoYin AuYoung zeigt in ihrem Beitrag wichtige Aspekte der ökonomischen Profilierung dieser Institutionen und die Bedeutung von Architektur als Imageträger auf.

In welch vielfältiger Weise sich Kultur und Ökonomie verbinden, lässt sich aber auch an prägnanten Einzelphänomenen ablesen, wenn etwa, wie Justin Hoffmann beschreibt, eine Form von Werbung, der Musikvideoclip, im Laufe der 80er und 90er Jahre zum eigenständigen Medium und in jüngster Zeit zum Kunstwerk avancieren konnte. Der Musikclip ist zum Symbol eines aggressiven Kapitalismus geworden, der die Übertragung "westlicher Werte" und seine expansiven Absichten geschickt hinter dem Glamour von Pop und Kultur verdeckt.

Diese "jugend- und subkulturellen" Schnittstellen zwischen Ökonomie und Kunst können durchaus zu einer "Banalisierung" der Kunstproduktion führen, wie Angela McRobbie am Beispiel der young British art und der Genese des Prototypen eines/r neoliberalen KünstlerIn aufzeigt. Dabei verweist McRobbie auf die Rolle, die gerade die prekäre ökonomische Lebenssituation der AkteurInnen in Kunst, Mode und Musik für diese Entwicklung Ende der 90er Jahre spielte. So versuchte die New Labour-Regierung, sich das Image eines jugendkulturell swingenden Britanniens zum Zweck der Popularisierung des neoliberalen Wirtschaftsprogramms zu geben, ohne aber je Existenzsicherungen für die entsprechende Szene bereitzustellen. KulturproduzentInnen können so wieder als autonome Subjekte, als KleinunternehmerInnen mit Vorzeigecharakter, die in der Lage sind, sich um sich selbst und ihre Armut zu kümmern, gelesen werden.

In der elektronischen Musikszene Londons sind aber bezüglich der Frage eines erweiterten AutorInnenbegriffes weiterhin auch progressive Entwicklungen zu beobachten, in denen durchaus neue Partizipationschancen gerade für die migrantischen, schwarzen, asiatischen und indischen Communities zu entdecken sind. Die Debatte über das Für und Wider der Widerstandspotentiale von Popkultur ist aber noch lange nicht abgeschlossen. Die Beiträge von Roderich Fabian und Schorsch Kamerun sind zwei ganz unterschiedliche Positionen aus dem Bereich der Praxis. Dabei stellt Schorsch Kamerum die distanzierte Sichtweise der Kulturtheorie allgemein in Frage. Aber nicht nur in dieser Hinsicht, sondern auch durch die gewählte Textform spielt sein Beitrag in diesem Reader eine besondere Rolle. Nach Roderich Fabian bietet das Internet heute neue Möglichkeiten der universellen, kostenfreien (Musik-) Datenübertragung und neuer Vertriebsstrukturen, die die Musikindustrie bereits das Fürchten lehren. Ihre Reaktion lässt noch auf sich warten.

Entgegen dieser Ausblicke auf eine Demokratisierung von Tausch und Produktionsverhältnissen im kulturellen Feld produziert die neoliberale Politik eine neue Geographie: Neue Grenzen werden gezogen, neue Machtzentren entstehen und Kontrollfunktionen werden ausgebaut. Wenn sich also, wie allgemein behauptet, die ökonomischen Verhältnisse verändern, dann in welche Richtung? Inwieweit werden Interpretationsansätze von politischen Intentionen geprägt und als selffulfilling prophecy schliesslich in reale Verhältnisse umgemünzt? Vor diesem Hintergrund argumentiert der Wirtschaftsautor Res Strehle, der die neuen Freihandelsabkommen und Zollvereinbahrungen der WTO (World Trade Organisation) auf deren Denktradition des "freien Tausches" und der "komparativen Kosten" hin analysiert. Er zeigt, dass diese auf der Annahme beruhen, dass es einen sinnvollen Welthandel gibt, da die Tauschverhältnisse sich an immer gleiche Subjekte mit gleichen Rechten richteten. Dieses "Theorem" eines freien und sinnvollen Tausches wird bemüht, um jegliche Beschränkung des Welt-Handels als eine Einschränkung bürgerlicher Rechte auszugeben. Die Universalismen der "unsichtbaren Hand des Marktes" und dessen abstrakte Demokratieversprechen haben, wie wir wissen, nicht nur fatale weltwirtschaftliche Folgen, sondern sind eine der Keimzellen von Rassismus und Sexismus. Bei der Gründung der WTO gab es in vielen Ländern massenhaft öffentliche Proteste. Res Strehle stellt daher, vergleichbar wie es Yvonne Volkart für den Bereich der Kultur tut, die Frage, ob es einen sinnvollen Protektionismus vor einem entgrenzten Markt geben kann, der nicht gleich der Rechten zuspielt.

Das Ziel der WTO, weltweit die Zoll- und Handelsgrenzen abzubauen, ist der Versuch, neue Machtzentren zu reorganisieren und zu stabilisieren. Im Gegensatz dazu führen gerade Phänomene wie der Shoppingtourismus (Einkaufstourismus) oder die Suitcase Economy (Kofferökonomie) ganz andere Wirtschaftspraktiken vor, die gerne als illegaler Handel, als die Schattenseite der sozialen und politischen Transformation angesehen werden. Die Beiträge von Anna Wessely, Gülsün Karamustafa und Ayse Öncü aus Istanbul und Budapest zeichnen ein ganz anderes Bild von den Menschen, die Grenzen überqueren, um billiger einkaufen oder handeln zu können und gleichzeitig einen kulturellen Transfer herzustellen. Am Beispiel des Forschungsprojektes "Shoppingtourismus" wird deutlich, dass Konsum und informeller Handel auch politischer Widerstand sein können. Waren transportieren mehr als ihren Gebrauchswert, auf der Reise durch unterschiedliche kulturelle Kontexte verändern sie ihre Bedeutung, werden angeeignet und umgedeutet. Der Handel mit und der Konsum von Waren beeinflusst so lokale Gemeinschaften. Entgegen der Vorstellung einer hegemonialen (Bild-) Macht des Westens findet eine Hybridisierung von kulturellen Images statt, die neue Geschmackshierarchien und Codes erzeugt. Andererseits offenbaren sich aber hegemoniale Ansprüche in neuen Aktivitäten, etwa in der Geschichtsschreibung von (Pop-)Kultur, wie Martin Beck in seinem Beitrag betont. Neue Datenträger bzw. Waren wie die CD haben nicht nur zu gesteigerten Profiten der Unterhaltungsindustrie, sondern auch zu einer Festschreibung von historischen Prozessen und kulturellen Wertvorstellungen geführt.

Zum Schluss: Ein Reader über aktuelle Veränderungen im Verhältnis von Ökonomie und Kultur kann nicht den Anspruch haben, alle Fragestellungen abzudecken und beantworten zu können, so vielschichtig sind die gegenwärtig ablaufenden Prozesse. Unsere Intention ist es jedoch, Phänomene aufzuzeigen, die üblicherweise in dieser Weise nicht zusammengedacht werden. Die folgenden Beiträge stammen aus unterschiedlichen Forschungsgebieten, den Kulturwissenschaften, der Kunst, der Popmusik, der Ökonomie und den Sozialwissenschaften. Die Textformen variieren daher ebenso wie die Blickwinkel, die eingenommen werden. In gewissem Sinne spiegeln die Beiträge die unterschiedlichen Positionen des Shedhalle-Programms '98 in den Projekten *SUPERmarkt, There is no business like business, Schnittstelle/Produktion* und *MoneyNations* ausschnittweise wider, Diskussionen, die zum einen nicht auf die Shedhalle beschränkt sind und waren und zum anderen längst noch nicht abgeschlossen sind. Wir hoffen, dass dieser Reader zu einer Kontinuität dieser Debatte beiträgt kann.

Für die Hilfe, Anregung und Unterstützung bei der Realisierung dieses Readers danken wir besonders Agnes Bieber, Sabeth Buchmann, Stephan Geene, Katja Diefenbach, Julia Hofer, Mascha Madörin, Gabriela Meier, Ariane Müller, Kirsten Riesselmann, Peter Spillmann, Elisabeth Stiefel, Res Strehle und Ela Wünsch.

Kunst, Mode und Musik in der Kulturgesellschaft

Angela McRobbie

"Ich wurde nach klassischen Regeln ausgebildet. Diese habe ich längst überwunden. Die Ausbildung war dennoch wichtig, denn sonst weißt du nicht, weshalb du etwas tust und hast kein Ziel…" [1)]

Meine Absicht ist es, hier einige Folgen der "Ästhetisierung des Alltagslebens", die von verschiedenen KulturtheoretikerInnen, u.a. Jameson (1984), Featherstone (1991) und Lash und Urry (1994) beschrieben wurden, aus der Perspektive des Großbritannien der 90er Jahre zu untersuchen. Dieser umfassende gesellschaftliche Prozess wirft eine Reihe von Fragen auf, welche die veränderte Bedeutung der Kunst in diesem Zusammenhang, die Folgen der Auflösung der Grenze zwischen Hochkultur und Populärkultur, das Anwachsen des Arbeitsmarktes der künstlerischen Berufe und die besondere Herausforderung, in dieser Situation noch zu beurteilen, was kulturellen Wert besitzt, betreffen. Diese vier Themenbereiche wurden erst in letzter Zeit als relevant betrachtet. Dabei sind sie von grösster Bedeutung, wenn wir das neue kulturelle Triumvirat – Mode, Kunst und Popmusik – untersuchen wollen. Durch die *Creative Task Force*, die im Juli 1997 durch die New Labour-Regierung ins Leben gerufen wurde, gewinnt dieses Triumvirat unterdessen auch politische Relevanz.

---

1 *"was denkt er, wer er ist, Picasso?" Interview mit Guido, Friseur, Independent on Sunday 15.3.98*

Es liegt nun schon fast fünfzehn Jahre zurück, dass Jameson behauptete, Kultur sei die Logik des Spätkapitalismus. Und auch der deutsche Soziologe Hermann Schwengell legte vor kurzem dar, dass wir heute in einer "Kulturgesellschaft" leben (Jameson 1984, Schwengell 1991). Was also ist mit der Kultur nach dem Postmodernismus geschehen? Wenn beide Autoren rechthaben und die Kultur heute tatsächlich als Motor für das wirtschaftliche Wachstum dient, dann ist es nicht verwunderlich, dass sie zum zentralen Thema für Regierungen geworden ist. Da verschiedene kulturelle Phänomene in der Ausnutzung von individuellen, kreativen Energien globale Märkte suchen und da die Kultur zunehmend mit ausländischen Investitionen (Ford und Davies 1998:2) strategisch verbunden wird, gibt New Labour ihrer Begeisterung für Kunst, Mode und Pop unverhohlen Ausdruck und hisst freudig die britische Flagge. Das Image der Swinging Sixties in London soll wieder neu belebt werden: 1997 erschien auf dem Titelblatt der Zeitschrift *Vanity Fair* ein Bild von Patsy Kensit und Liam Gallagher im Bett, zugedeckt mit dem Union Jack, und Naomi Campbell führte auf dem Laufsteg ein Union Jack-Kleid des Modeschöpfers Alexander McQeen vor. Diese Begebenheiten machen deutlich, was geschieht, wenn kulturelle Praktiken wie Modedesign und Populärmusik von einer populistischen Welle mitgerissen und als Werbung für nationale Produkte für das Ausland genutzt werden.

Diese Art eines scheinbar "harmlosen", "banalem Nationalismus" (Billig 1995) verstimmt vor allem nicht-weiße Menschen in verschiedenen Teilen Londons, für welche die auffällige Präsenz des Union Jacks mit dem Symbol für rassistische Aktivitäten und einer realen Bedrohung ihrer Sicherheit verbunden ist. Die Tatsache, dass der Union Jack auch an der Fassade von Damien Hirsts Restaurant *Quo Vadis* in Londons Vergnügungsviertel Soho weht, ist ein selbstironisches Zeichen dafür, dass Kunst heutzutage sowohl für Kommerz als auch für Tourismus steht und dass der Kommerz selbst Kunst sein kann. Diese Geste passt, wie dies von verschiedenen AutorInnen bereits hervorgehoben wurde, zur neuen Kunstoffensive der *yBas* (young British artists) und stellt eine Provokation für jene dar, die sich als Teil der Political Correctness-Bewegung begreifen. Aber die Welt mit den Begriffen der

Political Correctness zu betrachten ist an sich schon ein Klischee. Es soll jene beschreiben, die Feminismus, Antirassismus und ähnliche Bewegungen als einschränkend und autoritär verwerfen und mit politischen Aktivitäten prahlen, die zwar löblich, aber langweilig sind.

Die Schnittfläche von Damien Hirsts Fahnenbekenntnis und der Bestätigung der Cool Britannia-Initiative durch die New Labour-Regierung, die durch den *DEMOS-Report* (der gedanklich New Labour nahesteht) entstand, um Großbritannien ein neues Image zu geben, stellt den Versuch dar, Kunst und Kultur neu zu definieren, d.h. sie vom traditionellen Image des Empfängers finanzieller Unterstützungen zu lösen und zu einem aggressiveren Werbe- und Unternehmensethos hinzuführen (Leonard 1998). Sie sollten noch britischer werden, aber für den internationalen Markt. Das neue Image wurde ins Leben gerufen, um das altmodische Bild Großbritanniens (John Major mit warmem Bier und Cricket), das eine Modernisierung und Verjüngungskur nötig hatte, aufzupeppen. Tony Blairs tolpatschiger Vorstoss, die Popmusik zu erobern, indem er zahlreiche Fototermine wahrnahm, die in der Ablichtung eines Händedrucks mit Noel Gallagher gipfelten, ging nach hinten los, als das Magazin Musical Express zwei Monate danach, im April 1998, einen siebenseitigen Bericht über die Desillusionierung junger MusikerInnen durch die Politik der New Labour-Regierung abdruckte. Allmählich machte die Überpräsenz in den Medien Cool Britannia gerade für die Personen unattraktiv, welche die Regierung als Paradebeispiele erfolgreicher und kreativer britischer Talente zur Schau stellen wollte - und ohne grosses Aufsehen wurde dieses Label wieder gestrichen.

Während es relativ undurchsichtig ist, womit sich die Creative Task Force eigentlich beschäftigt, ist es dennoch klar, dass eine detailliertere Analyse der Kulturindustrie dringend von Nöten ist. Obwohl grosse Unternehmen ein starkes Interesse an der Kultur zeigen, brennen die kulturellen Aktivitäten an der Basis weiterhin auf kleiner Flamme. Der Aufschwung im kreativen Bereich, der in den letzten Jahren besonders in der Kunst, Mode und Musik seinen Ausdruck fand, entstand während den unhaltbaren wirtschaftlichen Verhältnissen der Thatcher-Jahre. Die einzige und wichtigste Gemeinsamkeit von Design, Musik und Kunst dürfte die allgemeine

Abhängigkeit der KünstlerInnen von Thatchers *Enterprise Allowance Scheme* (EAS) gewesen sein: Alle kämpften in einem Handlungsspielraum, der von Arbeitslosigkeit bis zu selbständiger Tätigkeit reichte, ums Überleben.[2] Über die Zahl der EmpfängerInnen aus Design, Kunst und Musik, die während der zehn Jahre seines Bestehens von 1983 bis 1993 vom EAS unterstützt wurden, sind keine Informationen erhältlich. Es gibt aber zahlreiche Berichte und Studien, die alle auf dessen bedeutende Rolle in der Unterstützung des Frühwerks der *yBas* (O'Brian, zitiert in Harlow 1995), in der Ausweitung des Designsektors (McRobbie 1998) und der Popmusikindustrie hinweisen. Genauso schwierig ist es, in Erfahrung zu bringen, wie viele Personen überhaupt in der Kulturindustrie arbeiten, besonders wenn auch Beschäftigte der Kommunikationsindustrie wie Fernsehen, Presse, Film und der Unterhaltungsbranche dazu gezählt würden. Zwischen den einzelnen Zahlen gibt es riesige Unterschiede, je nachdem, welche Arbeitsbereiche mitberücksichtigt werden; die Quellen stimmen jedoch soweit überein, dass sich Aussagen wie "die Branche ist am Expandieren" und "sie ist in einem extremen Masse auf London konzentriert" machen lassen.(Garnham 1990, Pratt 1997)

Angesichts der heutigen Bedeutung der Kulturindustrie ist es erstaunlich, wie wenig auf diesem Gebiet geforscht wurde. Dieses allgemeine Forschungsmanko erklärt jedoch weitgehend die erwähnten Schwierigkeiten, die die Creative Task Force mit der Formulierung ihrer Politik hatte. Mit der *Job Seeker's Allowance* wurden zum Beispiel seit 1997 junge MusikerInnen, die auf die Arbeitslosenunterstützung angewiesen sind und die sich damit bis zum Zeitpunkt eines möglichen Plattenvertrages über Wasser halten konnten, zu Lohnarbeit gezwungen. In den Augen von Alan McGee, Mitglied der *Creative Task Force* und Besitzer der Creation Records-Plattenfirma, bedeutete dies das Ende der Kreativität in Großbritanniens Musikindustrie.

---

2 *Das Enterprise Allowance Scheme [Programm zur Unterstützung von Unternehmen] unterstützte arbeitslose Personen während eines Jahres mit £40 pro Woche, um ihnen den Weg aus der Arbeitslosigkeit in das selbstständige UnternehmerInnentum zu erleichtern.*

Ohne Arbeitslosenunterstützung wären die jungen MusikerInnen nicht mehr in der Lage, Lieder zu schreiben, zu üben und im Pub herumhängend auf neue Inspirationen zu warten. Nach einer gewissen Entrüstung in der Musikpresse gab die Regierung überraschenderweise nach. Hinter den Kulissen wurde eine Abmachung getroffen mit der Folge, dass talentierte MusikerInnen nicht zur Arbeit gezwungen werden sollen, sondern einen Praktikumsplatz in der Musikindustrie erhalten. Die Einzelheiten dieser Abmachung, die zum Zeitpunkt der Abfassung dieses Essays noch nicht publiziert waren, sehen vor, dass die jungen Talente vor einer durch die Regierung ausgewählten ExpertInnenkommission ihre Kreativität unter Beweis stellen müssen, um sich für ein solches Praktikum zu qualifizieren und die Zuweisung einer weniger kreativen Arbeit zu umgehen, weist auf eine reichlich unbeholfene Sozialpolitik hin. Wird es genug Praktikumsplätze geben, um der Nachfrage zu entsprechen? Wäre es nicht besser, für die potentiellen Talente der Kulturindustrie eine Art neue Version des EAS ins Leben zu rufen? Die Geschichte des EAS war trotz allem kein totaler Fehlschlag: Tricky erhielt z.B. EAS-Unterstützung, als seine erste Platte herauskam, und es gibt zahlreiche weitere Beispiele.

Die Politik ist zur Zeit bestenfalls planlos, willkürlich und wird durch administrative Unklarheiten vernebelt. Schlechtestenfalls wird sie für Publicity missbraucht und je nach Gutdünken spontan aus dem Ärmel geschüttelt.[3] Ich möchte behaupten, dass sich die PolitikerInnen derzeit hauptsächlich für folgende Themen interessieren: a) Wie können kulturelle Aktivitäten, die traditionellerweise vom Staat unterstützt wurden, kapitalisiert werden? Ist ein Szenario von KünstlerInnen, die nicht nur selbständig arbeiten, sondern auch Einkommen erhalten, denkbar? b) Wie sieht eine Unterstützung aus, die es jungen Menschen ermöglicht, sich eine gut bezahlte Arbeit im künstlerischen Bereich zu suchen, um von der schlecht bezahlten Freelance-Arbeit loszukommen, d.h. wie können Personen, die unter der

---

3   *Die Tätigkeiten der Creative Task Force liegen im Dunkeln. Zur Zeit der Abfassung dieses Textes lagen keine weiteren Dokumente oder Stellungnahmen zu den Presseberichten über die 180-Grad-Drehung in Bezug auf die "Job Seekers Allowance" [Unterstützung für Arbeitsuchende] vor.*

Armutsgrenze leben, eine leistungsorientiertere Einstellung bekommen? c) Wie kann der öffentliche Sektor, der traditionellerweise künstlerische und kreative Aktivitäten unterstützte, selbst dahingehend umorganisiert werden, dass er den Veränderungen im Kulturbereich in einer direkteren und einfallsreicheren Weise gerecht werden kann?

Die Ausstellung "Sensation": Kunst als "kultureller Populismus"?

Woraus aber bestehen eigentlich diese kulturellen Veränderungen? Die Ausstellung *Sensation*, die in der Royal Academy in London vom 18. September bis zum 28. Dezember 1997 gezeigt wurde, demonstrierte, wie Arbeiten "junger britischer KünstlerInnen" (u.a. Damien Hirst, Rachel Whiteread, Mark Wallinger, Tracey Emin und die Chapman Brothers) heutzutage zwar einen phänomenalen Erfolg feiern (300.000 BesucherInnen), gleichzeitig aber wenig originell sein können. Dieser neue Trend der Kunst ist nicht mehr nur einer Elite vorbehalten, und ihr Status, nichts Besonderes zu sein, garantiert eine allgemeinere, größere Aufmerksamkeit. Dabei ist es aber nicht so, dass wir nun ZeugInnen einer neuen Demokratisierung oder Radikalisierung im Feld der Kunst würden. Die jungen britischen KünstlerInnen distanzieren sich von jeder Art Kunsttheorie, also auch marxistischer oder poststrukturalistischer Ansätze, die sie während ihrer Ausbildung gestreift haben dürften. Dass Tracey Emin, wie berichtet wird, während ihres Kunststudiums mit grosser Freude Marxismus und Feminismus studiert haben soll, ist teilweise ironisch gemeint: Zu ihren Arbeiten gehört das berühmt-berüchtigte Zelt, in welchem sie die Namen aller Personen auflistete, mit denen sie geschlafen hatte; diese hat mehr mit dem harmlosen "girls just wanna have fun"-Humor des Magazins *More!* zu tun als mit feministischen Vorläuferinnen wie Cindy Sherman oder Mary Kelly.

Damit wird der Ernsthaftigkeit der politischen Kunst und Fotografie der Generation der 80er Jahre eine Abfuhr erteilt. Eine ganze Reihe von Kunstzeitschriften, Museen und Galerien, KulturtheoretikerInnen und KünstlerInnen geraten mit einem Schlag in Vergessenheit. Darunter zum Beispiel *Camerawork*, Zeitschriften wie *Ten Eight*, der einflussreiche Kulturtheoretiker Victor Burgin und auch die Generation schwarzer KünstlerInnen, deren Arbeiten ab Mitte der achtziger Jahre ausgestellt wurden, wie Chila Burmann, Mitra Tabrizian, Sonia Boyce, David Bailey, Keith Piper und der Filmemacher Isaac Julien; sie alle setzten sich bis zu einem gewissen Grad mit Kulturtheorie, Identitätsfragen und neuen Ethnizitäten auseinander. Ausserdem ist von der ganzen Kunstbewegung, die sich um die AIDS- und HIV-Krise bildete, nichts mehr vorhanden. Einige KritikerInnen, besonders John Roberts, behaupteten, dass diese Abkehr von der Theorie zu einem neuen narzistischen und profanen Spiessbürgertum führt, und dies vor allem, seit die von Jameson beschriebene postmoderne Kunst überinstitutionalisiert wurde (Roberts 1998). Der zynische, apolitische Individualismus und die langweilige, wenn nicht sogar geschmacklose Nicht-Engagiertheit vieler dieser Werke (wie die beschmutzte Matratze mit zufällig darauf verstreuten phallusförmigen Fruchtstücken von Sarah Lucas oder das erwähnte Zelt von Tracey Emin) sagte etwas über die Art und Weise aus, wie Kunst heute verstanden wird und wo sie sich verortet. Ich stimme in dieser Hinsicht Kobena Mercer zu, ja bekräftige, dass die Kunst, die von ihr als "Vulgarität und Dummheit des Alltagslebens" beschrieben worden ist (Mercer 1998), zufällig, beliebig und populistisch ist und sich in der Welt der Talkshows und des Starkults, bei Sponsoren, in Restaurants und im Herzen der Konsumkultur verankern will. Diese Art Kunst wird für ein Hauptabendprogramm-Publikum gemacht, während das Tagesprogramm des Fernsehens den Rahmen für die Zurschaustellung von privaten Schicksalen bietet ("Meine Frau wiegt 400 kg" war der Titel einer Jerry Springer Show, die im britischen Fernsehen am 7. August 1998 ausgestrahlt wurde). Entblößung und Geständnis sind auch in der Ausstellung *Sensation* immerwiederkehrende Themen. Die Macht der populären Medien, jeden Moment unseres Alltagslebens zu penetrieren, führt zwangsläufig zur Trivialisierung der Kunst.

Es ist verführerisch – aber nicht zufriedenstellend anzunehmen, all dies beruhe nur auf der simplen Tatsache, dass Kunst ein gutes Geschäft und dass die KünstlerInnen "Thatchers Kinder" seien. Liz Ellis ist in diesem Zusammenhang der

Meinung, dass sich die neue Kunst von allen Leistungen des Feminismus und allen erkennbaren ethischen Vorstellungen abgewendet hat; sie sieht diese Kunst als Bestandteil eines politischen Backlashs (Ellis 1998). Obwohl Ellis dies sehr einleuchtend darstellt, möchte ich mich in Bezug auf die junge britische Kunst für eine andere Deutung einsetzen. Eingebettet in die Konsumkultur und dabei weniger einsam und isoliert, verliert die neue Kunst ganz einfach an Bedeutung, sie degradiert sich mit voller Absicht selbst. Die Ausstellung *Sensation* war nicht auf die übliche Menge an kulturellem Kapital angewiesen, um sie geniessen zu können. Es herrschte keine Grabesstille. Selbstbewusst wurde die Ausstellung als schockierend angepriesen, vermochte aber niemanden wirklich zu erschüttern. Hier wurde die Kunst von ihrem Sockel geholt, wurde von der Last der Distanz und der Erwartung, einen tiefen und bleibenden Wert zu entfalten, befreit. Wenn wir jedoch davon ausgehen, dass nicht alle Kunst großartig sein kann, und wenn es mehr und mehr Menschen gibt, die von ihrer Kunst leben möchten, dann ist dies eine realistische und nicht bloß zynische Strategie. Diese neue "leichte" Kunst beinhaltet auch, dass die Grenze zwischen Kunst und Alltagsleben verschwindet. Die Einzigartigkeit der Kunst fängt an, sich aufzulösen. Ist das Werk eine Skulptur oder ein Kleid von Hussein Chalayan? Ist das Video von Gillian Wearing mit dem Titel *Dancing at Peckham* deshalb eindrucksvoll, weil es keine wirkliche Kunst ist, sondern ein Stückchen städtischen Lebens? Nehmen die KünstlerInnen (fast alle gingen in den frühen neunziger Jahren auf das Goldsmiths College) im Zuge der "Nikefication" den Werbeslogan "Just Do It!" jetzt wörtlich? Vielleicht basiert ihre Kunst auf Ideen, die die Kunstwelt mit ihren etablierten KritikerInnen und ihren hohen Maßstäben herausfordern wollen. In den späten 90er Jahren wurde die Kunst, anstatt sie zu demystifizieren (wie es traditionell Strategie der Linken war), durch die *yBas* neu definiert, neu positioniert. Sie übernahmen das Label von New Labour "rebranding art" und damit das, was es für die KünstlerInnen heute bedeutet: keine Sponsorengelder zu erhalten und konsequenter Weise sehr arm zu sein.

Da Studierende aus unterschiedlichsten Verhältnissen die Kunstschulen besuchen, ist die Annahme Bourdieus, dass die KünstlerInnen aufgrund eines kleinen, privaten Einkommens kurzfristig arm sein können, um längerfristig erfolgreich zu werden, so nicht mehr gültig (Bourdieu 1993a). Es muss einen Weg geben, KünstlerIn zu sein und gleichzeitig seinen/ihren Lebensunterhalt zu verdienen. Wir müssen das Phänomen *yBas* im historischen Zusammenhang sehen. Die KünstlerInnen wuchsen in den 80er Jahren auf, als es galt, dem Konsum zu frönen, sie sind Teil der Generation, die Beck die "Ich-zuerst-Generation" nannte (Beck 1998). Nur wenige, die während der 60er Jahre im Rahmen eines Wohlfahrtssystems ausgebildet wurden, können heute verstehen, welche Bedeutung Geld und Konsum auf die jüngere Generation hat. Diese neue Liebe zum Geld erstreckt sich über die Grenzen des Geschlechts, der Klasse und der Ethnizität, wie Beck ebenfalls erwähnt, ist sie nicht unvereinbar mit engagiert geäusserten Ansichten über soziale Ungerechtigkeit, Armut, Umwelt und Menschenrechte (ibid. 1998). Dennoch sollten wir über die neue Kommerzialisierung der zeitgenössischen Kunst weniger erstaunt sein als über die langsame Inkenntnisnahme dieses Phänomens durch die ältere Generation der Sozial- und KulturtheoretikerInnen.

Vielleicht genügt ja die Fremdartigkeit und Flüchtigkeit, die man in der Ausstellung *Sensation* erfahren konnte, und vielleicht sollten wir von der Kunst gar nicht mehr erwarten. Herausfordernde, tatsächlich fundierte, kritische Urteile werden dadurch von der Last der Klassifizierung entlang der Kategorien "großartig, gut, mittelmäßig oder schlecht" befreit; in dem Sinne gibt es nichts mehr zu verlieren (einige KritikerInnen verwiesen auf die selbstbewusste Strategie der Produktion von schlechter Kunst). In der ästhetisierten Kultur werden die Fähigkeiten der KünstlerInnen zu einem vermarktbaren Gut: Mit einer Kunstausbildung kann man DJ werden, nachts in einer Disco oder in einer Bar arbeiten und vom Veranstalter oder der Veranstalterin einen Auftrag für eine Installation, ein Video oder Fotos etc. erhalten. Kunst wird heute auf weniger hochtrabenden Wegen praktiziert. Daran denkend, dass es heute weniger traditionelle Arbeitsplätze gibt, auf die man, sollte alles schiefgehen, zurückgreifen kann, sind sich die *yBas* der Tatsache bewusst, dass die Notwendigkeit, Strategien zu entwickeln, um schwierige Situationen zu meistern, nicht nur die unqualifizierte männliche Arbeiterklasse, sondern unterdessen fast alle Domänen der Arbeitswelt betrifft. Die SoziologInnen haben sich ausführlich mit der neuen Arbeitswelt befasst, die durch Risiko, Unsicherheit und temporäre Arbeitsverträge bestimmt ist. Ihre Aufmerksamkeit hat sich bis bis jetzt noch nicht auf den kreativen Bereich ausgedehnt. Aus diesem Grund hat noch niemand die Frage gestellt, in welchem Unfang sich Kunst, Musik und Mode der Kulturgesellschaft anpassen soll? Wie viele KulturarbeiterInnen soll es eigentlich geben?

Obwohl es innerhalb der Arbeiten der yBas große Unterschiede gibt, weisen sie Merkmale auf, die allen gemeinsam sind. Erstens die Rebellion der heutigen jungen Generation gegen die Überzeugung und das Engagement ihrer marxistischen und feministischen VorgängerInnen, ein Grund für den deutlichen Anti-Intellektualismus in ihrer Arbeit. Zweitens ihre Beziehung zur Populärkultur, die sie als Ganzes, inklusive Gesten, Sprache und Identität, übernehmen, ohne den Versuch zu unternehmen, diese näher zu untersuchen, bevor sie sie in die Welt der Kunst und deren Kreislauf transferieren. Die Populärkultur wird "postironisch" als Präsentation und nicht als Repräsentation verstanden, als ob den BetrachterInnen versichert werden müsste, dass es dabei weder um etwas Raffiniertes noch um etwas Komplexes geht. Die KünstlerInnen wählen absichtlich eine extrem triviale Formensprache, wie zum Beispiel die Arbeit *Sod you Gits* [Ihr könnt mich mal, ihr Deppen!] aus dem Jahr 1990 von Sarah Lucas. Diese simple Bestätigung der Populärkultur und deren grenzüberschreitendes Amüsement sind von hedonistischer Natur, genauso wie die Vorliebe dieser Generation für die Boulevardpresse.

Sogar Arbeiten mit extremen und gewalttätigen Inhalten lassen soziale oder politische Inhalte oder Kommentare vermissen. Die Ausstellung *Sensation* findet in einer generationsspezifischen "chill-out"-Zone statt, wo nach dem Vergnügen Vorstellungen von Tod und Vergänglichkeit geweckt werden. Diese sind jedoch nicht plötzlich von Ernsthaftigkeit kennzeichnet, sondern von Neugier und einem Quäntchen Morbidität (wie in Ron Muecks Modell einer Miniaturleiche, sorgfältig ausgestreckt, nackt und mit weiterwachsendem Haar); das Interesse an Tod und Verfall ist doch eher flüchtig. Dadurch wird eine weitere Verbindung mit den Traditionen der britischen Jugendkultur hergestellt. Zwei Werke in der Ausstellung *Sensation* weisen einen Bezug zu Punk auf: Marcus Harveys *Myra Hindley*, die an Malcolm McLarens T-Shirts mit der Aufschrift "God save Myra Hindley" erinnerte und natürlich Gavin Turks *Pop*, eine lebensgroße Kreuzung zwischen Sid Vicious und Elvis Presley. Während die explosive Intensität von Punk die gewaltsamen Tode von Sid und Nancy mit sich brachte, werden solche Extreme von den *yBas* nicht gesehen. Es scheint, dass für sie weder das Leben noch der Tod wirklich Wert wären, über sie nachzudenken oder sich mit ihnen auseinanderzusetzen.

Die Verbindung zur Jugendkultur leitet zu einem dritten gemeinsamen Punkt über, den Einfluss von Rave, der Clubkultur und den Auswirkungen von Estasy. Die Steigerung körperlichen Vergnügens, welche die Partykultur derzeit prägt, existiert auch in der Kunst und produziert einen Anti-Intellektualismus. Der Körper ist das Zentrum der Aufmerksamkeit, der Geist bleibt unbeachtet und sich selbst überlassen. Ein Großteil dieser Kunstwerke enthalten Verweise auf das Sich-Gehen-Lassen auf den von weißen Männern geprägten Ravepartys und die reisserischen Farben der Party-Flyer. Die Figuren der Chapman Brothers haben z.B. etwas unter Drogeneinfluss Ausgelöstes, Psychedelisches und Alptraumhaftes an sich. Die eigentlichen KünstlerInnen sind ja sowieso die DJs, die wirklichen HeldInnen der jungen britischen Kunst.[4] Dies allerdings ist kein neues Phänomen; die Verehrung von DJs ist in der Subkultur die Regel, wie z.B. die CD der Band *Faithless* mit dem Titel "God is a DJ" (August 1998) bestätigt.

Die vierte und letzte Richtung bilden die selbstkuratorischen und werbestrategischen Aktivitäten, die von KritikerInnen als ein weiteres Erkennungszeichen der *yBas* bezeichnet werden. Diese KünstlerInnen organisieren ihre eigenen Ausstellungen oder eröffnen eigene Läden (Tracey Emin und Sarah Lucas sollen für ein Jahr

---

4   *Im Sommer 1997 veranstalteten Jake und Dinos Chapman, Tracey Emin und Gillian Wearing, KünstlerInnen, die sich als DJs betätigten, im ICA in London eine Reihe von Tanzparties.*

von ihrem Secondhand-Laden gelebt haben). Die KritikerInnen betrachten diese Aktivitäten als kommerzielle Strategien, was sie ohne Zweifel auch sind. Es sind aber auch Möglichkeiten, von der Arbeitslosigkeit wegzukommen und einer Tätigkeit nachzugehen, die öffentlich wahrgenommen und über die berichtet wird. Damit positionieren sich die neuen KünstlerInnen sowohl in der Do-it-yourself-Tradition des Punk als auch in der UnternehmerInnenkultur der Thatcher-Zeit. Auch die enorme Bedeutung, welche in der Ravekultur der Werbung zukommt, hat Modellcharakter, und die Organisation einer Ausstellung hat mit der Veranstaltung einer Rave-Party vieles gemeinsam. Keines der *Sensation*-Exponate, von Withereads sargartigen Badewannen über Hirsts verwesenden Kuhkopf, von der monumentalen Fleischlichkeit der Leinwände von Jenny Saville bis zu den Figuren der Chapman Brothers mit ihren grotesk positionierten Sexualorganen, wäre bei einer Rave-Party fehl am Platz. Das wird auch durch die Anordnung der Objekte in der Ausstellung selbst vermittelt. Zufällig verstreut oder einfach zusammengedrängt auf einem Haufen; diese anti-intellektualistische Haltung beherrscht die räumliche Organisation.

Im großen und ganzen belegt diese Ausstellung die theoretischen Überlegungen zur Postmoderne, nicht so sehr, weil sie zeigt, dass sich alles in Effekte auflöst, sondern durch die Feststellung, dass es jenseits des Effekts nichts mehr gibt. In diesem Sinne treiben die *yBas* die Postmoderne weiter, indem sie aufdecken, dass das Vertrauen in die Theorie ein Vertrauen in die Welt, letztlich eine Art Humanismus, darstellt. Dies hat jedoch seinen Preis, und das von den *yBas* vorgezogene seichte Leben produziert ein mageres Repertoire an Themen. Dieser allumfassenden "Leichtigkeit" wird nur durch die im wörtlichen Sinne Schwere der Arbeiten von zwei der differenziertesten jungen britischen KünstlerInnen Hirst und Witheread etwas entgegengesetzt. In ihren Arbeiten findet man im weitesten Sinne etwas vom ursprünglichen Glauben an das bloße Gewicht und die Solidität von Material (wenn auch verwesendem) und damit an die Skulptur als solche. Für sie hat die Kunst einen gewissen minimalen Wert; für die anderen britischen KünstlerInnen ist die Kunst bloss eine weitere Subversion in der Tradition Duchamps, d.h. sie ist etwas, was grundsätzlich nicht von etwas Anderem unterschieden werden kann. Längerfristig wird sich zeigen, wie lange die *yBas* auf Politik, Geschichte und Theorie wirklich verzichten können. Es wäre erstaunlich, wenn in naher Zukunft nicht wenigstens einige KünstlerInnen im Zusammenhang mit Geschlechter- und Ethnizitätsfragen an die Grenzen ihres Nicht-Engagements stoßen würden.

Auch wenn die KritikerInnen darin übereinstimmen, dass die werbestrategische Dynamik der *yBas* oft über dem künstlerischen Engagement steht, werden die Arbeiten nichtsdestoweniger diskutiert. Es scheint, als wollten sie mit ihrer Kunst demonstrieren, dass Kunst nur Kunst sein kann, wenn diese von den KritikerInnen und den Medien als solche bestätigt wird (wie dies bei der Ferieneskapade der KunststudentInnen der Abschlussklasse der Universität Leeds im Juni 1998 der Fall war)[5]. Ein entscheidender Faktor bildet die Existenz von Gruppen und Personen, die sich mit Geschmack auseinandersetzen, kritische Leute, die Urteile fällen und das künstlerische Werk in den Diskurs, die Sprache und populäre Diskussionen einbringen. Wenn das die Kunst tatsächlich schwächen sollte, dann sind der Umfang und die Intensität der Debatte ein Zeichen für den privilegierten Status der bildenden Kunst. Im Bereich der Mode gibt es keinen vergleichbaren kritischen Diskurs, und im Bereich der Popmusik, das in höchstem Masse kreativ ist, gibt es weniger redegewandte und bestimmt weniger anerkannte Intellektuelle oder KritikerInnen, deren Werturteil für die Anhäufung von kulturellem Kapital von Belang wäre.

5   *Im Juni 1998 wurde anlässlich der Ausstellung von Abschlussarbeiten von einer Gruppe von Kunststudierenden der Universität Leeds ein ausgeklügelter Streich inszeniert. Die in der Gruppe erarbeitete, konzeptuelle „Eingabe" der Arbei, bestand aus einer Gruppenreise nach Spanien, der eine sehr öffentliche Rückkehr am Flughafen folgte. Als die Presse diese Veranstaltung als eine von Steuergeldern bezahlte Aktion darstellte, berichteten die Studierenden, dass sie gar nicht nach Spanien, sondern an einen inländischen Ferienort gefahren wären, um Ferienschnappschüsse zu machen, und dass ihre Rückkehr am Flughafen sorgfältig geplant war.*

Mode träumt von Kunst

Von der britische Mode gibt es keine ähnlich zusammenhängende Geschichtsschreibung wie von den *yBas*. Wenn Bourdieu in der Annahme recht hat, dass Wörter Dinge schaffen, dann ist es in der Mode die Abwesenheit einer wirklichen Vermittlungsebene, die ihre kaum wahrgenommene Existenz erklärt (Bourdieu, 1993b). Obwohl einzelne ModeschöpferInnen internationalen Ruhm erlangten, gibt es nichts, was sie zu einer Bewegung machen würde. Abgesehen von der Ausbildung an britischen Kunstschulen und ihrer Verpflichtung gegenüber einer mehr konzeptuellen als kommerziellen Mode, sowie ihre vereinzelte Unfähigkeit, im Geschäft zu bleiben, haben sie nichts gemeinsam. ModemacherInnen zeigten im Gegensatz zu in Großbritannien ausgebildeten KünstlerInnen oder PopmusikerInnen nie einen hohen Grad an politischem Engagement. Es gab auch keine grundlegende theoretische Tradition, die für ihre Praxis bestimmend geworden wäre. Bestenfalls wurden sie jenseits der Modemedien als ein interessanter Teil der Popkultur betrachtet, manchmal als innovativ oder sogar revolutionär (wie im Fall von Mary Quant), oder als spektakulär, ja als theatralische Inszenierung von eleganter Pracht (Gallianos Modeschauen). Nicht selten wird in Artikeln der Mainstream-Presse der Mode der Stempel der "Hohlköpfigkeit" aufgedrückt. Andererseits schenkt die nationale Presse der Modeberichterstattung mehr und mehr Raum und zeigt erhöhtes Interesse an Personen wie Galliano, McQueen, Westwood oder McCartney, was beträchtlich zum Selbstverständnis der Branche beigetragen hat. Während die Kunst der *yBas* weniger andersartig sein will und sich an das Gewöhnliche hält, beharren die ModeschöpferInnen darauf, dass Mode aussergewöhnlich sein muss.[6] Das neue Selbstvertrauen der ModemacherInnen erlaubt ihnen, noch kühner und konventioneller zu sein und die Schöpfung von "Kunst um der Kunst willen" für sich zu beanspruchen. Dazu werden sie auch von den Modemedien angespornt, die sich selbst in die unteren Ränge der Kunstwelt verwiesen fühlen. Diese Entwicklung

6 *In einem kürzlichen erschienenen Artikel in "Lettres", hielt Wendy Dapworth Studierende des Modedesigns noch dazu an, extraordinär zu sein.*

führte dazu, dass Modemenschen heute mit Begriffen wie Minimalismus, Dekonstruktion und Postmodernismus argumentieren und dass ModejournalistInnen Personen wie Galliano und McQueen als Genies feiern, was problematisch ist, weil es keine Beurteilungsstandards oder Kriterien gibt, an welchen diese Behauptungen gemessen werden könnten. Fast niemand weiß, wieso Galliano eigentlich ein Genie sein soll, und dies auch deshalb, weil es keine eigentliche, entwickelte Sprache der Kritik (in der Tradition der Kunstgeschichte) gibt, die eine Einführung in und einen Kommentar zu den Arbeiten der jungen britischen ModemacherInnen geben könnte. Es gibt zwar jetzt eine neue Zeitschrift mit dem Titel "Fashion Theory", und es gibt eine Tradition der Kleider- oder besser Kostümgeschichte, und natürlich gibt es auch eine Reihe interessanter Bücher über Kleidung (Harvey 1995) genauso wie mehrere feministische Abhandlungen zur Mode. Insgesamt gesehen findet man in diesem Bereich weniger fundierte Analysen als vor allem Biografien der wichtigen ModemacherInnen (oft in der Art von Bildbänden). Der Modekunst wurde, anders als den Stilen der Subkultur, nur von einer Handvoll AutorInnen Beachtung geschenkt (Evans und Thornton 1989, Wollen 1993).

Über die Modebranche gibt es kaum soziologische Analysen. Da eine grosse Anzahl von ModedesignerInnen schnell wieder aus dem Geschäft gedrängt wird, gibt es leider auch nur wenig Kommentare aus der Szene, die nicht von ModejournalistInnen, die regelmässig über fehlende Investitionen klagen, stammen. Die jungen DesignerInnen sehen ihre Situation als eine Art "rite de passage", die sie erwartungsgemäss erleben müssen. ModeschöpferInnen in Grossbritannien sind in der Tradition von Kunstakademien ausgebildet. Dies prägt ihr Selbstverständnis und erklärt, weshalb sie ihre Arbeiten lieber an die Wand hängen und nur widerstrebend als Kleidungsstücke einstufen (McRobbie 1998). Aber im Unterschied zu bildenden KünstlerInnen muss ihre Arbeit in die Produktion gehen, was in der Kunst nicht der Fall ist. Die ModedesignerInnen müssen auch einmal eine Serie von Jacken herstellen können. Genau aus diesen Gründen kommt es zu dieser hohen Rate an Bankrotten und geschäftlichen Fehlschlägen. Sogar die erfolgreichen DesignerInnen haben mit wenigen Ausnahmen nur kleine Umsätze, die meisten mit einem Profit von weniger als 2 Millionen Pfund (z.B. Betty Jackson und Ally Capellino). Alle bekannten britischen ModeschöpferInnen werden heute von größeren Firmen beauftragt (und dadurch vor dem Bankrott gerettet), für hauseigene Marken zu entwerfen.

Die Situation der DesignerInnen wird durch die unterschiedlichen wirtschaftlichen Bedingungen im Modesystem, in dem eine riesige Diskrepanz zwischen dem Konsum der Modebilder und dem eigentlichen Konsum der Produkte besteht (das heißt, es wird angeschaut, aber nicht gekauft), zusätzlich erschwert. In diesem Sinne können sich die ModeschöpferInnen einen internationalen Namen gemacht haben, obwohl sie weiterhin Auftragsarbeiten herstellen und am Küchentisch arbeiten. Diese Diskrepanz verursacht eine Reihe von Unklarheiten und Ungleichheiten. Das Modedesign ist eine sehr unorganisierte und unzusammenhängende Wirtschaft (Lash und Urry 1994). Dabei ist es nicht so, dass es keinen Markt für die Produkte gäbe; es ist jedoch so, dass sich die Läden der Einkaufsmeilen in den Raum zwischen dem Zeitschriftenbild und den Boutiquen mit den Designerkleidern drängen, indem sie niedrigere Qualität und preisgünstigere Marken anbieten. Der Markt für die echte Designermode bleibt dadurch winzig. Mit Baudrillard gesprochen sieht es so aus, dass das Image überall wirklicher ist als das abgebildete Objekt. Das Modegeschäft könnte daher fast als eine virtuelle oder verschobene Branche gelten. Es ist ein Bereich, in dem einschließlich der Imageindustrie niemand wirklich bezahlt zu werden scheint. Die StylistInnen, FotografInnen und sogar die berühmten Fotomodelle sind häufig vor allem an der Abbildung in den wichtigen Modezeitschriften interessiert. Zeitschriften wie *The Face, i-D, Dazed and Confused* sowie *Don't Tell It* verlassen sich eigentlich auf Gratisarbeit. Der Lohn dafür ist das riesige Publikum, das seine Entdeckungen diesen Zeitschriften entnimmt und die globale Imageindustrie, welche unterbezahlten, in Grossbritannien ausgebildeten Kulturschaffenden lukrative Verträge anbietet; somit werden die Trend- und Modemagazine gleichzeitig Foren der Arbeitsvermittlung und zu einschlägigen Sammlungen von Bewerbungsarbeiten. Diejenigen, die im Bereich der Imageproduktion tätig sind, arbeiten auch an der Ästhetisierung der Gesellschaft. Die Schaffung von Kunstwerken hat für sie Priorität. Oder wie es der Fashion Editor von *i-D* ausdrückt: "The page is art" (McRobbie 1998). Parallel dazu bezeichnen die StylistInnen ihre Arbeit als "image making". Die Enge der Modewelt und ein Rest an fehlendem Selbstvertrauen unter den Beteiligten (einschliesslich der Modemedien) haben zur Folgen, dass ernsthafte Fragen nach kulturellen Werten und Werturteilen nicht gestellt und durch euphorische Beteuerungen der Größe, des Genies und der Inspiration ersetzt werden. Dieses traditionelle Vokabular zeigt einmal mehr den disparaten Charakter des Modedesigns als kulturelle Praxis auf. Während in fast allen Teilen der Art World Grenzen zu verschwinden scheinen und während die Ausstellung *Sensation*, wie verschiedene KritikerInnen hervorhoben, eine deutliche Annäherung der jungen Kunst an die Populärkultur aufzeigte, strebt die Mode eine Verfestigung der Grenze zwischen hoher und niedriger Kultur an, damit die Mode erst den ihr zustehenden Platz in der Kulturhierarchie bekäme.

Nur eine engagiertere Debatte, Argumentation und Ausbildung könnte das Modedesign von der umsichgreifenden Panik befreien. Die ModeschöpferInnen sollten sich für Stipendien des Arts Councils [Kulturausschuss der britischen Regierung] bewerben können, gleichzeitig braucht der ganze Bereich aber auch eine wirksamere industrielle Strategie. DesignerInnen wie Hussein Chalayan könnten ein Arts Council-Stipendium bekommen, um ihre Kollektionen als Performancekunst auf den Laufstegen zu zeigen. Weiter müssten Ideen entwickelt werden, die die Produktions- und Fabrikationsaspekte der Mode betreffen. So ist es nötig, dass ein Teil der Kleidungsstücke in die Produktion geht, was die Differenz der Mode zu Skulptur oder Installation ausmacht. Tatsächlich sind die Hindernisse, die einem größeren Erfolg dieses kulturellen Sektors im Weg stehen, nicht so unüberwindlich, wie dies manchmal den Anschein hat. Neue Kollaborationen müssten möglich werden, um teure Einrichtungen, Arbeitsgeräte und Werbeleistungen für mehrere DesignerInnen unter der Ägide eines städtischen Aufbauprogramms nutzbar zu machen. Die Wiedereinführung von Modezentren sowie die Bereitstellung von Anreizen zur Einstellung lokaler Arbeitskräfte anstelle anonymer ArbeiterInnen, die durch Dritte vermittelt werden, sollten eigentlich unter New Labour und ihren Versprechungen möglich sein.

"Ein tiefes anonymes Grollen"

Wenn wir unsere Aufmerksamkeit der gegenwärtigen Dance Music zuwenden (besonders Drum 'n' Bass), dann kommt die Thematik dieses Textes besonders klar zum Ausdruck. Hier wird eines der eindeutigsten Zeichen der Kulturgesellschaft gesetzt: der Fluss der Schallwellen produziert Tracks, die auch von den passioniertesten MusikliebhaberInnen kaum mehr als einmal gehört werden (vergiss das Aufschreiben von Titel und Label, um den Track später kaufen zu können!). Die Jungle- oder Drum 'n' Bass-MusikerInnen und -DJs sind dermaßen dem Experiment und der Improvisation verpflichtet, dass es von den gespielten Tracks weder Platten noch eine Originalaufnahme gibt. Die kommerzielle Dynamik, die Plattenverträge und die ganze politische Ökonomie sind bei diesem Musikstil schwer fassbar und weitgehend undokumentiert. Roni Size und Goldie sind die einzigen, die sich in der Öffentlichkeit wirklich einen Namen gemacht haben. Die Anonymität der DJs, deren Namen nur denjenigen bekannt sind, die ihnen in eine Reihe von Clubs folgen, steht mit dem Charakteristikum der Musik, dem Flow, dem Fliessenden, in Verbindung. Drum 'n' Bass bedient sich dabei der modernen, klassisch europäischen E-Musik, dem Reggae, der Hollywood- und der indischen Bollywood-Soundtracks. Diesen Elementen liegt das dunkle und schnelle Donnern des dröhnenden Drum 'n' Bass-Beats zu Grunde, und periodisch ertönt das unregelmässige Echo der Patois-gefärbten Stimme des DJs (viele Soundtracks sind jedoch rein instrumental). Diese Musik pocht von verschiedenen spezifischen Punkten aus durch die urbane und private Landschaft, aus den Autostereogeräten, aus Lastwagen schwarzer Arbeiter, aus offenen Maisonette-Fenstern um vier Uhr nachmittags, wenn die 16-jährigen von der Schule zurückgekehrt sind; sie ist als ein "tiefes, anonymes Grollen" beschreibbar (Deleuze 1986).

Martin James definiert Drum 'n' Bass als "eine Kombination aus zeitlich verlängerten Breakbeats in der Geschwindigkeit von ungefähr 160 Beats pro Minute und vom Reggae übernommenen Basslinien mit 80 Beats pro Minute auf der Grundlage eines 4/4 Bass Drum-Beats." (James 1997:xi). Herauskommt ein verschnellerter, von Reggae und Dub beeinflusster Sound, verbunden mit frenetisch schnellen Schlagzeugklängen computergesteuerter Sequenzen (jenseits der menschlichen Leistungsfähigkeit) die auch Techno-Elemente der "weißen" Rave-Musik enthalten, zu anschwellenden Passagen mit melodiösen Teilen. Hört man diese Musik live, enthüllt sich gänzlich ihre schwarze Ästhetik (McRobbie und Melville 1998). Wenn Grooverider oder MC Nathan Haines an den Plattentellern stehen, kann es sein, dass man die volle Kraft der Improvisation des Jazz kombiniert mit Reggae-Klängen, einem Toaster-Voiceover der Dancehalls Jamaikas und der HipHop-Tradition der RapperInnen hört, wobei alle diese Einzelteile mit Hilfe der Technik zu einem donnernden und einmaligen, schwarzen und britischen Underground-Sound zusammengemixt werden. Da diese Musikform in keiner Weise mit krudem, ethnischem Absolutismus, sondern mit Offenheit und etwas Fliessendem sowie einer ernsthaften, sogar akademischen Auseinandersetzung mit Musik zu tun hat, feiert die Drum 'n' Bass-Bewegung die Vermischung schwarzer, weißer und asiatischer Elemente, was zu einem Markenzeichen dieses Musikstils geworden ist. Die DJs, die zum auserwählten Kreis um Goldies Plattenlabel Metalheadz gehören, sind junge schwarze und weiße MusikerInnen aus London. Goldie sagte über seinen Kollegen DJ Doc Scott: "Ich habe Nigger gesehen, die zur Musik dieses Kerls tanzten wie nie zuvor, und niemand würde glauben, dass Scotty blaue Augen und lange Haare hat (…) Er hat himmelblaue Augen und lange Haare bis hierher." (Goldie 1996:41).

Im Unterschied zur britischen Kunst oder Britart, die nach den Massen schielt, könnte man behaupten, dass der schwarze, britische Drum 'n' Bass versucht, sein eigenes subkulturelles Kapital und die Exklusivität des Undergrounds zu bewahren (Thornton 1996), indem er den Massen und den Medien immer einen Schritt vorauseilt. Und doch bin ich der Ansicht, dass diese Musik nicht so sehr eine Unterscheidungsstrategie verfolgt oder ein kulturelles Spiel ist, als dass sie Zeichen von ästhetischer Ernsthaftigkeit setzen will. Dabei geht es vor allem darum, dass man für andere MusikerInnen und DJs sowie für ein Menge spielt, die in diesem Fall nicht so sehr aus Fans, sondern eher aus Reisegefährten besteht. Solche kopflastigen Argumente werden herkömmlich nicht mit einer populären Kulturform, die von unqualifizierten jungen Männern praktiziert wird, assoziiert (Goldie nannte sie auch die Inner-City-Ghettomusik). Die Bezeichnung dieser Musik als speziell und einmalig ist keine Stilgeste, kein Vorwand, um als nicht verkaufsfähig zu gelten, sondern eine Frage des Wertes. Das Erarbeiten eines charakteristischen künstlerischen Vokabulars ist ein altbekannter Versuch zur Erreichung von Autonomie für jede kulturelle Gruppe. Wenn dieses Projekt aber von einer schwarzen Kultur ausgeht und dazu noch von einem Segment der schwarzen Bevölkerung, das mit Armut und "sozialem Ausschluss" in Zusammenhang gebracht wird (Goldie z.B. ist in einem Heim und in verschiedenen Pflegefamilien aufgewachsen), dann wird der Komplexität dieser Sprache keine Bedeutung beigemessen. Diese MusikerInnen, DJs und ProduzentInnen sind in einem solchen Masse von ihrem Tun absorbiert, dass Markt und Kommerz bis zu einem gewissen Grad in den Hintergrund treten.

Die wilde und laute Teilnahme des Publikums an den Jungle Raves von 1994 zusammen mit dem ungewöhnlichen Bekenntnis zu Liebe, Leidenschaft und Bindung an die Musik produzierte eine subkulturelle Form der Euphorie und Lautstärke. In diesem Sinne schrieb James: "Die Menge verlangte Wiederholungen, und als der MC sie aufforderte, Lärm zu machen, war die Kakophonie ohrenbetäubend" (James 1996:43). Die Underground-Locations, der besondere Stil und die spezifische Sprache führen dazu, dass nur InsiderInnen der DJ- und Tanzmusikpresse über die Szene berichten. Für die britischen KritikerInnen, die eine klassische höhere Schulbildung absolvierten, bleibt Drum 'n' Bass ein verwirrendes und konfuses Phänomen. In einem kürzlich erschienenen, zweiseitigen Artikel über Goldie in der Zeitung *The Guardian* vergaß Decca Aitkenhead, über die Musik selbst zu schreiben und war statt dessen hingerissen davon, wie "er seine eigenen Texte erfindet" und "angab, nichts zu lesen" (Aitkenhead 1998:3). Diese Unfähigkeit, den künstlerischen Wert dieser Arbeit anzuerkennen, zu lokalisieren und zu beurteilen, ist ein Kennzeichen des Anderen, und wie Bourdieu sagen würde, das Kennzeichen der Ablehnung seitens der KulturlegitimiererInnen, eine Bewegung am anderen Ende der sozialen Leiter als Kunst in Betracht zu ziehen, geschweige denn als solche zu beurteilen.

Natürlich gibt es auch Grenzen, die den Zugang zu dieser Musik für Aussenstehende schwierig machen. Dies gilt insbesondere für die Grenze, die die heutige Generation von PartygängerInnen von jenen trennt, die ungefähr 1986, als die Parties in Lagerhäusern oder in illegalen Lokalen stattfanden, der Szene den Rücken kehrten, die als DJs wie Baz Fe Jazz oder Anarcho-Typen wie Mutoid Waste die allerersten Raves veranstalteten. Heute, in den späten 90er Jahren, ist es auffallend, wie die neuen Partylocations auch als Kunsträume (etwa die alte *London Filmmakers Cooperative*) verwendet werden. In den meisten von ihnen werden Filme oder Diashows gezeigt. So entsteht eine Atmosphäre kreativen Neulands, der Eindruck, dass an diesen Orten etwas erforscht wird. In einem Club, *The 333* an der Old Street in London, wird zum Beispiel Woche für Woche neue Musik entwickelt. Die Spannbreite reicht von Jamaika beinflusstem Drum 'n' Bass über asiatischen Tabla 'n' Bass oder japanischen Taiko 'n' Bass zum Eastern Drum 'n' Bass und seit kurzem (zumindest meiner Erfahrung nach) zu etwas Drum 'n' Bass-Verwandtem. Die Konstante dabei ist die Präsenz eines engagierten Publikums, das sich aus einer bunten Mischung junger Einwohner von Großbritanniens Metropole zusammensetzt.

Ich möchte die kulturelle Hierarchie, welche immer ganz oben die bildende Kunst und ganz unten einen Musikstil wie Drum 'n' Bass positioniert, umkehren, und schlage vor, zu Gilroys Annahme des "schwarzen Musikgenies" zurückzukehren (in dem Sinne revidiert, dass der Charakter dieser besonderen Musik durch ihre AutorInnenlosigkeit definiert ist), zur Macht der musikalischen Kreativität, die als Hoffnung der schwarzen Bevölkerung in der Diaspora dient, und zur Komplexität dieser speziellen Musik, deren "eigene Intellektuelle" eine anti-essentialistische Ästhetik produziert haben: schwarze Rillen auf einem weißen Rave-Techno-Fundament (Gilroy 1987, 1993). Die gegenwärtige Dance Music erzählt uns aus der Perspektive verschiedener Ethnien etwas über die Geschichte und über die Bedingungen des Heranwachsens und Alltagslebens in einer urbanen Kultur, in der man einen gewissen Zugang zum kreativen Potential moderner Technik in Form eines Heim– oder sogar Kinderzimmercomputers hat. Dies ist eine preiswerte Art, Musik herzustellen. Dabei "muss die Software nur hineingeschoben und der Ton rückwärts laufen gelassen werden, um zu sehen was passiert" (James 1996: 52). Um nochmals Goldie zu zitieren: "Wir alle springen als blinde Passagiere auf den Wagen der Technologie auf und springen nicht ab, bevor wir nicht die allerletzte Grenze erreicht haben." (ibid: 53).

Ich bin mir der Kritik an den Cultural Studies, die ihnen vorwirft, romantisch zu sein oder noch schlimmer, Jugend-Voyeurismus zu betreiben, durchaus bewusst. Weiter ist mir klar, dass wir Gefahr laufen, zu einem Modus zurückzukehren, der einfach kulturelle Werte umdreht und dann von einer niedrigeren Position aus definiert, was "große Kunst" ist. Die Frage, was wir eigentlich von der Kunst in einer kulturell gesättigten Welt erwarten oder wollen, drängt sich auf. Ist es sinnvoll, weiterhin auf eine Vorstellung von Kunst zu warten, wenn die Kunst so total vom Bereich der Populärkultur absorbiert und in solchem Masse darin integriert ist? Oder wird Kunst ganz einfach zur neuen, ernsthaften, komplexen und interessanten Seite der Populärkultur? Oder ist die Kunst eine Fiktion, die sich selbst eine besondere Form gegeben hat, ihren eigenen speziellen "Rap"? Geht es dabei um Institutionalisierung und Repräsentation? Oder können wir sagen, dass die Kunst der Dance Music auch eine Art von Politik ist, nicht in einem umfassenden, sondern in dem Sinne, dass sie Geschichte in der kollektiven Entfaltung ihres Stils (The Roni Size Collective) und in der Verschmelzung der Grenzen zwischen Schwarz und Weiß schreibt und neu schreibt?

Bei den *yBas* sahen wir eine Verschiebung der Kunst in Richtung "unten", in

Richtung des Vulgären, Billigen und Geschmacklosen, eine zynische, gleichgültige Auseinandersetzung mit, was ich als reine Liebe zum Pop bezeichne, und eine selbstbewusste Produktion von künstlerischen Arbeiten, ohne dabei etwas Intelligentes schaffen zu wollen. Das Resultat ist postironisch. Im Gegensatz dazu steht die Musik, die ich eben beschrieben habe; sie beinhaltet einen leidenschaftlichen, frenetischen, sozusagen privaten und unmittelbar soziohistorischen Dialog, eine Parallele zum afroamerikanischen HipHop und ein Beispiel für das, was Bhabha die "unkontrollierte Innovation" der jungen schwarzen (und weißen) städtischen und benachteiligten Bevölkerungsgruppen nannte (Bhabha 1998). Die *yBas* ziehen aber trotzdem sehr viel Aufmerksamkeit auf sich, da ihre Arbeit doch generell als Kunst verstanden wird und durch Saatchi unterstützt wird. So wird diese Kunst auch für KritikerInnen aus der Mittelklasse zugänglich, die ein schon irgendwie passendes Vokabular für die Auseinandersetzung damit finden (McCorquodale et al. 1998). Wie Bourdieu sagte: "Sie schaffen die SchöpferInnen" (1993a). Im Vergleich mit diesen beiden wortreichen Praktiken in Kunst und Musik ist die Mode nur wenig präsent – sie ist durch ihre geschlechtsspezifische Geschichte der Kleiderproduktion benachteiligt. Anstatt die Überwindung dieser Kluft wirklich zu versuchen, wurde nur der Status ebenfalls Kunst zu sein, angestrebt, die mehr oder weniger zweitbeste Lösung: Die Mode zollt zwar der Strasse weiterhin ihren Tribut, benötigt aber das Image von bildender Kunst, um ihre Präsenz zu rechtfertigen. Die einzige radikale Stimme zum Modebereich kommt aus der subkulturellen und feministischen Theorie. Die DesignerInnen scheuen sich jedoch, diese in ihre Mode einfließen zu lassen; sie ist ihnen zu soziologisch oder zu politisch. Dadurch wird die kulturelle Vermittlung den JournalistInnen überlassen, die sich aus verschiedenen Gründen veranlasst sehen, an einem affirmativen Vokabular festzuhalten (McRobbie 1998).

Im Unterschied zu den *yBas*, über die sowohl AkademikerInnen als auch JournalistInnen in der letzten Zeit geschrieben haben, und zu den Modedesigner-Innen, für deren Prominenz und Popularität ModejournalistInnen sorgen, sind es nur wenige junge AutorInnen, allen voran Sharma et al. (1996) und Melville

(1997), die über die klandestine Undergroundidentität des Drum 'n' Bass berichten; dies zeigt, dass die Thesen von Stuart Hall und Paul Gilroy eine unbeabsichtigte Aktualisierung und Kommentierung erfahren haben, insbesondere ihre Arbeiten über "neue Ethnizitäten" bzw. *The Black Atlantic*. (Gilroy 1993, Hall 1997). Es wurde schon mehrfach versucht, Jungle und Drum 'n' Bass als Deleuzsche Formen wahrzunehmen, "die durch Heimstudios cubasen und durch Partylandschaften schweifen (…) als ein kultureller Virus, der durch illegale Radiostationen und illegales Kopieren übertragen wird." (Ansell Pearson, zitiert in McClure 1998: 184, siehe auch Gilbert 1997, Hemmett 1997). Keine der Deleuzschen Erklärungen gehen davon aus, dass Ethnie und Geschichte, oder die politische Ökonomie, am Rande einer deindustrialisierten Gesellschaft der Arbeitslosen aufgewachsen zu sein, die Grundlage dafür bilden. So gibt es auch keinerlei Verbindung zwischen Deleuze und der Mikroökonomie eines DJs oder den "Überlebensstrategien der Arbeitslosen", wie sie Harvey beschreibt (Harvey 1989).

Nun bleibt ein merkwürdiges Szenario der Kulturgesellschaft übrig, in dem der "Zerfall" der hohen und populären Kultur eher Schein als Tatsache ist. Selbst dann, wenn bildende KünstlerInnen nach ihrer Vorstellung keine Kunst herstellen, machen KritikerInnen, SammlerInnen und AkademikerInnen mit ihrem speziellen professionellen Vokabular daraus künstlerische Arbeiten und bestätigen, ja, dies ist Kunst. Die ModedesignerInnen dagegen sind überzeugt, dass sie bildende KünstlerInnen sind, können den KulturkritikerInnen aber nur wenig mehr als ein Lächeln abringen (Glancey 1997, Johnson 1997). Generell werden ihre Arbeiten eher als vergnügliches optisches Spektakel, gerade recht für das Titelblatt einer Zeitschrift, und als ein Touch englischer Exzentrik [7] akzeptiert. In der Zwischenzeit produzieren die Drum 'n' Bass-MusikerInnen die innovativste und dynamischste Form von Musik seit dem Reggae. Aber es gibt so wenig schwarze AkademikerInnen, Intellektuelle und KritikerInnen, die an Universitäten oder Journalistenschulen ausgebildet worden sind, so dass es, abgesehen von denen, die aus anderen, oft klandestinen

---

7   *English Eccentrics ist der Markenname einer Modelinie aus London.*

Zusammenhängen kommen, kaum Stimmen der Repräsentation, geschweige denn der Auseinandersetzung gibt.

In ähnlichem Masse sind die Ökonomien, die die beschriebenen musikalischen Aktivitäten stützen, Scheinökonomien, eher virtuell als real. Abgesehen von ganz wenigen Stars handelt es sich bei der geleisteten Arbeit in den relevanten kulturellen Feldern mehr denn je um unsichere Gelegenheitsarbeiten; es wird vor allem für junge schwarze Männer und Frauen zunehmend schwieriger, einen anderen Job zu finden, sollte es auf dem künstlerischen Gebiet nicht klappen. Während diese Musik als Soundtrack zu den Schriften schwarzer Intellektueller wie Hall und Gilroy angesehen werden kann, beschreibt sie auch die bemerkenswerte Distanz zwischen der Welt der schwarzen Intellektuellen und der der DJs, die in London herumrennen und versuchen, von der Eröffnung neuer Clubs, der Gründung kleiner Platten-Labels oder der Entwicklung neuer Sounds aus alten Quellen zu leben. Wäre ein Dialog zwischen diesen MusikerInnen und Leuten wie Paul Gilroy wünschenswert, und wie sähe ein solcher Dialog aus? Was hätten sich Goldie oder Gilroy zu sagen? – Nein, es geht nicht darum, die fröhliche Idee einer intellektuellen und künstlerischen Community auf den Plan zu rufen. Der unwahrscheinliche Zufall eines solchen Zusammentreffens würde lediglich die politische Realität der unterschiedlichen Zugangsmöglichkeiten zu den Ressourcen des Universitäts- und Kunstschulsystems, die den Studierenden der Kunst und des Modedesigns im Gegensatz zu den MusikerInnen so großzügig zur Verfügung gestellt werden, dramatisch vor Augen führen. So bleiben dieses Potentiale für jene, die vermutlich den größten Nutzen daraus ziehen würden, ein fremdes Territorium und eine unbekannte und folglich ungenutzte Quelle. "Der utopische Universitätsraum", wie ihn Edward Said konstatierte, bietet für MusikerInnen der Drum 'n' Bass-Szene nicht gerade viel, im Gegensatz zu dem, was er einer ganzen Generation bildender KünstlerInnen oder ModedesignerInnen (als GastdozentInnen getarnt) geboten hat. Dies ist ein deutliches Beleg dafür, dass weiterhin Ungleichheiten bestehen, die durch das Aufrechterhalten der kulturellen Geschmackshierarchie laufend reproduziert werden.

Die Musik dient seinen ProduzentInnen als biografische Aufzeichnung. In außerordentlicher Weise reflektiert und regeneriert sich diese Musik selbst und erzählt ihre eigene Geschichte immer wieder neu. Sie kombiniert Elemente der Improvisation, Konstruktion und Utopie, die ihre Praxis prägen (und von Gilroy als Teil der "black atlantic music aesthetic" beschrieben werden); hinzukommt etwas Neues, Dunkleres und Anderes. Auch Elemente von Angst oder sogar von Terror kennzeichnen das Besondere von Drum 'n' Bass. Die Musik kommt, abgesehen von den Befehlen und Kommentaren des MC, fast ohne Stimme oder Text aus. Sie dient als ethnisches Gedächtnis und erinnert an eine Situation, in der es keine Gemeinschaft, keinen Schutz, keine Sicherheit und nur Paranoia gibt. Die Geschwindigkeit, die körperlich erfahrbare Kraft und die Vibrationen ersetzen Herz und Seele. Die so übertragene Energie erzählt uns in einfacher und direkter Weise etwas über die Gefahren und extremen Anstrengungen, die unternommen werden müssen, um als Schwarze in der Kulturgesellschaft leben und irgendeine Form von Zukunft haben zu können.

(Übersetzung aus dem Englischen von Gabriela Meier)

Literaturverzeichnis

Aitkenhead, D., (1998) "Dances With Wolverhampton" The Guardian, 23.1.1998

Beck, U., (1998) "Cosmopolitan World", The New Statesman, April 1998

Bhabha, H., (1998) Vortrag gehalten an der Stuart Hall Konferenz, the Open University, Milton Keynes, 14./15.5.98

Billig, M., (1995) Banal Nationalism, London: Sage

Blair, T. the Rt. Hon. PM (1997) "Can Britain Remake It? The Guardian, 21.7.97

Bourdieu, P., (1993a) The Field of Cultural Production, Cambridge: Polity Press
    (1993b) Sociology in Question, London: Sage

Deleuze, G., (1986) Foucault, Minneapolis, USA: University of Minnesota Press

Ellis, L., (1998) "Do You Want To Be in My Gang?" in Paradoxa / An international Feminist Arts Journal, Band 1, S. 6-14

Evans, C. und Thornton, M., (1989) Women and Fashion: A New Look, London: Quartet

Featherstone, M., (1991) Consumer Culture and Postmodernism, London: Sage

Ford J. und Davies., (1998) "Art Capital", in Art Monthly, Nr. 213, Februar, S. 1-4

Ford, S., (1998) "The Myth of the young British Artist" in D. McCorquordale et al. (eds) Occupational Hazard: Critical Writing on Recent British Art, London: Black Dog Publishing, S. 130-142

Garnham, N., (1990) Captialism and Communication: Global Culture and the Economies of Information, London: Sage

Gilber J., (1997) "Soundtrack For an Uncivil Society: Rave Culture, the Criminal Justice Act and the Politics od Modernity, in New Formations, Nr. 31, Sommer, S. 5-23

Gilroy, P., (1987) "There Ain't No Black In the Union Jack", London: Hutchinson

Gilroy, P., (1993) The Black Atlantic, London: Verso

Gilancey. J., (1997) "All Dressed up by the Queen of Frock ,n, Roll, The Guardian, 18.7.1997, S. 18

Goldie (1996) "Goldie's Jukebox" The Wire, Nr. 144, Februar 1996

Harlow, J., (1995) "Home is Where the Art is", Sunday Times 17.12.: 3

Harvey, D., (1989) The Condition of Postmodernity, Oxford: Blackwell

Harvey, J., (1995) Men in Black, London: Reaktion Books

Hemmett, D., (1997) "E is for Ekstasis", in New Formations, Nr. 31, Sommer, S. 23-39

James, M., (1996) State of Bass: Jungle, the Story So Far, Basingstoke: Boxtree Press

Jameson, F., (1984) "Postmodernism or The Logic of Late Capitalism", New Left Review 146, London

Johnson B., (1997) "Was Versace Really a Genius?" The Daily Telegraph, 17.7.1997, S. 21

Lash, S. und Urry, J., (1994) The Economy of Signs and Spaces, London: Sage

Leonard, M., (1998) "Re Branding Britain", London: DEMOS

McClure, B., (1998) "Machinic Philosophy", Theory, Culture and Society, Mai, Band 15, Nr. 2, S. 175-85, London: Sage

McCorquodale, D. Siderfin, N. und Stallabrass, J., (eds) (1998) Occupational Hazard: Critical Writing on Recent British Art, London: Black Dog Publishing

McRobbie, A., (1998) British Fashion Design: Rag Trade or Image Industry?, London: Routledge

McRobbie, A. und Melville, C., (1998) "Amblyssical Chords: Goldie's Saturnz Returns", Village Voice, 17.2., S. 68, New York

Melville, C., (1997) "Breakbeats and Metallheadz", MA Dissertation, unveröffentlicht, Goldsmiths College, London

Mercer, K., (1998) Vortrag gehalten an der Stuart Hall Konferenz, The Open University, Milton Keynes, 14./15. Mai

Roberts, J., (1998) "Pop Art, The Popular and British Art of the 1990s" D. McCorquodale et al. (eds) Occupational Hazard: Critical Writing on Recent British Art, London: Black Dog Publishing, S. 52-80

Pratt, A., (1997) "The Cultural Industries Sector: its definition and character from secondary sources on employment and trade, Britain 1984-91", Forschungsarbeit in Environmental and Spatial Analysis, Nr. 41, London School of Economics

Schwengell, H., (1991) "British Enterprise Culture and German Kulturgesellschaft", R. Keat und N. Abercrombie (eds), Enterprise Culture, S. 136-51, London: Routledge

Sharma, S., Sharma, A. und Hutnyk, J., (1996) Dis-orienting Rhythms: The Politics of New Arian Dance Music, London: Zed Brooks

Thornton, S. (1996) Club Culture: Music, Media and Subcultural Capital, Cambridge: Polity Press

Wollen, P. (1993) Raiding the Icebox: Reflections on Twentieth Century Culture, London: Verso

Komprimierter Umsatzrückgang

Roderich Fabian

Der Anfang des Endes der Musikindustrie

"Es wird gar nicht mehr so lange dauern, dann werden die bestehenden Machtverhältnisse aus den Angeln gehoben. Denn durch das Internet ist Wissen nicht länger ein Privileg weniger, sondern frei zugänglich für jeden. Damit wird zwangsläufig auch die Obsession mit dem Geld verschwinden, weil Indoktrination langfristig unmöglich wird. Wir gehen einem Goldenen Zeitalter entgegen."

Diese – endlich mal positive – Prognose stammt von Mark van Hoen, einem britischen Produzenten, der nach seinen experimentellen Techno-Platten mit der Gruppe *Seefeel* jetzt konsequenterweise romantische Pop-Songs unter dem Projekt-Namen *Locust* verabreicht. Das Goldene Zeitalter, von dem Van Hoen spricht, ist natürlich nicht das Informationszeitalter, sondern das ihm folgende, das "Inspirationszeitalter", wie es schon jetzt manche romantische Geister gerne nennen.

Jetzt will ich mich hier nicht erheben, um die verschiedenen Spekulationen für die nähere Zukunft abzugleichen, um ihnen schliesslich eine weitere hinzuzufügen. Ich will nicht mutmassen, wie es weitergehen wird (denn wenn ich es wüsste, würde ich schweigen und schlimmstenfalls die dazugehörigen Aktien kaufen). Ich will mich vielmehr an das halten, was vorhanden ist, oder allenfalls an das, was geplant, erhofft und befürchtet wird in bezug auf Popmusik und ihre Vertriebswege. Die erwäg- und anschliessbaren Szenarien darf sich jede selbst ausmalen.

Das versilberte Zeitalter

Erstens steht fest, dass nichts so bleibt, wie es seit der Nachkriegszeit jahrzehntelang gewesen ist. Spätestens seit Musik-Zeitschriften CD's beilegen, ist klar, dass dieser Datenträger nur ein Intermezzo in der Abfolge der Datenträger darstellt. Der Materialwert einer CD liegt unter einer Mark, eine handelsübliche CD mit nagelneuer Musik kostet die KonsumentInnen mehr als 30 Mark. Den Grossteil der Differenz kassieren bislang noch die Plattenfirmen, die Vertriebe, die Gross- und Einzelhändler, die Musikverlage, AutorInnen und schliesslich (zu einem meist bescheidenen Teil) auch die MusikerInnen. Die Gewinnspanne beim Verkauf der CD, die – beginnend in den späten 80ern – rasch die Vinyl-Tonträger ablösten, war von jeher grösser als bei ihren Vorgängern. Der erhöhte Preis einer CD gegenüber einer Vinyl-Platte wurde mit der längeren Spieldauer, der höheren Dynamik und der verminderten Verschleissbarkeit begründet. Das Medium wurde flächendeckend in den westlichen Industrienationen und inzwischen auch darüber hinaus durchgesetzt, und die Kundschaft beeilte sich, ihre Stereoanlagen auf die digitalen Möglichkeiten umzurüsten.

Nachdem der Hardware-Wechsel "Plattenspieler raus - CD-Player rein" vollzogen war und sich die vor allem amerikanischen und japanischen Gerätehersteller an diesem Markt gesundgestossen hatten, begann das versilberte Zeitalter der Musikindustrie, das erst vor kurzem zuende gegangen ist. Der Sony-Konzern beispielsweise beeilte sich, sich den amerikanischen Unterhaltungsriesen Columbia/CBS einzuverleiben, um nicht noch einmal so eine Pleite wie mit ihren Videorecordern zu erleben. Sony hatte den Wettlauf um das gängige Video-Format mit ihrem *Betamax*-System nur deshalb gegen Time/Warner und ihr VHS-System verloren, weil die Amerikaner mit dem umfangreichen Back-Katalog alter Warner-Filme sofort mit bespielten Videocassetten auf VHS an den Start gehen konnten, während Sony mangels eigener Software langwierige und teure Lizensierungsdeals in die Wege leiten musste. So setzte sich das (technisch minderwertige) VHS-System durch, weil die

Kundschaft Filme wie *Casablanca* schneller und billiger als VHS-Kaufkassette erwerben konnte. Solch eine Pleite wollte Sony im CD-Geschäft nicht noch einmal erleben und genehmigte sich deshalb die Rechte an den CBS-Platten von Stars wie Bob Dylan oder Bruce Springsteen sowie am Katalog der Verleihfirma *Columbia / Tri-Star Pictures*.

Tatsächlich waren und sind bis heute die Back-Kataloge der grossen Plattenfirmen der Schlüssel, um die Herrschaft über den Markt aufrechtzuerhalten. Die bestverkaufende Pop-Gruppe des Jahres 1997 waren beispielsweise weder die Backstreet Boys noch REM oder U2, sondern die 1970 aufgelösten Beatles, knapp gefolgt von Pink Floyd und den auf dem amerikanischen Markt unverwüstlichen Eagles; d.h., dass die ganzen 90er Jahre hindurch die Plattenfirmen sehr einträglich von der selbst kreierten Nachfrage der Kundschaft lebten, die ihre ehemaligen Vinyl- in CD-Bestände umwandeln musste (natürlich zuzüglich einiger neuer Fans). In den letzten Jahren wurden die technischen Herstellungskosten einer CD samt Booklet dank der grösser werdenden Stückzahlen und diverser Rationalisierungen immer geringer – kein Anlass natürlich für Plattenfirmen, Vertriebe und Handel, die Preise zu senken. Vielmehr vergrösserte sich für alle Beteiligte die Gewinnspanne, auch für die MusikerInnen, denn nicht wenige von den den Markt bestimmenden Stars (von den Rolling Stones bis zu Grönemeyer) gingen dazu über, via eigener Labels grössere Anteile an den Gewinnen für sich herauszuschlagen. Für die Plattenfirmen bedeutet das nichts anders, als dass sie mehr in die Werbung für ihre Top-Stars stecken müssen, um ihren Schnitt jenseits der Garantiesumme für den Star zu machen. Und trotzdem: Auch wenn die ManagerInnen der Stars heute bis an die Schmerzgrenze der Plattenfirmen gehen, werden die auslaufenden Verträge meistens verlängert, weil ein Top-Act selbst dann noch lukrativer ist als tausend kleine – durch Knebelverträge gebundene – Bands, obwohl die Plattenfirma den Stars einen weit überdurchschnittlichen Tantiemen-Anteil zubilligt. Manche Labels sind überhaupt nur deshalb noch existent, weil sie einen einzigen sicheren Millionenseller haben (z.B. das britische Label *Mute Records* mit *Depeche Mode*).

Noch vor wenigen Jahren ging der BMG/Ariola-Chef Thomas Stein so weit, Laden-preise von bis zu 50 Mark für eine CD zu fordern, um sie auf eine Ebene mit gängi-gen Preisen für Hardcover-Bücher zu stellen. Davon ist längst keine Rede mehr. 1998 war das erste Jahr, in dem die Musikindustrie nach vielen Jahren stetiger Gewinnsteigerungen weltweit mit rückläufigen Umsätzen zurechtkommen musste. Die Menschen hatten ganz einfach erstmals weniger Platten gekauft. Wohlgemerkt: Die Umsatzrückgänge blieben durchaus in einem erträglichen Rahmen, die Gewin-ne liegen immer noch astronomisch über denen der 80er Jahre.

Jammertal

Woran es liegt , dass die Umsätze rückgängig sind, darüber gibt es verschiedene Mutmassungen. Die gängigsten Erklärungen sind a) die Sättigung des Back-Kata-log-Marktes ("Ich habe jetzt alle meine alten Simon-&-Garfunkel-Platten auf CD"), b) das nachlassende Interesse jüngerer Generationen an Pop-Musik allge-mein (zugunsten von Computerspielen und Sport-Artikeln), c) das Fehlen eines durchschlagenden Musik-Trends in einem in diverse Genres zersplitterten Angebot.

Auch die Deutung der genannten Fakten im Hinblick auf die Zukunft, lassen die ManagerInnen der Musikindustrie nicht unbedingt ruhiger schlafen.

a) Demographisch gesehen ist Pop längst kein reines Jugendphänomen mehr. Leute, die Elvis noch live gesehen haben und sich seitdem mit Rock-and-Roll auf irgendeine seltsame Weise identifizieren (man gehe einmal wieder in einen Ste-hausschank!), sind nicht selten über 60 und/oder bereits in Rente. Der alte Rocker hat sich nie für Operette oder Musical begeistern können, ist als Plattenkäufer aller-dings meist schon zum Zeitpunkt von Elvis' Tod ausgestiegen. Interessanter für den Back-Katalog-Markt waren von jeher diejenigen, die sich freiwillig oder nicht zur Gruppe der 68er zählen lassen müssen. Die alten Bob-Dylan-, Rolling-Stones- und

Jimi-Hendrix-Fans, die im Hinterkopf so etwas wie ein Woodstock-Gefühl wabern haben, sind seit Jahrzehnten die beständigste und verlässlichste Käuferschicht. Hier kommt es sehr auf das "Besitzen" bestimmter Werke an, Sammelleidenschaft ist verbreitet, d.h. von bestimmten KünstlerInnen werden auch minderwertige Produkte gesucht, nur um die Betreffenden "komplett" zu haben (bestes Beispiel ist Frank Zappa, von dem es Hunderte von Alben – inklusive Bootlegs – gibt, die weissgott nicht alle brilliant sind, vom wahren Fan aber unbedingt besessen werden wollen). Bei der Einführung der CD hatte diese Sorte von Fans die Möglichkeit, einerseits alten Vorlieben zu frönen und sich andererseits fortschrittlich einer neuen Technologie zuzuwenden (die Vinyl-Originale waren oft ohnehin so selten wie eine Blaue Mauritius geworden). Auch die nachfolgenden Stile haben durchaus vom Sammelwahn befallene KäuferInnen – es gibt Punk-, Reggae- und HipHop-Sammler, aber zahlenmässig sind diese nichts gegen die 60er/70er Jahre-Rockfraktion. Bis heute werden immer wieder alte Platten aus dieser Ecke auf CD wiederveröffentlicht. Allerdings stehen eben inzwischen die Klassiker, von Sergeant Pepper bis Dark Side of the Moon, in fast jedem der betreffenden Haushalte herum. Die Industrie bemüht sich, die langsam abflauende Nachfrage mit scheinbaren "Neuheiten" der Stars wieder anzuheizen. Es gibt Luxuseditionen bestimmter Alben mit Extra-Tracks (z.B. aus übriggebliebenen Studio-Bändern), und so wird z.B. aus der einfachen Beach-Boys-LP Pet Sounds ein teures 3-CD-Box-Set. Berühmte Live-Konzerte werden erstveröffentlicht, in digital geremixter Form, aber trotzdem meist von bescheidener Sound-Qualität. Die voluminösen Mehrfach-Boxen, in denen das gesamte Oeuvre einer Band zusammengefasst zweitverwertet wird, schenkt der Zahnarzt gerne seiner Familie. Inzwischen sind die Majors sogar dazu übergegangen, etwa John Lennons Diktiergerät-Aufzeichnungen auf CD zusammen mit Badewannen-Liedern zu veröffentlichen, einfach weil es sich eben um John Lennon handelt (der sich nicht mehr wehren kann und dessen Witwe Yoko ihren Segen gegeben hat). Und trotzdem: Es dämmert bereits der Tag, an dem auch der letzte Schnaufer Freddie Mercurys auf CD gebannt sein wird und irgendwann auch der letzte Fan gemerkt hat, dass er nur mehr gemolken wird.

b) Das Nachlassen des Interesses bei jüngeren Leuten hat sicherlich auch damit zu tun, dass man sich eben gegen seinen Frank-Zappa-Sammel-Papa abgrenzen will. Dass heute Computerspiele und andere Software immer grössere Anteile der Taschengelder in Anspruch nehmen, mag sicherlich an den Berührungsängsten der Eltern-Generation mit der Computertechnik, aber vor allem auch an der Musik selbst liegen: Der Stil, der für die 90er Jahre zumindest in Deutschland in Erinnerung bleiben wird, ist Techno. Eine der wesentlichen Eigenschaften von Techno ist, dass sich zwar damit bestens "Events" wie die Love Parade oder andere Parties bewerben lassen, dass Techno aber an sich kaum Stars kreiert hat. Zwar gibt es die Marushas und Westbams, aber die verdienen ihr Geld weniger mit der Veröffentlichung von Platten, sondern mit ihren DJ-Auftritten (die längst im fünfstelligen DM-Bereich bezahlt werden). Für die Jugendlichen sind nicht bestimmte Platten identitätsstiftend, sondern eben die Veranstaltungen, auf denen DJ´s keinen String-of-Hits auflegen, sondern einen selbst geschaffenen Wall-of-Sound, der sich meist aus anonymen Maxi-Singles zusammensetzt. Viel seltener als in der Rock-Ära gehen die DiscothekenbesucherInnen zum DJ und fragen, was da gerade läuft. Die DJ´s verwenden, wenn sie authentisch wirken wollen, fast nur Vinylplatten, die hauptsächlich für sie hergestellt werden und deren Marktpräsenz eher zu vernachlässigen ist, die jedenfalls so gut wie nie in der Hitparade auftauchen. Auf Techno spezialisierte Kleinlabels können auf diese Weise gut und politsch korrekt überleben, aber für die grossen Plattenfirmen sind die Umsätze mit (Vinyl)-Maxis "Peanuts". Natürlich wurde in den letzten zehn Jahren vesucht, sich doch irgendwie ein Stück vom Techno-Kuchen zu sichern, was aber schiefging. Techno-DJ´s, besorgt um ihre Credibility, verweigerten sich, wenn es darum ging, sie mit Photostrecken und Fragebögen als Popstars zu vermarkten. Der instrumentale Charakter der Musik, der eben ganz auf (XTC-)Lebensgefühl und nicht auf textliche Inhalte angelegt ist, war schlecht in ein Single-Format zu pressen. Zwar entstand als Notlösung der sogenannte Techno-Pop oder auch Euro-Trash mit handgemachten "Stars" wie DJ Bobo und Mr.President, aber damit waren nur die KäuferInnenschichten von 9 bis 14 Jahren anzusprechen, die nicht genug Geld zur Verfügung haben, um auf dem eigentlich interessanten Markt der Longplay-CD für ausreichende Umsätze zu sorgen. Die Resignation der Industrie hinsichtlich Techno war total, als 1992/93 vergeblich versucht wurde, den Sound auf dem amerikanischen Markt zu plazieren. Die Amerikaner blieben HipHop als führender Jugendmusik treu, und die Zurückhaltung auf dem grössten Musikmarkt der Welt liess die Majors weitgehend die Finger von diesem Sound lassen. Auch die Techno folgenden Stile wie Drum and Bass blieben als reine Clubmusik schwer vermarktbar. De facto geben Jugendliche heute eher Geld für Dinge aus, die nur von Musik begleitet (Spiele, Filme, Parties) oder mit Musik beworben werden (Bekleidung, Sportartikel). Dank der Synergie-Strategien, die inzwischen weit greifen, hat sich die Musikindustrie jedenfalls auch jenseits der Plattenläden ihre Anteile gesichert.

c) Die Geschichte der Popmusik war immer von dominanten Stilen geprägt, die einander ablösten. Rock and Roll verdrängte die Tin-Pan-Alley-Crooner, Soul löste Rhythm and Blues ab, Punk und (vor allem) New Wave erledigten die Rock-Dinosaurier. Die Musikindustrie beeilte sich, auf die fahrenden Züge aufzuspringen und die neuen Stile massenkompatibel zu glätten, um so indirekt neuen Widerstand und neue Wellen aus dem Untergrund vorzubereiten. Aber seit den 70er Jahren wirkt dieser Mechanismus nicht mehr übergreifend. Zwar entstehen nach wie vor neue Stile, aber das führt nicht länger zu einem Ablösungsprozess. Vielmehr addieren sich die Stile nur zueinander.Wer heute durch die Plattenläden wandelt, findet eine Unzahl von Genre-Unterteilungen. Die Rolling Stones sind das Musterbeispiel für die Unendlichkeit eines Stiles, der sich weigert zu verschwinden, auch wenn er noch so redundant ist. Mögen Heavy Metal oder Reggae ein häufiges Auf und Nieder hinter sich haben, so verschwinden sie als Genres trotzdem nicht vom Markt. Dahinter steht natürlich der Gebrauchswert der einzelnen Genres als Vermittler für ein bestimmtes Lebensgefühl, das – ähnlich einer Teesorte – unter vielen anderen zur gefälligen Verfügung steht. Da als einziger übergreifender Konsens heute als scheinbar gesichert feststeht, dass für Geld alles zu haben ist, wird eben auch jedes beliebige Lebensgefühl im Angebot geführt, wie antiquiert es auch sein mag.

Die Verbilligung der Herstellung von Pop-Musik durch Hard-Disc-Recording und Sampling hat in den 90er Jahren zusätzlich zum Überborden des Angebots beigetragen. Nicht länger ist es notwendig, ein teures Studio zu mieten, um eine umsatzverdächtige Platte herzustellen. Und mit dem Rückgang der Produktionskosten sinkt das Risiko der Musikindustrie, neue Produkte auf dem Markt zu plazieren. Und natürlich wird deshalb auf Teufel-komm-raus veröffentlicht, und der wesentliche Kosten-Faktor ist heute nicht mehr die Herstellung, sondern das Marketing.

Der Overkill in Sachen "Stilvielfalt" setzte in der Szene der elektronischen Tanzmusik ein, wo seit Anfang der 90er fast monatlich ein neues Sub-Genre lanciert wurde, bis niemand mehr durchblickte. Die Unüberschaubarkeit der Genres führte zwar zu der gewünschten Identifizierung bestimmter "Zielgrupen" mit dem jeweils für sie gestylten Genre, liess aber die Mehrheit der Durchschnitts-KonsumentInnen ratlos zurück. Die sich ständig beschleunigende Spirale der "neuen Stile" (die oft nur leichte Variationen über ein konstantes Thema waren), sorgte dafür, dass viele aus dem Spiel ausstiegen und sich anderen Konsumfreuden zuwandten. Nicht zuletzt einst verlässliche Umsatzbringer, Top-Stars wie Michael Jackson oder Phil Collins, wurden Opfer des Modernisierungs-Overkills und verkaufen heute wesentlich weniger Tonträger als zu ihren Glanzzeiten. Neue Superstars sind nur noch in einem Genre-Kontext denkbar und bleiben deshalb als übergreifende Stars ungeeignet. Ein gefeierter Rapper ist eben nicht nur für ältere Semester unattraktiv, sondern auch für alle die Jungen, die sich mit HipHop nicht identifizieren können (oder wollen). Der Traum von einem neuen Elvis oder neuen Beatles wird noch lange Zeit nicht in Erfüllung gehen.

Aber als ob die Musikindustrie mit all diesen Faktoren nicht schon Sorgen genug hätte, kommt jetzt auch noch die wirklich grosse Bedrohung hinzu; der schwarze Engel des Internet-Vertriebes...

Komprimierend!

Mpeg3 komprimiert den Datensatz einer Tonaufzeichnung auf das, was das menschliche Ohr hören kann, sagen die meisten Experten. Alle höheren und tieferen Frequenzen, die zwar auf dem Datenträger abrufbereit sind, aber nicht hörbar, werden durch Mpeg3 entfernt. Dadurch verringert sich der Datensatz des betreffenden Musikstückes enorm; eine Übertragung durch das Internet in Realtime oder sogar noch schneller wird möglich (je nach Rechner und Server). Für Popmusik hat diese Komprimierung also vordergründig keine nachteiligen Folgen für den Hörgenuss, bei klassischer Musik werden dagegen Bedenken angemeldet, weil hier feinere Vibrationen und dergleichen verloren gehen können.

Diese Informationen über Mpeg3 lassen natürlich berechtigte Befürchtungen entstehen, Popmusik wird hier wohl in allzu engen Grenzen gesehen. Auch ich kann mir vorstellen, dass beispielsweise bei einem Motörhead-Album oder einer Scooter-Single die Komprimierung keinen Schaden anrichten kann, aber bei subtileren Stücken – witzigerweise gerade im Bereich der elektronischen Musik – sind Komprimierungsverluste durchaus denkbar. Jedenfalls verändert Mpeg3 die Akustik der Musik mindestens genauso, wie es der Übergang von der Vinylschallplatte zur CD getan hat. Mit Schwund muss man eben rechnen in einer sich "beschleunigenden Kultur". Aber darauf scheint es eben vor allen Dingen anzukommen – auf die Beschleunigung.

Mpeg3 und alle Komprimierungsverfahren, die ihm folgen werden (daran wird unablässig gearbeitet), dienen allein dem schnellstmöglichen Vertrieb von Datenmengen, in unserem Falle von Musik und Geräuschen. Wie die Erfahrung gelehrt hat, setzt sich das schnellere System meistens durch. Grössere Quantität von Daten in kürzerer Zeit obsiegt gegen grössere Qualität (Klangfülle). Und die paar Spinner, die darauf nicht verzichten wollen, werden eben von speziellen "Connaisseur"-Diensten zur Kasse gebeten. (Man denke in diesem Zusammenhang an die Spezialgeschäfte für klassische Musik und Jazz auf Vinyl, die zugleich auch feinste Plattenspieler anbieten – ein typisches Liebhaber-Vergnügen.) Mit anderen Worten:

Nicht länger die verschiedenen Stile und damit verbundenen Weltanschauungen, die in den letzten Jahrzehnten die Popmusik prägten, machen in naher Zukunft die wesentlichen Veränderungen in der Musik aus, sondern die Komprimierung und die damit einhergehenden Reduzierungen auf "das Wesentliche", das allgemein Hörbare. Dazu ist zunächst einmal eine breite Zustimmung zur neuen Darreichungsform vonnöten. Und so wie die Hippies einst die Strände der Welt für den Massentourismus vorbereitet haben, so sind es jetzt kleine Independent-Firmen wie das amerikanische Label *Twintone Records*, die aufbrechen, die neuen Strukturen zu erschliessen. Twintone ist das erste Label, das bestimmte Songs und Alben ihrer Künstler nicht mehr im CD-Format anbietet, sondern einzig und allein über das Netz. Die InteressentInnen bekommen Ausschnitte zu hören und können sich dann gegen Gebühr (um die zehn Dollar pro Album) die gewünschte Musik herunterladen und bei Bedarf auf CD brennen. Bezahlt wird das Ganze mit der Telefonrechnung. Diese Methode hat den Vorteil, dass der Kunde erstens schneller und zweitens günstiger an die Musik kommt. Die Kosten können gering gehalten werden, weil das Label direkt mit dem Käufer ein Geschäft macht. Vertriebe, Gross- und Einzelhändler fallen mit ihren beträchtlichen Kosten-Anteilen weg. Schon jetzt machen sich alle Musik-Händler berechtigte Sorgen, denn das Beispiel amazon.com für den Bereich des Buchhandels hat gezeigt, dass Internet-Läden schnell Marktanteile erobern können. Ähnliche Bestell-Dienste (vorwiegend für CD´s) gibt es natürlich schon seit längerer Zeit im Netz, aber anders als bei Büchern (die kaum jemand vom Bildschirm ablesen will, obwohl es auch hier Leute gibt…) ist die digitale Übertragung von Musik durchaus reizvoll. Die Musik direkt aus dem Netz aufzurufen, ohne einen Schritt zum eigenen Plattenschrank oder gar in einen Laden machen zu müssen, wird sich allein deshalb durchsetzen, weil es eben schneller geht und damit dem allgegenwärtigen Dogma folgt. Jeder Computer lässt sich problemlos an die Stereo-Anlage anschliessen. (Doch bald werden Stereoanlagen der Vergangenheit angehören, weil sie in die gesamte "Medienanlage" des Users integriert sind.)

Im Moment nutzen verschiedene MusikerInnen das Netz basisdemokratisch und spielen eigene Werke gratis ins Netz ein, um auf diesem Wege Aufmerksamkeit zu erregen. Aber weitaus interessanter sind die Internet-Musikfans, die ihre Lieblingsstücke oder ganze Alben zum Wohle der Allgemeinheit ins Netz stellen (was technisch kein Problem ist). Kennt man die richtigen Adressen, kann man sich so seine Musik fast gratis zusammenstellen (allein die Telefonkosten für die Übertragung fallen an). Es gibt schon SpezialistInnen, die behaupten, dass sie jedes Musikstück innerhalb einer Stunde im Netz finden und kostenlos downloaden können. "Der Alptraum der Musikindustrie" ist also nicht der von Philips auf den Markt gebrachte CD-Doppler, sondern die Internet-Piraterie.

Die Musikindustrie hat den Kampf gegen diese Art der illegalen Verbreitung von Musik jedenfalls aufgenommen und versucht, ihre Besitztümer mit eigenen Internetangeboten (gegen Gebühr) zu verwalten. Bisher haben die Damen und Herren der fünf grossen Musikmultis (Sony, Time/Warner, EMI, Universal, Bertelsmann Music Group BMG) aber noch kein wirksames Gegengift gegen Umsatzverluste durch die "PiratInnen" gefunden. Es wird mit allerlei "Wasserzeichen" und Kopierschutzmöglichkeiten herumexperimentiert, aber bislang konnten versierte HackerInnen darüber nur lächeln. Also spielt die Musikindustrie das Thema gerne herunter. Ihre VertreterInnen wollen das ertragreiche Medium CD retten, indem sie auf die Besitzinteressen der Kundschaft verweisen. "Die Leute wollen eine schöne CD mit Booklet, in dem sie lesen können", wird wiederholt erzählt. Und tatsächlich hört man immer häufiger von LadenbesitzernInnen, dass vermehrt CD-Covers statt des oft diebstahlsgesicherten "Gesamtkunstwerks" geklaut werden.

Das heute noch nicht allzu weit verbreitete Downloaden von Musik und anschliessende Brennen auf CD ist aber nicht die einzige schon mögliche Kopierform. Schon 1997 hat die Firma Philips den bereits erwähnten CD-Doppler auf den Markt gebracht, der es ermöglicht, in Realtime CDs 1:1 zu kopieren. Es ist kein Zufall, dass Philips bei diesem Format den Vorreiter spielt. Der holländische Konzern hatte sich wenig später von seinen Mehrheits-Anteilen an Polygram Music (mit den Labels Mercury, Motor und Polydor) getrennt und sie an die amerikanische Seagram-Gruppe (Universal Music) verkauft. Philips wollte sich – so hiess es – auf das Hardware-Geschäft konzentrieren. Mit dem CD-Doppler haben sie der einstigen Konkurrenz einen schwer verdaulichen Abschiedsgruss hinterlassen.

Die Musik-Majors arbeiten zur Zeit an Projekten, um den Wildwuchs der digitalen Musik-Vermittlung in den Griff zu bekommen und ihre Pfründe zu sichern. Man hört von Milliardenbeträgen, die darin investiert werden. Allen ist klar, dass kein Weg zurück zu den alten Vertriebsstrukturen führt. Leute wie Alan McGhee, Labelchef des britischen Creation-Labels und "Entdecker" von Oasis, jubilieren schon öffentlich über das Ende der Musikindustrie "as we know it".

Obendrein schwirren bereits unzählige Musikstücke durchs Netz, die nur in Mpeg-Version zu haben sind. Manche ihrer MacherInnen träumen natürlich noch den Popstar-Traum und hoffen, auf diesem Wege von Publikum und Industrie entdeckt zu werden, aber viele andere sehen darin die schlichte Möglichkeit, ihre Musik ohne Umwege und spottbillig an die HörerInnen zu bringen.

Noch konkurrieren die Systeme, aber es ist mehr als zweifelhaft, ob die träge Maschinerie der alten Vermarktungsstrukturen sich gegen eine im Kern clevere, völlig unüberschaubare Szene wird durchsetzen können. Big Brother wird zwar zusehen, aber möglicherweise nur beim Zerfall des eigenen Imperiums.

stoppt den krieg –
schlagt die schweine tot

Schorsch Kamerun

3 platten und 2 weitere als option?!

hier ist das feuer
als identität
das ist die aufmerksamkeit
das ist die unterhaltung

nie wieder aufhören!
zement in die täler
alle sind da
das muss so bleiben!

hab keine angst mehr
wir sind professionell
wir bezahlen die arbeit
wir kaufen die höhle

du hast den strom
wir erheben die steuer
wir sind auch kreativ
als deine verwerter

hier soll es nicht um einen blitz gehen. in gold getaucht. sofort verglüht

*langfristige zusammenarbeit anvisiert *fruchtbare partnerschaft *kein tagesge-schäft *aufbauen *wir verkaufen eure freiheit, damit ihr auch weiterhin frei daran arbeiten könnt – frei gehalten werdet für freiheiten zu sein *theoretisch keine inhaltliche oder ästhetische zensur *ausdruck beliebt authentisch-autonom damit im höchsten maße am lautesten *euer protest eure antikunst die mögliche chart-plazierung – jetzt *das museum, die musikhalle, das theater – in zukunft *eure dagegenscheisse nochmal an jede wand *da sollte nur limonade, auto, hose oder geile alte mit draufstehen *gelernt aus den neueren wellen *indie unter den majors. die stones fickten in kunstharz auf einem snowboard. schon vor malcolm mc.laren. das ist ist unser angebot. es ist von mitte der 80er.

15 jahre später ist die wurst in der pelle. anarchie verlässt disneyland. "alternative" ist die musikrichtung der radiostationen in den usa in den 90ern; gewesen. eine glatte, beige ebene. das gute ist: das muss, was das angeht, das ende sein. pearl jam werden nicht's zu krachen haben am sylvester 2000. das geschäft mit dem nichtge-schäft ist bis in die talkshows durchgeschaut.

der verkauf sämtlicher ideale ist stylemässig ausgetätigt. pop und politik verlas-sen den zeitgeist. die afrolookperücke kann zurück in den schrank, friede für ange-la davis in naher zukunft. marilyn manson ist ein okayer künstler und so schockie-rend wie ein schnuffiweihnachtshase. nun kommen noch ein paar punkerausstel-lungen auf uns zu, in der reichstagsglaskuppel. der versuch dissidenz über pop ein-zubooten war nie wahr. und kurz doch, dann kurz gedacht. das liegt in sich selbst festgeschrieben: pop ist neu und hype. und hype hat knospen und spitzen. und ver-wesung danach. wenn was gekauft ist, braucht dafür nicht mehr bezahlt werden. ein bild an der wand muss nicht gefüttert werden.

dennoch wird es neue, künstlichere formate geben die entdeckungsbedürfnisse befriedigen. die musikbeamtenflaschen an den progressivfirmenschreibtischen haben noch rohstoffe genug. der hiphop-"schwarz"markt ist ein gut ziehender kamin. die akteure selbst sind seit der new jack-erkenntnis erst am anfang ihrer geschäftsgeschichte. nicht nur für mc lyte gehören ökonomie und botschaft mittlerweile zusammen.

ausserdem auf dem weg ins kanonenrohr: der komplette asiat – das lohnende aktienpaket von gleich für alles was firma-für-musik ist.

doch sind die flirrigen creatives aus den intelligent-abteilungen schon längst nicht mehr die entscheidenden imageschneiderInnen die zu sein sie meinen. from the moment? not. ähnlich wie der regierende politiker zum schachläufer der wirtschaftshörner herunterbedient ist, sind die peppi/poppistrategen in klebrige abhängigkeit zur gesamt-multikultigen produkthöhe zusammenflaggelantiert. und so war auch der gelbe zufallswaschlappen `flat eric` allerdings erstmal für die levisbuchse robotten gewesen und konnte erst nach der eigentlichen bestimmung, reklame machen, auf die chartsspitzen gespiesst werden. die erste nr.1 für plattenfirma edel. ein werbejingle.

die fettesten videos sind schon lange sportschuhactionanimationstunts oder opelautobeschleunigungen. das beste was einem trendmusikus passieren kann, ist, dass er sich einem energiegeladenen girokonto anassoziiert, oder so. du bist hoffentlich so packend wie das produkt selbst, du geile sau.

nun komm mal her mein lieber freund I`m gonna rock you amadeus. das thema um das es hier wohl gehen soll ist ja eigentlich ein rein eitles. es kann, zum beispiel mir, die weihrauchgelegenheit geben etwas zu bemerken zur dauerbeschiessung und zum wundschmerz unserer edlen alten lady, in der wir auch immer wieder unsere moral reinsehen wollen. die wir so schön vollpacken können mit sauberem startgeld. das ist unsere kultur, das ist unsere lust, unsere emanzipazion. sie ist das feld des universalkriegsdienstverweigerers. der einzig lebendige, akzeptable menschenzug durch die metropole, stock und stein über das land. es gibt keinen schrebergarten bei uns. was ich denn tue, ich? ich bin ausserhalb der grenzendenke, negativ zu den stahlwänden: ich bin innerhalb von popkultur!

und das ist hier der standort. die einzige möglichkeit die ganze haut zu waschen jeden tag. hier wird gemessen und geprüft was das zeugs hält. hier ist doch wohl sogar links (tendenz natürlich talfahrt) konstant im gespräch, oder hat jemand eine bessere idee. wir haben uns evolutioniert als unimog-rebellenmegafon, zahnig gegen die brieftaschen da oben, bis hin zu gegen das napalmfeuer.

das problem ist nur dass neben der möglichkeit der ernsthaften berichterstattung, der veröffentlichung von scheisse wie und wo sie dampft (egal ob ungerechtigkeiten in ekeligsten fällen oder nur klageliedchen über geldspeicherkalte dagobertwelten) eigentlich kein wirklicher eingriff möglich ist. wir sind nur schicke reporter in unserem häuschen, dahinter nähmlich nichts weiter als selbst promotionteams für szenezigarretten. diese plattform hier ist diskurs. das ist legal. hat aber keinen praxisvorwärtsgang mit eingebaut. wertung im bezugsfalle: es will keiner eine rückschraube in die independent. das ist eigentlich alles was erstmal stimmt. wenn wir hier mitschwofen klammern wir eine schöne kritikhaltung mit ein, wohlwissend das wir an einer beschlossenen altleiche rumfleddern. mich nervt das. die unterhaltung ist behäbig und fett. wir sind ja nicht schlecht in unserer anrichtung, aber es ist so traurig, dass die ideale immer wieder in den gleichen nassen eimer gelegt werden müssen. wir werden das natürlich tun, auch wenn ihr euch damit langweilt, was auch daran liegt, dass euch keine umschulung einfällt. in dieser ernsthaftigkeit sind einfach kaum saftige steaks. die sahen wohl nur für kurz aus der ferne so aus.

o.k. punks, es ist mir nicht möglich fest an dem hier geforderten ast zu ziehen, ohne den ganzen baum zu betrachten. denn, und das ist der sonderfall popthema, das abarbeiten an den verästelungen ist immer gleichzeitig auch das fahren mit dem ganzen mutterdampfer. pop und ökonomie geht nicht gleichzeitig so zu behandeln, wenn man es gläubig nimmt mit pop.

das kann im grunde rushdie überlassen werden, oder anderen, die geblendet vor dem glitzerklopps stehen, aber nicht drinsitzen können.

die koordinaten sind nicht mehr als zahlen nennen und verräter mit leuchtfarbe anmalen. künstlerisch sollten wir das thema gemeinsam verbieten. sondergenehmigung: clara drechsler schreibt darüber.

hab noch einen songtext von meiner ersten band (LUNGENMAUER) gefunden:

Kolossale Revange !

der neue motor schmeisst seinen vergifteten dreck
seine steigbuegel sind jetzt die fruchtbarsten haenge
jede herberge erlischt in vergangenheit
graues glas ragt aus den ruecken der verarschten
laut droehnt die aktuelle wahrheit aus den stadtspeichern

hier benutzen
hier rausziehen
hier einfangen
-kolossale revange

kupfer, fruechte und baumwolle
aus den robotern fliesst niemals laestige schlacke
praktisch keiner quakt nach futter
die firma lebt jetzt auf dem drachen

so riecht der atem der gegenwart
schotter und scheisse. das gebaeck der zukunft

kolossale revange
-komische katze
kolossale revange
-klobige patsche
und sie stecken ihre goldtaler
in die glücksschweine
oje. gib mir schnell einen kuss.

Das Musikvideo als ökonomische Strategie

Justin Hoffmann

In kaum einem Medium sind Ökonomie und Ästhetik so eng miteinander verbunden wie im Musikvideoclip. Am Beginn seiner Entwicklung standen wirtschaftliche Gründe. Schon wenige Jahre später sollte sich jedoch mit aller Deutlichkeit zeigen, dass der Videoclip weit mehr ist als ein profitsteigerndes Produkt. Er beeinflusst heute die Sprache des Films, des Fernsehens und der Bildenden Kunst, ganz abgesehen von den Auswirkungen, die er in den Bereichen Lifestyle, Mode und Design zeigt.

Musik sehen

Für die Pop- oder Rockmusik spielte die Visualität stets eine zentrale Rolle. Die Musik war immer auch ein Seherlebnis, war immer mit Graphiken, Filmen und Kleidermoden verbunden. Umso mehr erstaunt es, wie wenig die Zusammenhänge von Popmusik und Film bzw. Fernsehen untersucht wurden. Gerade durch das Fernsehen haben Fans gelernt, wie man tanzt oder wie man sich anzieht und haben dabei neue Objekte und Erzählungen gefunden, in denen sie ihre Wünsche und Bedürfnisse zum Ausdruck bringen können. Für viele, die nicht in den Metropolen leben, bildete das Fernsehen die einzige Möglichkeit, Popmusik live zu erleben. Trotzdem ist es diesem Medium bis zum Jahr 1981, der Einführung von MTV in den USA, kaum gelungen, Sendungen auszustrahlen, die Rockmusikfans annähernd befriedigen konnten. Bis dahin wurden die InterpretInnen zwischen einfallslose Pappkulissen in öden Studios gestellt oder bei ihren Auftritten in grossen Hallen abgefilmt.

Grundsätzlich gilt die visuelle Ebene im Unterschied zur akustischen als die Basis, auf der die hegemoniale Kultur ihren Einfluss entfalten kann. Während Sound und Stimme traditionell Authentizität, Energie, Vitalität und oftmals Black Roots repräsentieren, kann sich die Unterhaltungsindustrie gerade in der visuell-optischen Ebene entfalten. Denn während sich Musik überall unbegrenzt im Raum verbreiten kann, liegt das Seherlebnis stets auf einer Blickachse, die von der Bildquelle als auch von den Rezipierenden leicht zu kontrollieren ist. Nach Felix Guattari (Molecular Revolution: Psychiatry and Politics, NY 1984) ist deshalb die Musik die am deterritorialisierendste und am wenigsten signifizierende kulturelle Form. Musik enthält das Potential, Bedeutungsstrukturen aufzubrechen und umzuformen, Emotionen zu wecken und individuelle Bedürfnisse unmittelbar zu befriedigen.

Musik und Bild scheinen miteinander zu konkurrieren, wobei das Bild deutlich an Boden gewinnt. Während in frühen Videoclips noch Wert auf die Synchronizität von Bild und SängerInnen gelegt wurde, ist man inzwischen weitgehend davon abgekommen. Die Bildfolgen sollen für sich selbst sprechen. Alle drei Sekunden mindestens ein Schnitt gilt als Regel, weil sonst die Aufmerksamkeit des Zuschauers verloren ginge. Dabei wurde die visuelle Seite der Clips von der postmodernen Theorie häufig überbewertet. So wurde vielfach missverstanden, dass den ungewohnten Schnittfolgen und narrativen Brüchen nicht eine innovative filmische Konzeption, sondern die Struktur der Musikstücke und die Abhängigkeit vom Singleformat zugrundeliegt.[1] Mit der zunehmenden Bedeutung des Visuellen veränderte sich das gesamte Erscheinungsbild der Popmusik. Wer bei einem Major Label heute einen Vertrag erhält, muss in der Regel auch optisch etwas zu bieten haben. Die Pro-

---

1   Vgl. *Andrew Goodwin, "Fatal Distractions: MTV Meets Postmodern Theory", in: Simon Frith, Andrew Goodwin, Lawrence Grossberg (Hg.), "Sound & Vision. The Music Video Reader", London/New York 1993, S. 46f*

tagonistInnen sollen MTV-gerecht schön oder schrill aussehen. Auch die Bühnenshow gleicht sich den Videoclips zunehmend an. Tanzdarbietungen, Licht- und Feuerzauber spielen eine immer grössere Rolle. Das ursprüngliche Interesse der Rockmusik an Authentizität ist dem Wunsch nach Künstlichkeit und Konstruktion gewichen. Bild und Ton haben sich dieser Tendenz entsprechend entwickelt. Authentizität wird selbst als Konstrukt vorgeführt, Illusion als Illusion präsentiert.[2]

Das Musikvideo ist mehr als eine Produktwerbung

Das Fernsehen und die Rock- bzw. Popmusik gehören zu den zentralen kulturellen Entwicklungen der Nachkriegszeit. Gerade ihre Widersprüche und Dynamiken spannten ein weites kreatives Feld auf, in dem immer wieder neue kulturelle Phänomene entstanden, die nicht nur einen Grossteil der sogenannten Freizeit in Anspruch nahmen, sondern auch zu Geschmacks- und Wertebildungen führten. Eines der wichtigsten unter ihnen ist das Musikvideo, der Videoclip. TheoretikerInnen und KritikerInnen bringen heute unterschiedliche Begriffe mit dieser kulturellen Form in Verbindung: die Durchkapitalisierung der Musik, die Vereinnahmung von Authentizität und Rebellion, textuale Schizophrenie, das Verschwinden der Realität und die Genese neuer Formen des Widerstands. Bei diesen teils kulturpessimistischen Interpretationen bleiben der soziale Gebrauch der Videoclips, die historischen Effekte und die persönlichen Erfahrungen weitgehend unberücksichtigt. Von der ökonomischen Seite aus betrachtet stellt das Musikvideo lediglich eine besondere Form von Ware dar, die Mehrwert erzeugen soll. Mit ihm ist eine spezifische Form der Produktion und Distribution verbunden. Ästhetisch gesehen bildet das Musikvideo ein Set kultureller Praktiken, eine Synthese unterschiedlicher Ikonographien und Rhetoriken und damit ein Konglomerat verschiedenster Ausdrucksmittel. Es

2   Vgl. *Lawrence Grossberg, "The Media Economy of Rock Culture: Cinema, Postmodernity and Authenticity", in: Frith u.a., Sound & Vision, S. 206*

wird von differenten sozialen Gruppen aus unterschiedlichen Gründen und in verschiedener Weise konsumiert.

Das Musikvideo ist Repräsentant einer neuen Medienökonomie. Mit ihm hat sich das Verhältnis von Ton und Bild wesentlich verändert. Dabei scheint mir weniger die Auflösung imaginärer Freiheiten von Bedeutung, die mit dem Hören von Tonträgern unmittelbar verbunden sind, als vielmehr die Wirkung, die eine Verschiebung des Zusammenhangs von Ton und Bild auf das Fanverhalten und die Ideologie der Authentizität hat. Lawrence Grossberg geht dabei so weit, vom "death of the rock culture", so wie sie 35 Jahre lang existierte, zu sprechen.[3] Schon 1986 hatte der englische Musikkritiker Biba Kopf in seinem Aufsatz *If it moves, they will watch it* mit grossem Pathos behauptet: "Jeder Clip markiert eine Station jenes Kreuzwegs, an dessen Ende die Kreuzigung der gesamten Popmusik steht."[4]

Doch andererseits: Ist der Videoclip überhaupt eine neue kulturelle Form? Aus juristischer Sicht nicht unbedingt. In einem Rechtsstreit 1986 zwischen der *Screen Actors' Guild* und den grossen Filmstudios Hollywoods kam das Gericht zu dem Schluss, dass ein Musikvideo grundsätzlich keine neue Form von Unterhaltung sei. Wenn es das wäre, müssten den Schauspielern zusätzliche Gelder gezahlt werden. Das Urteil wurde damit begründet, dass das Musikvideo lediglich eine andere Form der Promotion und der Vermarktung sei.[5] Doch ist es wirklich nur mehr ein Beiwerk zur Musik auf den Tonträgern CD, MC oder Schallplatte? Eine solche Wertung würde die Bedeutung des Clips im Kontext der Umstrukturierung der Unterhaltungsindustrie sowie für andere Medien wie Film oder Kunst verkennen. Für den Bereich der Bildenden Kunst sei hier nur ein prägnantes Beispiel angeführt. Die derzeit sicherlich berühmteste Schweizer Künstlerin, Pipilotti Rist, wird in fast allen Berichten über ihre Arbeit mit dem Phänomen "Videoclip" in Verbindung gebracht.

3   Vgl. ebd., S. 186
4   Biba Kopf, in: V. Body, P. Weibel, "Videoclippen. Clip, Klapp, Bum. Von der visuellen Musik zum Musikvideo", Köln 1987, S.
5   Vgl. Lawrence Grossberg, "The Media Economy of Rock Culture: Cinema, Postmodernity and Authenticity", in: Frith u.a., Sound & Vision, S. 186

So schrieb die Süddeutsche Zeitung am 1. April 1998: "Im Raum mit *Ever is over all* schwebt eine Grossstadtelfe den Fussweg entlang und haut mit einem als Blume verkleideten Schlagstock den parkenden Autos die Scheiben ein. Dazu singt jemand. Sehr überirdisch. Wir leben zu Zeiten von Viva und MTV." Bei dieser Arbeit von Rist könnte einem das Video *Bitter Sweet Symphony* der Britpop-Band The Verve einfallen, das inzwischen sogar in seiner karikierten Form als Fussball-WM-Song in die Charts kam. Der bekannte Clip zeigt den Sänger der Gruppe, wie er in einem tranceähnlichen Zustand das Trottoir entlang geht, immer geradeaus, rücksichtslos, die Passanten rempelnd und stossend, sie fast umwerfend. Die Angleichung von Musikvideo und Videokunst ist bisweilen erstaunlich. In der Schweiz hat das Phänomen "Pipilotti Rist" eine Produktion meist jüngerer KünstlerInnen hervorgebracht, deren Charakteristikum schrille, bunte und schnelle Videofolgen sowie die Verwendung von Popmusik sind.

Im Gegensatz zu vielfach gehörten Äusserungen ist die spezifische Form des Musikvideos kaum zu definieren. Stellen wir als Hauptelement eine fragmentarische, "postmoderne" Ästhetik fest, finden wir auf der anderen Seite klassische Erzählstrukturen und Ausdrucksweisen der Romantik. Wenn wir das fernsehgerechte Format zum Typischen erklären, so müssen wir gleichzeitig sowohl auf die differenten TV-Praktiken unterschiedlicher Sender wie MTV, Viva, Bravo-TV oder den Country-Sender Nashville in den USA als auch darauf hinweisen, dass Videoclips oder videoclipähnliche Sequenzen bisweilen innerhalb von Fernsehserien wie *Miami Vice* oder *Baywatch* erscheinen. Diese unterschiedlichen Ausprägungen machen es schwer, ein homogenes Bild des Musikvideos und seines Kontextes, der Position und Relevanz innerhalb einer Programmstruktur, zu entwerfen.

Nebenprodukte der Popmusik

Der Clip als Kaufvideo ist Teil einer grösseren Produktpalette, die für die Musikindustrie von zentraler Bedeutung ist. In den grösseren Verkaufsstätten werden Videos mit Kompilationen von mehreren Clips angeboten, meist durch Aufnahmen von den Dreharbeiten und durch Interviews mit den ProtagonistInnen ergänzt. Diese Home Videos, die z.B. auch von MTV herausgegeben werden, fallen in den Bereich der Nebenprodukte bzw. Fanartikel. Fanartikel können weitgehend in von Fans selbstproduzierte und in von der Unterhaltungsindustrie distribuierte Artikel unterteilt werden. Letztere müssen als Resultat der produktiven Machtausübung der herrschenden wirtschaftlichen Kräfte gewertet werden. Diese Form von Warenproduktion hat in den letzten Jahren zunehmend an Bedeutung gewonnen. Der Verkauf der vor allem an Teenager gerichteten Artikel findet nicht nur in Schallplattenläden sondern auch in den grossen Kaufhäusern oder über Mail Order statt. Die erste Band, bei der die Einnahmen aus dem Verkauf dieser "Nebenprodukte" höher lagen als aus dem der Tonträger, war die Teenagerband *New Kids On The Block*.

Popmusik wird von den Konzernen als ein Weg begriffen, an junge KäuferInnenschichten zu gelangen. Sie bedienen die Jugendlichen genauso mit herkömmlichen Tonträgern wie mit interaktiven CD-Roms, Computerspielen, Zeitschriften oder eben Videos. Die Musik spielt zudem als "Verkleidung" von Waren aller Art eine Schlüsselrolle. In den Clips der Werbung tauchen nicht zufällig häufig Popmusikfragmente auf. In den letzten Jahren konnten zahlreiche Titel in Werbespots für unterschiedlichste Produkte (Jeans, Autos etc.) zum Hit werden – meist Stücke, die schon früher einmal die Hitparaden stürmten. Madonna war schliesslich die erste, die ihr neuestes Stück als Weltpremiere innerhalb eines Werbefilms für Pepsi präsentierte (*Like a prayer*, 1989). Die Promotion für Musik und Getränk wurden perfekt aufeinander abgestimmt.[6]

Einen neuen Typus in der Verbindung von Musik und Werbung stellen Clips wie der *Hittip* des Senders *SAT 1* sowie *chart tip* und *No 1 Bullet of the Week* bei *RTL 2* dar. Innerhalb des Werbeblocks wird jede Woche neu der Ausschnitt eines Musikclips vorgestellt und als künftiger Chartbreaker angepriesen. Einen wirtschaftlich

6   Vgl. *Leslie Savan, "Commercials Go Rock"*, in: *Frith u.a., Sound & Vision, S. 87*

besonders relevanten Faktor bildet gegenwärtig die Rave Generation. Verschiedene Firmen haben mit Erfolg (neue) Produkte lanciert, die gleichsam als Attribute der Techno Culture erscheinen sollen. In diese Angebotspalette fallen nicht nur zahlreiche neue Erfrischungsgetränke, sondern auch Snowboards und Reisen, die unter dem Motto "Rave & Cruise" angeboten werden. Sie zu kaufen oder zu gebrauchen, ist kein gewöhnlicher Konsum, sondern bedeutet die Partizipation an einer Bewegung und einem Lifestyle.

Stars und globale Distribution als Prämissen der Clipproduktion

Die Voraussetzung für die Herstellung von Videoclips sind Stars und die Möglichkeit einer weltweiten Distribution. Die globale Verbreitung und die Popularität der ProtagonistInnen sind die finanzielle Voraussetzung für die häufig sehr kostspieligen Filmaufnahmen. Andererseits sind Stars ohne Videoclips kaum noch denkbar. Die Fans wollen ihre Stars sehen und dabei ihr Outfit, ihre Mimik und ihre Gesten kennenlernen.

Als das wichtigste Produkt, welches die Musikindustrie herstellt und welches in besonderem Masse der Bedürfnisbefriedigung und Profitmaximierung dient, gilt nicht der Song oder der Tonträger, sondern der Star. Mit ihm haben MusikerInnen und SängerInnen gleichsam Warenform angenommen. Der Star ist Allgemeingut: Wir besitzen ihn, er besitzt uns. Die Entstehung des Popstars im 20. Jh. ist eng mit der Organisierung der Freizeit in der spätkapitalistischen Gesellschaft verbunden. Die Freizeit soll danach in erster Linie dem Konsum dienen. Die Menschen müssen aber erst zu KonsumentInnen erzogen werden. Stars erfüllen hierbei eine wichtige Aufgabe. Ihr Glamour verkörpert das Begehren und die Konsumwünsche der Individuen. Untersuchungen in den USA ergaben, daß 30% aller Musikclips einen Hinweis auf einen Markenartikel enthalten und fast 70% den Konsum bestimmter Produkte zeigen. Die Stars tragen in den Videos die Freiheiten zur Schau, die ihre Fans gewöhnlich nicht besitzen. Als Leitfigur spielen sie zudem eine wichtige Rolle für die Disziplinierung der Bevölkerung. Als AgentInnen der Konsumindustrie tragen sie dazu bei, Normen zu setzen und die Grenzen und Möglichkeiten der Individuen zu definieren. Im Vergleich zu den Models der Modebranche scheint die Bedeutung der Musikstars in den letzten Jahren zurückgegangen zu sein. Trotzdem spielen die Stars der Popmusik in ihrer Funktion als "role models" für die Identitätsbildung besonders der Heranwachsenden weiterhin eine entscheidende Rolle. Sie tragen wesentlich zur Herausbildung sexueller Differenzen bei.

Die Internationalisierung des Kapitals und die wachsenden wirtschaftlichen Verflechtungen lassen sich auch im Bereich der Popmusik feststellen. Die grossen Plattenfirmen arbeiten längst auf internationaler Ebene. So sind viele frühere Labels, mit denen nationale kulturelle Äusserungen assoziiert wurden, inzwischen Bestandteil eines internationalen Konzerns (z.B. gehört Columbia heute Sony mit Hauptsitz in Japan und RCA Bertelsmann mit Hauptsitz in Deutschland). Dabei wird der frühere Firmenname vielfach belassen, um die Veränderungen der Besitzverhältnisse zu verschleiern. Die Internationalisierung des Warenkapitals reicht von Instrumenten über Tonträger bis zu Hifi-Anlagen, während die Internationalisierung des produktiven Kapitals durch eine Zunahme der Produktion der Elektronik- und Unterhaltungsindustrie ausserhalb der Triade-Länder gekennzeichnet ist. Als eine Auswirkung der Entwicklung der Informations- und Kommunikationstechnologien ist weitgehend die Internationalisierung des Geldkapitals zu begreifen.

Der Erfolg des ersten 24-Stunden Musik-TV-Kanals MTV beruht ebenfalls auf dem Fortschritt der technologischen Entwicklung. Seine Entstehung ist eng mit dem Ausbau des Satelliten- und Kabelfernsehens verbunden. Ähnlich wie die Einführung der CD konnte MTV nur durch das Zusammenwirken von Software- und Hardwareunternehmen realisiert werden. Mit American Express war gleich von Anfang an ein sehr finanzkräftiger Partner vorhanden. Inzwischen ist MTV das Weltfernsehen Nummer 1; knapp 1 Milliarde Menschen und mehr als ein Viertel aller Familien auf der Erde empfangen diesen Musikkanal. MTV spielt gerade für die US-Unternehmen eine wichtige Vorreiterrolle, wie David Rothkopf, ehemaliges Mitglied der Clinton-Regierung, bestätigt: "Die Vereinigten Staaten haben ein wirtschaftliches und politisches Interesse, dass in einer Welt, in der sich eine gemeinsame Sprache herausbildet, diese das Englische ist; dass in einer Welt, die sich auf gemeinsame Telekommunikations-, Sicherheits- und Qualitätsstandards einigt, sich die amerikanischen Normen durchsetzen; dass in einer Welt, die immer mehr mittels Fernsehen, Rundfunk und Musikmoden vernetzt wird, die entsprechenden Programme amerikanisch sind."[7]

Der schnelle Erfolg der Musiksender VIVA und VIVA 2 in den deutschsprachigen Ländern, die dort heute beide eine grössere Reichweite besitzen als MTV, und die Zunahme deutscher Produktionen in den Charts können als Zeichen der Simultaneität von Regionalismus und Globalisierung begriffen werden, wie sie Stuart Hall in seinem Aufsatz *The local and the global* (in: Anthony D. King (Hg.), Culture Globalization and the World System, London 1991) beschrieben hat. Globale und lokale Tendenzen müssen demnach keine Gegensätze bilden. Sie sind zwei Vektoren der gleichen ökonomischen Richtung. Untersucht man regionalistische Erscheinungen, kommt man in der Regel zu dem Schluss, dass sie ökonomische Prozesse auf bestimmten Ebenen unterbrechen, auf anderen aber verstärken. So entsteht eine multiple Konstruktion, d.h. Einheitlichkeit durch Differenz.

Die Globalisierung führte auch auf künstlerischer Ebene zu einer weitgehenden Nivellierung. Die kulturelle Interaktion hat im Bereich der Popmusik seit 1970 eine neue Qualität angenommen. Auf frühere Formen des Austausches, der unter Vorherrschaft der Europäer durch einen Transfer von Geld und kulturellen Quellen gekennzeichnet war, folgte eine Transkulturalisierung, auf die die inzwischen globale Verbreitung der internationalen Konzerne und neue Kommunikationswege bauen konnten. Für Roger Wallis/Krister Main ist beispielsweise die Diskomusik eine Musikform von transkultureller Bedeutung. Sie konnte sich in fast allen Staaten der

---

7   David Rothkopf, "In Praise of Cultural Imperialism?", Foreign Policy, Nr. 107, Washington, Sommer 1997

Erde durchsetzen. Michael Jackson, als bekanntestes Beispiel, gilt in jeder Hinsicht – Ethnie, Geschlecht, Alter, Musikstil – als der universelle Musikrepräsentant. Zur Vereinheitlichung der Popmusikproduktion trug wesentlich der weltweite Verkauf von meist elektronischen Musikinstrumenten, Fanartikeln und Abspielgeräten bzw. Musikanlagen bei. Das gleiche Yamaha–Keyboard kann heute fast in allen Ländern der Erde zu einem relativ geringen Preis erworben werden. Doch auch auf künstlerischer Ebene gab es Gegenreaktionen: Es entstand schon zu Beginn dieser Globalisierungsbestrebungen als Gegenbewegung die Konstitutierung nationaler Popkulturen. In den 70er Jahren trat dieses Phänomen in Schweden genauso wie in Jamaika, Sri Lanka oder Tansania in Erscheinung. Häufig wurde dabei in der Sprache der jeweiligen Länder gesungen, und folkloristische Elemente in die Musikstücke integriert. Doch die Tendenz zur weitgehenden Homogenisierung der Popmusik konnte auch diese eher konträr laufende Entwicklung nicht aufhalten. Sie unterstützte im Gegenteil die noch weitere Verbreitung der Popmusik in den kommenden Jahrzehnten. Doch ist festzustellen, dass der Prozess der Transkulturalisierung nicht ohne Widerstand und nicht ohne historische und geographische Verschiebungen verläuft.

Zu den weniger kommerziellen, politisch ambitionierteren Videoclips gehören oftmals die jener kleinen Labels, die, statt mit hohem Kostenaufwand, mit ungewöhnlichen Ideen und experimentellen Formen arbeiten. Dabei deckt sich deren Produktion häufig mit jenen Clips, die als besonders künstlerisch gewertet werden. Entsprechend werden sie im Bereich der Kunst immer stärker rezipiert, was bis zur sehr pauschalisierenden Einschätzung von Musikclips als der populären Kunstform der Gegenwart (Udo Kittelmann) reicht. Aber auch die Kurzfilmtage von Oberhausen haben 1999 begonnen, einen deutschen Musikclippreis, *MuVi*, einzuführen. Die Filme in einem Kontext frei von Verwertungsinteressen zu zeigen, macht laut Einführungstext von Lars Henrik Gass die künstlerische Qualität dieser Arbeiten erst wirklich wahrnehmbar.[8] So lassen sich also im Zusammenhang mit den Differen-

8   Lars Henrik Gass, "Der 'MuVi'-Preis für Musikvideo aus Deutschland", in: 45 Internationale Kurzfilmtage Oberhausen, Festival Katalog 1999, S. 205

zierungsprozessen im Bereich des Mediums "Musikvideoclip" beide Bewegungsrichtungen, die Kulturalisierung von Ökonomie sowie die Ökonomisierung der Kultur, feststellen.

Lust und Widerstand: Mode und Kunst anders machen

Yvonne Volkart

In jedem Fall, und ziemlich unbeachtet von denjenigen, die sich als Intellektuelle oder KünstlerInnen definieren, geschieht es wahrscheinlich schon in irgendeinem Café oder Keller oder Cyberspace-Lokal in deiner Nähe.[1]

Ästhetisierung als Kontrolle

Als der Hype der vielgepriesenen Überschneidungen von Mode und Kunst immer stromlinienförmiger wurde, stach mir in Bregenz die, vom Pariser Kritiker Eric Troncy mitkuratierte, Ausstellung "Lifestyle" ins Auge. Das war im Juni 1998. Der Pressetext der Ausstellung, die neben nationalen Grössen auch internationale wie Iké Udé oder Sylvie Fleury zeigte, enthüllte Bemerkenswertes: "Wir leben nun einmal im Zeitalter von Style, Surfing-Labels, Logos, Brands, Markenkulturen und Kulturmarketing. (...) die Ökonomie [braucht] in einer individualisierten, reichen Informationsgesellschaft Kunst und Kultur, um neue ideelle Werte zu schaffen, die in den Märkten der Zukunft entscheidend sein werden. (...) Strategien, die man bisher nur aus dem Kulturbetrieb kannte, setzen sich aufgrund des emotionalen,

---

1   Sadie Plant: *The Good, the Bad and the Productive, p.358, in: Ine Gevers/Jeanne van Heeswick: Beyond Ethics and Esthetics,* 1998

symbolischen Mehrwerts auch in der Wirtschaft verstärkt durch." Damals schrieb ich für einen geplanten Katalog: "Dieser Text, der einem Kunstinstitut und nicht einem multinationalen Konzern entstammt, zeigt nicht nur deutlich, wie sehr sich die Interessen der globalen Marktwirtschaft im Kunstkontext bereits internalisieren konnten, sondern, wohin Crossover auch noch führen kann." Die Bregenzer Variante herrschender Kultur- und Ökonomie-Ideologien könnte nicht nur das Fundament für jede Art von Kultursponsoring liefern, sondern macht klar, wie breit sich Leute aus der Kunst- und Kulturszene finden lassen, um globale Image- und Finanzinteressen ziemlich unreflektiert als Kultur zu preisen. Maurizio Lazzaratos am Beispiel von Benetton belegte These, dass Kultur eine Form von Politik ist, schien universal zu werden. Die Textil-, Bekleidungs- und Modeindustrie setzte ihren Einfluss auf die Kunst nicht nur in Metropolen wie New York, Mailand oder Paris ein. [2]

Fusionierung, Deregulierung und Mikropolitik: Tatsächlich appropriiert nicht nur die Finanzindustrie kulturelle Praktiken, wie es im obig zitierten Pressetext heisst, sondern es dominieren auch Praktiken der Globalökonomie diverse private und öffentliche Kulturinstitutionen. Glaubte man zu Beginn der 90er Jahre an eine mögliche Überwindung der Kluft zwischen Mainstream und Subkultur/Gegeninstitution, so hat sich diese Hoffnung zerschlagen, auch wenn die Grenzen zwischen beiden nicht linear verlaufen und sich in ihrer Verästelung gegenseitig konstituieren mögen. Selbstorganisierte Off-Räume können mainstreamiger sein als bestehende Institutionen mit einem kontinuierlichen kritischen Programm, die aber wiederum komplexere Abhängigkeitsstrukturen haben als flexible Orte. Im Januar 1997 publizierte der linke Kunsttheoretiker Benjamin H.D.Buchloh in Artforum einen Schwanengesang auf die "critical reflections": "Kulturelle Produktion wird im Kern völlig äquivalent zur Modeproduktion." Anhand schlagender Beispiele zeigte er darin auf, wie Minimalkünstler zu Aushängeschildern von Modeläden in

2 *Auf verschiedenen Ebenen war in Bregenz die Strumpffabrik "Woolford"*
   involviert.

Soho wurden und wie Museen sich als multinationale Corporations gebärden. Dabei stellt er die rhetorische Frage, was diese sogenannten öffentlichen Institutionen in den letzten zehn Jahren eigentlich für jene KünstlerInnen taten, die sich stets kritisch-politischen Kunstpraktiken zuwandten. Obwohl Buchloh einige widerständige aktuelle Kunstproduktionen nachweist, ist sein Fazit melancholisch: Keine dieser Praktiken entbehre einer gewissen Verzweiflung – denn der neue Feind Internet lauere schon und würde zu elektronischer Realität nivellieren, was einmal die Utopie der Kunst war: freie Kommunikation und die Errichtung von Freiräumen. Buchlohs Fazit ist über seine kulturpessimistische Tendenz hinaus ein signifikantes Beispiel für das symptomatisch-disperate Erkennen einer Krise von Repräsentation, Diskurs und Politik durch das Aufkommen digitaler Technologien. Möglicherweise stellen jene tatsächlich unsere Kultur, die auf der Schrift als Fundament gründet, so sehr infrage, dass Begriffe wie Handlungsfähigkeit, Subjektivität und Kritik neu entworfen werden müssen.

Von der Warte dieser Krise des kritischen Diskurses her (und damit der kritischen Kunst) bekommt Sadie Plants Motto – nämlich dass ES wahrscheinlich bereits anderswo geschieht – verführerische Relevanz. Trotzdem mag ich mich dem gegenwärtigen Trend, wie ihn Plant u.a. illustriert, – Handlungen und Orte ausserhalb der Kunstszene seien weniger re/territorialisiert als solche innerhalb –, nicht anschliessen. Im Gegenteil muss es darum gehen, jegliche Ideologien und Projektionen von Homogenität zu verabschieden, nicht zuletzt die Idee von der Homogenität der Kunstszenen. Dies um so mehr, als die Einebnung, mithin Kontrolle des Unterschiedenen und Heterogenen, das dominante Paradigma der posthumanen, globalisierten Gesellschaft geworden ist.

Kultur, Ökonomie und neue Technologien, respektive globale Medien, sind keine getrennten Entitäten, vielmehr bedingen sie sich gegenseitig. Darüberhinaus konstituieren sie nachgerade jene homogenen Oberflächen und Visualisierungen, an denen sich pausenlos Bedeutung herstellt. Kunst und Mode als Mittel zur Konstruktion und Mutation, Singularisierung und Universalisierung, Feminisierung, Fixierung und damit letztlich Kontrolle von Körpern, Identitäten, Subjektivitäten und Arbeit spielen dabei eine wachsende Rolle[3]. Nicht zufällig siedeln sich (zunehmend auch weibliche) Kunstszenestars wie Matthew Barney, Mariko Mori und Inez van Lamsweerde sowohl als Subjekte als auch bezüglich ihrer "Werke" genau im Crossover von Kunst, Mode und High Tech, im genderspezifischen wie auch im nationalen Körperdiskurs an. Mode ist neben Kunst eines der wichtigsten Mittel zur Visualisierung von Technophantasmen und globalen Zukunfts- und Herrschaftsphantasien. Insofern ist der gegegenwärtige 70's Retro-Chic nicht nur eine Frage postmoderner Appropriation stromlinienförmiger Stile. Tatsächlich fanden im Zuge des Kalten Kriegs der 70er Jahre auch wichtige ökonomische, wissenschaftliche und soziale Schübe statt, wie etwa neue Entwicklungen in Bio Engineering, Synthetics[4] und erste Deregulierungen[5] im Gefüge der internationalen und geschlechtsspezifischen Arbeitsteilung. Es ist kein Zufall, dass diese Verschiebungen sich zuerst in der Bekleidungsindustrie und dann der High-Tech-Industrie äusserten, war doch die Bekleidungs- und Textilindustrie schon zu Beginn der Industrialisierung im Frühkapitalismus und im Kolonialismus Katalysator für enorme soziale Umwälzungen. Die trendigen Stilzitate imitieren mit anderen Worten auf der Ebene der Mode die post-industrielle Variante des Kapitalismus – leider noch weitgehend unbewusst oder unartikuliert, mithin affirmativ.

In meinem eingangs erwähnten Text "Mode als Diktat. Die neue Weltordnung GmbH"[6] zeigte ich anhand der vielbeschworenen Verwischung der Grenzen von Kunst und Mode auf, dass die versprochenen Crossovers von High and Low nicht

---

3   *Andreas Lechner, der mit Petra Maier für das Forum Stadtpark Architektur die Veranstaltung DEpRIVAT zum Thema Mode und Architektur veranstaltete (Herbst 1998, www. http://forum.mur.at/architektur/formach.htm), schrieb mir, dass die Verschränkung von Mode und Kunst mit ihren Subjektprivilegierungen als "ultimative conditio bis in städtebauliche Strategien, Gentrifizierung usw. hineingeht"*

4   *die heute intelligente Textilien heissen*

5   *Einrichtung sogenannter Freihandelszonen im Trikont*

6   *in: Oberflächen. Zur Erscheinung in Kunst und Mode. Schriftenreihe der Kunsthalle Wien, Nr. 5, Klagenfurt 1998*

wie erhofft stattfinden. Im Gegenteil baut die Kunstszene ihre Ressourcen nachgerade aus, während ihr altbackener und terminologisch (natürlich nicht ökonomisch und strukturell) ziemlich verbrämter Meisterdiskurs widerstandslos auf andere Kulturfelder, allen voran die Mode, überschwappt. Statt der Vielfalt möglicher Produktionsweisen Rechnung zu tragen, wird ein restringiertes KünstlerInnensubjekt-System etabliert, in dem sich jene KünstlerInnen, die an der Schnittstelle von Kunst und Mode arbeiten, den besten Platz sichern können, während die zumeist männlichen Modemacher zu Künstlern "geadelt" werden.

Die Aufwertung von Mode zu Kunst und die scheinbare Abwertung von Kunst zu Mode jedoch sind über ihren traditionellen kunstimmanenten Nobilitierungsdiskurs hinaus auch Beispiele für die immanenten Funktionszusammenhänge der Kulturindustrie. Der australische Kulturtheoretiker McKenzie Wark schrieb: "Mode kann als sozialer Rhythmus betrachtet werden, der sowohl kulturell als auch industriell bedingt ist. (…) Die enorme Konzentration von Medien, Design und kulturellem Können und Kapital in der Ersten Welt kann als Anker für kreativen und kulturellen Mehrwert der Bekleidungsindustrie fungieren."[7] Dass gerade sie es ist, die im Moment in Form von Sponsoring, Anzeigen, Sammlungsaktivitäten und eigenen Kunstinstitutionen und -ausstellungen das Laufen der Kunstmaschine garantiert, die wiederum zur allgemeinen Kulturalisierung beiträgt, liefert neben ihrer Schlüsselrolle im Prozess der globalen Deregulierung ein aufschlussreiches Detail im Hinblick auf Traditionen und Brüche in der Geschichte des Kapitalismus.

Ästhetisierung als Entpolitisierung

Der Mainstreamkunst- und Modediskurs fokussiert sich in seinen Argumentationen hauptsächlich auf die visuellen Aspekte, wobei vor allem die formalen Parallelen

7   *McKenzie Wark: Fashion as a Culture Industry. In: Andrew Ross (ed.): No Sweat.
    Fashion, Free Trade and the Rights of the Garment Workers. New York/London
    1997. S. 230*

von Kunst und Mode betont werden. Ihre Parallelen bezüglich flexibilisierter Arbeitszusammenhänge hingegen oder ihre Differenzen, insbesondere ihre unterschiedlichen Produktions-, Distributions- und Kosumtionskontexte schaffen es nicht zur Ausstellungs- oder Coverstory. Das beweist, dass die gehypten "Crossovers" ein Diskurs homogener Oberflächen und visueller Kontrollmechanismen sind, welche die Exklusion sozialer, ökonomischer, politischer, ethnischer und geschlechtsspezifischer Realitäten durch die Forcierung reiner Stil-, Geschmacks- und Schönheitskriterien vorantreiben. In ihrem Buch "British Fashion Design. Rag Trade or Image Industry?" schreibt Angela Mc Robbie, dass überall, auch bei "The Face" und "i-D" dieselben Regeln herrschten: "Wo alles nur an der Oberfläche ist, aufgemacht als Stil, kann es keinen Ort für eine ernsthafte Diskussion geben, da gibt es nur oberflächliches Geplänkel oder style wars (Dick Hebdige). (...) Von allen Formen der Konsumkultur scheint Mode am wenigsten offen für eine Selbstuntersuchung und politische Debatte."[8] Obwohl das sehr pessimistisch klingt, ist McRobbie und Hebdige zuzustimmen. Eine der führenden AktivistInnen der Black-Power-Bewegung, Angela Y. Davies, beschrieb diesen Prozess eindrücklich am eigenen Beispiel. Sie schildert, dass ihr Name sogar von vielen Afro-AmerikanerInnen nur noch mit ihrem legendären Afro-Look statt mit ihrem Aktivismus, für den sie ihren Uni-Job verlor und ins Gefängnis kam, in Verbindung gebracht wird. "Es ist nicht allein die Reduktion des damals Politischen auf das heute rein Modische, das mich so wütend macht. Noch viel beunruhigender ist, dass meine 'Auszeichnung' als 'die mit dem Afro' vor allem durch eine bestimmte Ökonomie des Bild-Journalismus gesteuert ist und dafür sorgte, dass ausgerechnet meine Bilder neben wenigen anderen aus dieser Zeit übrig blieben." Sie schreibt weiter, dass kurz vor ihrem aktuellen Artikel mehrere JournalistInnen sie anriefen und zur "Wiederentdeckung des Afro-Looks" befragen wollten. "Besonders viele Anfragen kamen nach der Veröffentlichung einer achtseitigen Fotostory in der Märzausgabe von Vibe 1994". Das Ganze werde 'Doku-Fashion' genannt, so der O-Ton von Vibe: "weil hier moderne

8   Angela Mc Robbie, *British Fashion Design. Rag Trade or Image Industry?* London/New York, 1998, S. 153

82

Klamotten verwendet wurden, um den Angela-Davis-Look der Siebziger zu imitieren." Mit dem Hinweis darauf, dass das ursprüngliche Foto ihrer Verhaftung "als Vorwand für staatlichen Terror gegen unzählige junge schwarze Frauen" diente, schliesst Davis damit, für "neue Strategien einer alternativen fotographische Praxis" zu plädieren, "die dafür sorgen, dass Fotos wie die oben von mir beschriebenen wieder ausdrücklich in ihren historischen Kontext gerückt werden – sei's im Unterricht, im Bereich der Popkultur, in den Medien usw."[9] Diese Aufgabe steht tatsächlich noch an, zeigt doch Davis' Beispiel über die "Mainstreamisierung der Minderheiten" (Terkessidis/Holert) hinaus, dass Stile (das programmatische Tragen einer Afro-Frisur) dann, wenn sie als Symbolpolitik verstanden und eingesetzt werden, nochmals ein ganz anderes Potential als lediglich Homogenisierung beinhalten.

Doch McRobbies Beobachtung und Kritik der tiefen, unpolitischen Haltung in den Modemedien ist wahrscheinlich einer der Gründe, weshalb der aktuelle Mode- und Kunstdiskurs nicht nur oberflächlich ist[10], sondern warum er vor allem in der Kunst keine wirkliche Reflexion auf die neuen Zusammenhänge hervorbringt, sondern eine raffinierte Art von Small Talk-Attitüden. Diese wiederum vertragen sich bestens mit den neuen Ideologien globaler, homogenisierter Ästhetik und treiben sie damit eigentlich weiter, statt sie zumindest zu diskutieren.[11]

9 Angela Y. Davis: Afro-Images. Politik, Mode und Nostalgie. In: Die Beute, Politik und Verbrechen, Nr.2, 1998.

10 Dass letztlich einige der geplanten Katalogbeiträge für Helmut Lang, bevor sie überhaupt noch geschrieben waren, nur in einer Parallelpublikation zum Katalog erscheinen konnten, ist ein Indiz für die Ablehnung der Modeindustrie und ihrer Stars eines kritisch-theoretischen, insbesondere feministischen Diskurses und der damit verbundenen gesellschaftlichen "Utopien".

11 Aktuelles Beispiel für die unreflektierte Einklinkung in den dominanten Diskurs ist die im Wiener Künstlerhaus gezeigte Ausstellung Fast Forward. Mode in den Medien der 90er Jahre. Siehe dazu meine Kritik in Texte zur Kunst, Heft 35/1999. Ein Beispiel für den Kunst-Small-Talk über Mode ist das Interview Proclaiming Selfconstruction and Presentism Chic. Michelle Nicol and Hans-Ulrich Obrist talk on the phone für die von Ute-Meta Bauer herausgegene Fanzinereihe anlässlich der Ausstellung Nowhere, Humlebaek 1996.

Ästhetisierung als Universalisierung

"In dem Masse, in dem Kunst und Mode zutiefst in die Image-Industrie involviert sind, spielen Video, Fotografie und Modefotografie eine Schlüsselrolle in der Repräsentation von Mode und der Bekleidungsindustrie." McRobbie streicht die Bedeutung von Magazinen als neue Ausstellungsräume heraus und wirft der Image-Industrie sogar vor, dass Mode als Materie durch den Blick und das fotografische Bild ersetzt würden und dass die jungen DesignerInnen, die sich das nicht leisten könnten, die VerliererInnen seien.

Im Mode- und Kunstmagazin Self Service (Frühjahr 98) jedoch stehen die HerausgeberInnen des Pariser Magazins Purple, Olivier Zahm und Elein Fleiss, für die Idee des autonomen künstlerischen Aspekts einer "wahren" Modefotografie, die sie gegen eine "falsche" und missbrauchte, welche nur die kommerziellen Ideen der Modeindustrie repräsentiere, ausspielen: "Modefotografie ist die Ausnahme von jeder Regel. Sie ist zuvorderst ein Akt totaler Freiheit. Wenn sie das nicht ist, ist sie nichts wert. [...] Sie ist weder das Resultat einer kommerziellen Magazinarbeit noch von Werbung." Diese Argumentation rückt den ästhetischen, kreativen und autonomen Part in den Vordergrund, der ein zunehmend wichtiger Faktor in der Mode ist und einen ebensolchen für die aktuelle Kunst-Mode-Crossover-Debatte darstellt. Labels wie *Bless* gründen sich darauf und man kann kaum abstreiten, dass diese Autonomie nicht ein faszinierender, grenzüberschreitender Aspekt ist. Allerdings ignorieren Fleiss und Zahm in ihrem Wahr/Falsch-Diskurs, dass es diese Interesselosigkeit in der Produktion und Konsumtion von Modefotografie nicht gibt, auch wenn das Resultat formal autonom wirken mag. Kathrin Freisager etwa, eine Schweizer Fotografin und Künstlerin, die auch als kommerzielle Modefotografin arbeitete erzählte mir, dass sie früher bezüglich Setting, Styling etc. unumschränkte Freiheit hatte, dass sich aber in der letzten Zeit der Druck seitens der AuftraggeberInnen verstärkte und bis zu ästhetischen Forderungen reichte. Auch vor dieser Zeit sei sie — ausgenommen in ihrer Arbeit für FreundInnen — nicht völlig frei gewesen, sondern habe internalisiert, welche Rücksichtnahmen auf Labels, HerstellerInnen etc. zu machen waren. Das stellte allerdings kein Problem für sie dar, solange sie ästhetisch tun konnte, was sie wollte. Frei von kommerziellen Zwängen fühlt sie sich nur, wenn sie als Künstlerin arbeitet und auch dieses Gefühl hat sie möglicherweise nur wegen öffentlicher Stipendien, die ihr im Moment die Existenz sichern.

Anders tönt es bei den Purple-MacherInnen, welche die "Ideologie" eines aller Bindungen ledig gewordenen Fliessens vertreten, den man mit dem Begriff "Flow-Diskurs" (Stephan Gregory) auf den Punkt bringen könnte. Im Pressetext für die Ausstellung Fashion Video im Centre d'art contemporain in Fribourg (Februar-März 1998), wo Zahm und Kollegin Katja Rahlwes eine Videoplattform mit einem Dutzend Videotapes von Modeschauen von Hussein Chalayan, Comme des Garçons, Martin Margiela, Viktor & Rolf, Helmut Lang u.a. zusammenstellten, hiess es: "Was mich an dieser Annäherung von Kunst und Mode interessiert, ist die neue Ausstellungsoberfläche (...) Alles besteht in der Natur dieser Oberfläche der Verlängerung, das, was Deleuze einen 'Plan' nennt. (...) Oder diese aller Bindungen entledigte In-Plan-, in die Oberfläche-, in die formale Äquivalenz-Setzung bildet einen Raum der Nuancen, der Befragung und der instabilen Projektion, der offen und frei von aller festen Bedeutung ist."

Purples Ideen vom interesselosen, reinen Blick gründen und enden trotz aller vordergründigen Fluchtlinienthematik im entpolitisierenden, traditionellen Wahrnehmungs- und Kunsttheoriediskurs, der die spezifischen Situiertheiten der wahrnehmenden Subjekte völlig missachtet. Zahms Formulierung macht auch bewusst, dass gar keine realen oder virtuellen Räume ausserhalb dieses homogenisierenden medialen Settings geschaffen werden wollen. Im Gegensatz dazu ist das Motto von Sadie Plant trotz seines möglichen Fatalismus (was bleibt zu tun, wenn es bereits passiert...) doch soweit politisch fundiert, als es sich auf real existerende Subkulturkontexte und deren Praktiken bezieht und immerhin von einer Veränderung kündet.

A touch different versprach die neue vierteilige *aRUDEe*-Insert-Serie in *Flash Art*, März-April 1999, des in New York lebenden Künstlers und Herausgebers von *aRUDE magazine*, Iké Udé. Udé posierte in früheren Fotoarbeiten, wie etwa Cover Girls (1994), als schöne schwarze Frau auf den vermeintlichen Titelseiten von Vogue, Elle oder Cosmopolitan, deren Schlagzeilen sich um Themen vom "edlen Wilden" u.ä. drehten. Auch die aRUDE-Magazine beinhalten trotz ihrer Mainstream-Linie viele Beiträge zur Afro-Amerikanischen Geschichte und können deshalb als ein von Angela Y. Davis gefordertes Beispiel anderer Repräsentationen zählen. Für das Flash Art-Insert wählte Udé vier Fotografien des Starfotografen Randall Mesdon aus, zwei mit Kleidern von Comme des Garçon, zwei mit solchen von Vivienne Westwood, zwei verschiedene Starmodels und Starstylisten: a touch different meinte in dem Fall, wie sein Intro erklärt, dass "die BetracherIn einen subtilen Touch von Differenz wahrnimmt, der durch die verschiedenen StylistInnen und verstärkt durch die Kraft der Persönlichkeit aller individuellen Charaktere" entstehe.

Auch hier soll der wahrnehmungstheoretisch geschulte Blick am Werk sein. Er ist aber nicht mehr aufgefordert, Grenzverwischungen wie bei Purple, sondern im Gegenteil modische Geschmacksdistinktionen an den ebenmässig weissen Models vorzunehmen. Dass Udé das Ganze noch als "What's going on on the critical edge of fashion" verkauft, bestätigt, dass Wörter wie Differenz oder gar Kritik, da wo sich der Mainstream von Kunst und Mode treffen, entpolitisiert und als neuer "Modestil" reterritorialisiert werden.

Die Repräsentation von Mode durch neue Medien (und ihre nobilitierende Gleichsetzung mit Kunst) führt also in einer etwas verkürzten Formel nicht nur zum Verschwinden der "Hardware" der Mode, das heisst der realen Bekleidung und ihrer Herstellungskontexte, wie das Angela McRobbie befürchtet. Sie führt viel mehr auch zu einer universalisierenden Realisierung von Utopien auf der homogenen Ebene des technologisch produzierten Bildes. Wird dies nicht als Chance für andere Repräsentationsmuster erkannt, gefrieren utopische Optionen zu einer am Normkonsum orientierten Nivellierung, zu einer lückenlosen, eindimensionalen Durchstylisierung dessen, was man Welt oder Leben nennen könnte.

Ästhetisierung als Produktion eigener Kontexte

Leben jedoch ist wie die Kapitalismusmaschine selbst produktiv – allerdings nicht im homogenisierenden Sinn. Glaubt man Plant, so weiss man nie, wo und wann genau es gerade passiert. Und geht man davon aus, dass (Selbst)-Stilisierung und Virtualisierung des Realen unser posthumaner "way of life" ist, den wir auch geniessen wollen, dann lohnt es sich darüber nachzudenken, wie diese Lust von ihrer Subversivkraft her und nicht nur von ihrer hegemonialen Kontrolle lebbar wäre. Mode z.b. ist dadurch, dass sie all/täglich am eigenen Körper in Szene gesetzt wird, eine kulturelle Produktivkraft, die Virtuelles als Stil realisiert. Damit könnte sie, mehr noch als Kunst, eine direkte symbolpolitische "Waffe" sein, die Normen attackiert und andere als bloss hegemoniale Referenzsysteme visualisiert. Insbesondere dann, wenn ihre intersubjektiven Crossover-Praxen in den Vordergrund gerückt werden, könnte Mode modellhafte Handlungs-, Beziehungs- und Communityfelder produzieren, welche man als Widerstand gegenüber, Abstand zur oder Reflektion der dominanten Konsumkultur lesen kann. In diesem Sinne rezipiert z.B. die Kölner Kritikerin Fee Magdanz [12] eine Modeshow vom jungen Kölner Designer Dirk Schönberger: "Auffällig bei der Show war, dass alle Beteiligten einheitlich in Dirk Schönberger-T-Shirts rumliefen, auf denen "Ghettowelt" stand. Ich fand das sehr schön, weil es an nette Dresscodes erinnerte und seiner Crew ein gewisses Verschworensein verlieh. Und so in etwa ist das Ganze dann auch gedacht: [Zitat Schönberger] " Die Idee für diese T-Shirts stammt noch aus meiner Zeit bei Dirk Bikkembergs. Als ich die ersten Shows für ihn in Paris mitgemacht habe, baute sich in mir eine Abscheu gegen das alteingesessene Modesystem auf, und ich fasste den Vorsatz, alles anders zu machen. Damals habe ich mir mit einer Schablone "Ghettowelt" auf ein T-Shirt geschrieben. Zunächst empfand ich die anderen als das Ghetto, bis ich feststellen musste, dass ich mit wenig anderen in einem Ghetto bin, und so wurde für mich aus einer Anklage ein Aufbruch, die Dinge anders zu machen und unseren Backstage-Bereich zu einer Ghettowelt zu erklären, die das

12   in: de bug, zeitschrift für elektronische lebensaspekte, 3/1999

System verändern will." Statt Schönbergers Stil und seinem subkulturellen Verweissystem entpolitisierende Dekontextualisierung des Originals vorzuwerfen, wird er von der Autorin dazu benutzt, für eine communitybezogene Lebenspraxis zu plädieren, die nicht in einer bestimmten Identitätszuschreibung aufgeht, sondern innerhalb solcher vagabundiert.

Die wachsende Bedeutung von Ästhetik für die Gestaltung des täglichen Lebens legt neue Möglichkeiten symbolischer und politischer Widerstandsformen nahe, die man möglicherweise unterschätzte. Deshalb möchte ich einen Perspektivenwechsel vornehmen und die folgenden Beispiele an der Schnittstelle von Mode und Kunst nicht nur als Stile respektive Mittel zur Ästhetisierung, Kulturalisierung und Medialisierung pankapitalistischer Ideologien betrachten, sondern vielmehr als Mittel zur Symbolpolitik, zum Entwerfen anderer Codes, zur Reflektion eigener Produktions- und Konsumtionskontexte und zur Etablierung "eigener" Ökonomien. Ich würde von diesen nachfolgenden Beispielen nicht behaupten,dass sie ausserhalb der kapitalistischen Maschine stehen oder sich gar zum Ziel setzen, deren Fluss zu unterbrechen, oder dass sie nicht möglicherweise auch zur Kulturalisierung von Ökonomie beitragen. Mir geht es nicht um diese eher ökonomiebezogenen Fragestellungen oder Entscheidungen. Vielmehr möchte ich die Frage anreissen, wie man an der Schnittstelle von Mode und Kunst produktiv sein kann, ohne jene hegemonialen Ästhetiken und Phantasmen weiterzutransportieren, die letztlich so systemkonstituierend sind. Das heisst, ich möchte den Blick auf jene hybriden Praktiken lenken, die nicht affirmativ sind, auch wenn sie nicht unbedingt antikapitalistisch zu nennen wären. Es geht darum, dass man gewissermassen aus dem "Bauch des Monsters" heraus agieren, ästhetische und ideologische Codes ästhetisch schlagen oder reappropriieren kann, um sich für eine lustvolle Praxis von Stilen zu engagieren. Eine solche Praxis braucht sich nicht vor der Mode und ihrer Industrie zu scheuen, weil man sich entweder die Mode selbst macht oder die Widersprüche der kapitalistischen Konsumkultur am eigenen Körper als Thema artikuliert. Man zeigt seine "schmutzigen Hände" her, setzt sich aber dennoch akkurat vor lediglich symptombesetzten, affirmativen und legitimativen Strategien ab.

Wie ich schon andeutete, haben hybride oder symbolische "Politiken" (im Sinne von Praktiken) in einer kulturalisierten und stilisierten Gesellschaft, in der Politik zunehmend in Form von Kultur stattfindet, eine ganz andere Bedeutung und mögliche Effektivität. Sogenannte künstlerische und ästhetische Strategien und "style wars" sind nicht nur populär geworden und wurden von verschiedensten pankapitalistischen Interessensgruppen appropriiert, sie sind darüber hinaus auch die neue universale Sprache, die von breiten Schichten mühelos decodiert werden kann und gesprochen werden will. In einer ästhetisierten und schön-homogenen multikulturellen Konsumgesellschaft, die geil ist nach visuellen Codes und deren Appropriation, kann es grosses Vergnügen bereiten und unvorhersehbaren "Schaden" anrichten, andere Codes als die universalisierten zirkulieren zu lassen. Ich glaube, dass subversives Potential momentan v.a. in der Entwicklung anderer, gegenhegemonialer Ästhetiken liegt. Und zwar deshalb, weil damit nicht nur die Bedeutung der Ästhetik für die Konstruktion des Alltags erkannt und positiv eingesetzt wird, sondern auch deshalb, weil ich glaube, dass es die Unterschiede sind, die die effektive Bedeutung ausmachen und damit etwas auslösen, das über die diskutierten Territorialisierungen hinausgeht.

Ein gutes Beispiel einer intersubjektiven Crossover-Praxis mit alternativen Repräsentationscodes ist das Berliner (früher Hamburger) Magazin Neid des transmedial agierenden Projekts Neid, das aus rund dreissig bis vierzig miteinander arbeitenden KünstlerInnen besteht. Neid spielt auf den Begriff des Penisneids an und rückt damit terminologisch die defizitäre Position eines Subjekts, das auch geniessen will, was andere haben und es nicht, als Begehrensstruktur und Produktivkraft offensiv nach vorne. Die Rückseite von Neidmagazin Nr.4 (1995) z.B. zeigt die Zeichnung einer Claudia-Schiffer-artigen, langhaarigen, barbusigen Frau mit lechzend aus dem Chanel-Mini heraushängenden Schamlippen. Unter dem Wort "Channel" sind die Real- und URL-Adressen der Neidredaktion angegeben. Das pervertierte Chanel-Kleid (oder gar die falsche Claudia Schiffer) als Kanal von Neid, in welchen man sich einloggen, den man wie ein Kleid anziehen und umcodieren kann, damit es ein anderes Styling, eine neue Message wird. Mode wird hier zum Muster einer Praxis, die von vielen für viele, in einer steten Entwicklung begriffen, artikuliert wird. Vom kollaborativen Geist des Magazins erzählen auch anzeigenartige Fotokonzepte im Heft, in denen die Editorinnen Ina Wudtke und Claudia Reinhard aufgepeppt zur Schau gestellt sind. Auf einem Bild etwa sieht man die beiden Frauen von der Seite mit einem geraden und festen Blick drein-schauen, von Hand steht geschrieben "Working together". Das Bild ist die Imitation eines Plattencovers von Ike und Tina Turner mit derselben Bildunterschrift. Zu Beginn des Heftes sind dieselben beiden Frauen als Doubles in glänzenden Party-kleidern repräsentiert, so dass der Eindruck erweckt wird, ganz viele tolle Frauen machten das Heft. Die Editorinnen werden als Frauen dargestellt, die schön sind, gerne auf Parties gehen, Spass haben und intensiv zusammenarbeiten. Damit the-matisieren diese Fotografien nicht nur die eigenen (feminisierten) Produktionszu-sammenhänge, die für selbstorganisierte Kontexte, in denen Arbeit und Freizeit zumeist ineinander übergehen, typisch sind, sondern produzieren darüberhinaus auch andere Repräsentationen von Weiblichkeit, in denen sich verschiedene Qua-litäten akkumulieren statt ausschliessen. Formal können sie als Imitationen von Corporate Identity-Praktiken in der sexistisch-kapitalistischen Gesellschaft von Geschmack, Stil und Distinktionsmechanismen interpretiert werden, gleichzeitig sind sie Bekenntnisse zur Leidenschaft für Styling und Konsum. Im Gegensatz etwa zu den passiven Fashion-Victim-Inszenierungen von Sylvie Fleury oder Karen Kilimnik, die in ihren Arbeiten nur eine opferartige Unterordnung unter die gla-mourösen High-Fashion-Normen zur Verfügung stellen, werden hier die dominan-ten Ordnungen durch aggressive weibliche Selbstdarstellungen und rücksichtslose Aneigungspraxen subvertiert und durch den trashigen Touch als für alle verfügbar bereitgestellt.

Ein weiteres Beispiel einer anderen Ästhetik im Mode-Kunst Crossover ist die Modes-how CASH von Wally Sallner und Johannes Schweiger. Die Wiener KünstlerInnen Wally Sallner und Johannes Schweiger kreierten 1998 unter dem Fashion Label

__fabrics interseason® eine Kleider-Edition für sabotage communications – eine Gruppe von Leuten, welche in unterschiedlichen Medien im Popkontext arbeiten und ein Parfum namens CASH lancierten, ein Name, der so signifikant ist wie der Name der Gruppe. CASH spielt auf die Tatsache an, dass heute grosse Modefirmen ihr Geld vor allem über den Verleih ihrer Namen an die Parfum- und Accessoire-Industrie machen. Der Name und die Art und Weise der CASH-Modeschau akzentuieren einen anderen Aspekt des obig diskutierten Flow-Diskurses. Sie imitieren den Fluss des Kapitals und der Warenfetische und pervertieren ihn: Autos, Männer, Frauen, Kleidung. Alles ist in Bewegung, die Leute gehen von Auto zu Auto, die Autos fahren, und am Ende erweckt das Defilee der Models den Eindruck, als ob sie emigrierten. Im Gegensatz zu üblichen Modeschauen bewegen sich diese Models plump, als ob sie nicht wüssten, wie sie richtig laufen und sich ausstellen sollten. Ihre Figuren entsprechen nicht den Idealmassen, sie sind das, was man durchschnittlich oder normal nennt, nichts Spektakuläres oder Glamouröses. Und auch die Kleidung hat etwas Selbstgebasteltes und simpel Geschneidertes. Ebenso fehlt der Modeschau der zweiten Edition shinjin rui[13] der klassische Laufsteg.[14] Auch da dominiert dieses Sich-Bewegen von Ort zu Ort, als ob das, was als Mode im Moment zu sehen ist, nur ein Zwischenspiel sei. Die Namen CASH oder sabotage communications sind programmatisch wie der des Labels __fabric interseason®. Zwischensaison ist jene Saison, die nicht in Mode ist, es ist die billige Zeit, die tote, wenn nichts los ist. Zwischensaison ist das zeitliche Modell eines Zwischenraumes,

13 Pressetext: "In Japan wurden mit diesem Begriff die Yuppies der frühen 80er Jahre bezeichnet. Jene shinjin rui sind zwischen 20 und 30 Jahre alt. Ganz anders als die otaku legen sie grossen Wert auf ihre äussere Erscheinung. Sie sind trendbewusste Hyper-Konsumenten, die unter einem 'Markennamen-Syndrom' leiden. Der letzte Schrei unter den shinjin rui ist ein gebräunter linker Arm, der signalisiert, dass der/das jeweilige Boy/Girl ein prestige-trächtiges importiertes Auto mit dem Lenkrad auf der linken Seite fährt."

14 der natürlich auch bei anderen ModedesignerInnen (wie etwa Margiela) langsam aus der Mode kommt und spezifischen Lokalitäten oder sogar der Strasse vorgezogen wird, um reale Lebenskontexte anzupeilen.

es spricht symbolisch von der Wichtigkeit von Zwischenspielen, von Crossover, Partizipation und "Ghettoworlds"[15].

Sowohl die Neid-Crew als auch Sallner/Schweiger sind Leute aus der Kunstszene, die ihren Produktions- und Lebensradius real vergrössern und nicht nur die engen Normen einer Kunstszene-Karriere erfüllen wollen. Wally begann Mode zu machen, weil ihr u.a. der Kunstbetrieb mit seinen Öffentlichkeiten und Ausstellungsmöglichkeiten zu starr vorkam. Sie findet Selbstorganisation im angewandten Bereich einfacher. Beides – die Behauptung limitierter Möglichkeiten für Öffentlichkeiten und Selbstorganisation im Kunstkontext – scheint mir allerdings eine jener homogenisierenden Projektionen zu sein, denen etwas Eskapistisches anmutet. Einleuchtender fände ich das Argument, dass man einfach mehr als nur das Eine machen will. Das eine macht nicht das andere obsolet, sondern bedingt sich, unterscheidet sich aber auch voneinander. Es geht darum, die veränderten Lebensbedingungen, in denen man heute als kritische, mithin nicht kunstmarktkonforme KunstproduzentIn steht, den eigenen Wünschen gemäss aktiv mitzugestalten und sich auf eigene Füsse zu stellen.

Auch Ute Neuber aus Wien hat sich ein florierendes Aktionsfeld aufgebaut; sie übt unter dem Label "Privat" verschiedene Tätigkeiten aus: Sie stellt Kleidung und Hüte her, designt Innenräume, arbeitet als Stylistin für Theatergruppen und Frisöre und macht Ausstellungen, wo sie ihr ideologisches Konzept einer nicht-entfremdeten Arbeit reflektiert. Sie lebt von Mund-zu-Mundpropaganda und wird von ihr unbekannten Leuten aus den verschiedensten Szenen vor allem als kreative "Dienstleisterin" angesprochen, die auf persönliche Wünsche adäquat reagieren kann. Zu ihrer mobilen Tätigkeit kam sie dadurch, dass sie gern "herumbastelt", davon aber unbedingt leben wollte ohne Konzessionen machen zu müssen. Auch sie spricht, wie Sallner (und J. Morgan Puett im folgenden Beispiel), von Selbstorganisation, Eigenverantwortlichkeit und Pragmatismus als Motiv. Alle diese Bei-

15 *Foldertext: "Da sich das Team um ___fabrics interseason® nicht als ModedesignerInnen, sondern als StylistInnen versteht, die auch im Kunst und Graphikbereich tätig sind, definiert sich ___fabrics interseason® als zwischensaisonales Label - abseits der frequentierten "prête-à-porter rush hour" im Modebusiness."*

spiele sind an der Schnittstelle von Kunst und Mode situiert und lassen sich als Existenzmodelle der Kreierung eigener Handlungs- und Spielräume inmitten der Konsumkultur interpretieren, offen für neue Produktions-, Distributions- und Konsumtionskontexte, offen für neue Wertgebungen: im Zwischenraum von Mode und Kunst oder darüber hinaus. Die Produktion solcher Räume ist im Moment sehr wichtig, wenn man sich nicht nur am Diktat der Globalmode und ästhetischen Codes "der anderen" abarbeiten will. Wobei natürlich das eine das andere nicht ausschliesst. Winzige, modellhafte Räume reichen, in denen man "eigene" Stile, Moden, und Theorien machen, Spass haben, pausieren, reflektieren und andere Ökonomien aufbauen kann.[16]

Ästhetisierung als widerspenstige Praxis

Zu Beginn sagte ich, dass sich Mode respektive die Mainstream-Mode im Hinblick auf die dominanten Herrschaftsideologien eher affirmativ verhält. Da sich immer mehr ProduzentInnen (oft gezwungenermassen) flexibilisieren und in Crossover-Zusammenhängen eigene Existenzmodelle schaffen müssen, wächst allerdings auch der Wunsch nach ästhetischer Verhandlung eigener und gesellschaftlicher Lebensbedingungen und Ökonomien. Das New Yorker Fashionlab mit der Serie Trash-à-Porter verwendet konsequent nur gebrauchte Materialien, so wie auch Martin Margiela mit Wiederverwertung, sogar eigener unverkaufter Kollektionen, operiert. ____fabrics interseason® näht alte und neue Materalien zusammen, funktioniert Pullover zu Röcken um oder lässt bei einem schwangeren Bauch einfach den Hosenlatz offen. Das heisst, dass das spätkapitalistische Thema der Mobilität und Flexibilität, wie es besonders im Bekleidungssektor greift, als Stil verhandelbar und konsumierbar wird. Mit anderen Worten: Bedingt durch die öko-

16 *Ein Beispiel für eine selbstorganisierte Vernetzung von Kunstvermittlerinnen und Modedesignerinnen ist etwa der Wiener Modebus (Netzwerk und Fahrzeug), der für einen anderen Umgang mit Kunst-, Design- und Modepraxen steht. Infos unter http://www.x-office.com/modebus*

nomischen Verhältnisse könnte sich v. a. im subkulturellen oder selbstorganisierten Modekontext diese affirmative Haltung von Mode ändern.

Ästhetisierung, Formalisierung und Stilisierung ist eine Möglichkeit, wie Mode Gesellschaft und ihre Repäsentationssysteme reflektieren kann. Manche Mode tut das bereits und übernimmt damit über ihre vielbeschworene Zeitgeist-Funktion hinaus symbolpolitische und mythische Funktionen, die traditionell eher von kritischen und alternativen Kunstpraktiken ausgeübt wurden. Aber die Stilisierung als Methode der Kritik hat ihre Grenzen, nicht nur wegen des kommerziellen Faktors, sondern auch ästhetisch-medial und damit auch inhaltlich und situativ.

Um tatsächliche Reflexionen über eigene oder auch über andere Agitationsfelder zu eröffnen, braucht es einen Perspektivenwechsel. Damit meine ich weniger, dass man eine Art ausserhalb des Systems konstruieren kann, als vielmehr, dass man die eigene Position temporär wechselt und deren Bedingtheit analysiert. Diese Brechungen vermeintlich homogener Räume lassen sich oft am besten durch nochmals andere Methoden, Medien, Theorien, Praktiken oder Räume als die, in die man täglich involviert ist, herstellen. Der Begriff Crossover hat viel mit solchen Optionen von Reflexionen durch Raumtransfers zu tun.

Als Beispiel für einen solchen Perspektivenwechsel durch Changieren der Referenzfelder möchte ich die Arbeit Wholesale/To the Trade Only von J.Morgan Puett anführen. Puett ist seit mehr als 13 Jahren Modedesignerin und Künstlerin in New York. Sie führte mehrere Läden an der Schnittstelle von Mode, Einzel-/Grosshandel und Architektur/Design und hat auch schon einige ökonomische Auf- und Abstiege (Bankrotte) erlebt. Im Moment führt sie mit einer Partnerin in einem alten Loft den Laden J. Morgan Puett/SHACK INC. Auf der oberen Etage ist ein Teil der Nähproduktion eingerichtet mit dem Zweck, die zur Zeit oft in Sweatshops gefertigte, unsichtbare Billiglohnarbeit als Teil des Produktions-Hintergrunds ihres Geschäfts transparent zu machen.[17] Das Design des Ladens bringt zudem ausdrücklich die

17 Puetts Näherinnen arbeiten natürlich nicht zu Sweatshop-Bedingungen, und sie lässt den Rest auch nicht in solchen produzieren, obwohl es anscheinend mal eine solche Phase in der Vergangenheit gab.

Geschichte der New Yorker Fabrikarbeit in Erinnerung. Die Kleidung, die Puett herstellt, ist ein nach inhaltlichen Kriterien neu akzentuiertes Remake jener Kleidung, die die ArbeiterInnen zu Beginn des 20. Jahrhunderts in den USA trugen und die nicht einmal in historischen Museen gezeigt wird. Mit anderen Worten: Der Stil ihrer Mode wirkt etwas out of fashion und historisierend, spricht aber doch ziemlich viele Leute an, so dass sich das Unternehmen gut rentiert. In Kunstausstellungen zeigt Puett verschiedene Artefakte ihres Geschäfts, von Kleidern über spezifische Arbeitssituationen bis hin zu unbezahlten Rechnungen und Betreibungsurkunden. Das Ausgestellte fixiert sie in Bienenwachs, so dass das Skulpturale und Archivartige, mithin die "Kunsthaftigkeit" ihrer eigenen Existenz betont wird. Puett friert ihre persönlichen Produktionskontexte in ein allegorisches Bild ein, das damit auch den momenthaften Stillstand der Kapitalismusmaschine andeutet. Das heisst also auch, dass sie den Kunstkontext dazu benutzt, ein Moment der Distanz zu schaffen, wo über die eigenen Positionierungen und Verflechtungen im sozialen und kapitalistischen Gefüge nachgedacht werden kann. Der Unterschied, den sie zwischen dem Mode- und Kunstmachen akzentuiert, lässt damit Rückschlüsse auf die unterschiedlichen Funktionen, mögliche Überlappungen und komplexe Verwicklungen nicht nur von Kunst und Kommerz, sondern generell von den Möglichkeiten und Grenzen symbolpolitischer Praktiken zu.

Wie ich zu Beginn sagte, wird der Kunstkontext in den letzten Jahren forciert als Schnittstelle zur Mode benutzt. Während das Beispiel von Puett zeigt, dass das Kunstsystem für den Modediskurs ein nützlicher, kritischer Distanzierungs- und Reflexionsraum darstellen könnte, werden diese Möglichkeiten, insbesondere vom Mainstream, oft weder erkannt noch genutzt. Stattdessen werden die Ebenen vermischt und es wird lediglich symptomartig, mimetisch oder auf der Ebene der Stile agiert. Damit aber stützen solche Unternehmen eher das pankapitalistische Paradigma des Universell-Ästhetischen, als dass sie Brüche hineinschlügen. Eine besonders problematische Form ist etwa die Kritik implizierende Produktionsästhetik im Kunstraum. Sie liebäugelt mit Produktionskontexten und der reflexiven Funktion des Kunstraums, bietet aber ausser Verkunstung von Leben keine anderen Möglichkeiten an. Beispiele sind etwa Jens Haaning, der in den Kunstraum de Vleeshal im holländischen Middelburg (Sommer 1996) eine Kleiderfabrik inklusive ArbeiterInnen stellt, ohne z.b. mindestens die Öffnungszeiten zu ändern und damit einen Hinweis auf die Arbeitsbedingen dieser Menschen zu liefern. Ein anderes Beispiel ist Rirkrit Tiravanija mit seiner Ausstellung "Das soziale Kapital" im Zürcher Museum für Gegenwartskunst (Sommer 1998), das eigentlich eine Privatfoundation des CH-Lebensmittelriesen Migros ist. Tiravanija richtete einen funktionierenden Migros-Laden ein und nannte das Ganze zutreffend *Migrosmuseum*. Darüberhinaus sass aber auch jeweils eine Frau (Migrantin) hinter einem Tisch, wo sie Einkaufstaschen aus Stoff zusammennähte. Auch sie war inklusive ihrer Arbeit in beliebter Ready-made-Strategie direkt aus der benachbarten Näherei und Wäscherei der Zürcher "Dienststelle Ergänzender Arbeitsmarkt" ins Migros-Museum gestellt worden, um hautnah zu demonstrieren, dass Kunst heute prozesshaft und sozial und nicht mehr rein skulptural ist.

Will man als KunstproduzentIn hingegen nicht akzeptieren, dass das, was man Kunstszene oder Ort der Kunst nennt, völlig in diesen Mainstream-Ästhetisierungen aufgehen, für die nur die Reterritorialisierung des Kunstfremden in die Kunst zählt, und will man auf anderen Ästhetiken und deren kritischer Produktivkraft bestehen, dann muss man schauen, dass man den Kunstraum weiterhin strategisch für politisierte Crossover- oder Kunstpraxen besetzt.[18] Ich halte es für einen grossen Fehler, das Kunstfeld zu verunglimpfen oder kampflos zu verlassen, um nach Plants Motto "es geschieht wahrscheinlich schon in irgendeinem Café oder Keller oder Cyberspace-Lokal in deiner Nähe" seine eigenen Sachen an anderen Orten besser zu machen. Plants Motto ist nämlich ein signifikantes Beispiel für eine allzuoft viel zu

18   *Die weitgreifenden Zusammenhänge von Bekleidung, Labelkonsum, neuen Arbeits- und Ökonomieformen wie etwa Kofferökonomie und Hybridisierung von Kulturen zeigen hingegen Gülsün Karamustafa, Marion von Osten und Peter Spillmann in ihrem Video "Fashion is Work" auf, das für die Ausstellung Too Wide Enough im Swiss Institute, New York April 1999, gedreht wurde.*

kurz gegriffene Kritik am Kunstkontext, wie sie häufig aus aktivistischen, politisierten oder communityorientierten Szenen zu hören ist. Solche setzen Kunst lückenlos mit Mainstream und Kapitalismus ineins und ignorieren nicht nur engagierte Positionen und Kontexte, sondern auch die Möglichkeit des Kunstkontextes, andere Räume jenseits einer geradlinigen Effektivität und politischen Verifizierbarkeit eröffnen zu können. Tatsächlich ist das Kunstfeld, wie ich zu Beginn deutlich machte, zu recht umstritten und nicht einzigartig oder allgemeinverbindlich, wie das traditionellerweise immer wieder verbreitet wird. Es führt aber in eine Sackgasse oder entspringt purer Eigenlegitimation, es nur als völlig durchökonomisiert darzustellen. Gerade da, wo es sich wirklich engagierten Crossover-Praktiken und kritischen Diskursen öffnet, kann ES, können Momente der Widerspenstigkeit auch geschehen, so wie in irgendeinem Café, oder Keller oder Cyberspace-Lokal auch (um mit Plant zu sprechen). Wie am Beispiel von __fabrics interseason® bereits beschrieben, schliesst das eine das andere nicht aus, sondern kann es zu einem Perspektivenwechsel führen, solange die Tätigkeiten von ihrer Motivation her ernsthaft ausgeübt werden. Zwischenräume müssen also auch in der Kunstszene selbst produziert und implantiert werden. Gegen die wahrscheinlich eher ideologisch als ökonomisch bedingte Migration von KunstproduzentInnen gilt es darauf zu bestehen, dass der Kunstkontext auch ein Ort des Widerstands ist, der lebendig erhalten werden muss. Tatsächlich steht eine Repolitisierung der Kunstszenen an, die sich nicht, wie bei Buchlohs-Argumentation, aus der Melancholie speist, sondern aus der wahrscheinlich eher utopischen Hoffnung als dem effektiven Wissen heraus, dass kritische ästhetische Strategien eine Wirkungskraft entfalten, die im Zeitalter der Ästhetisierung und Virtualisierung von Realitäten radikaler sind als angenommen. Nichts regt etwa die hegemoniale Kunstszene mit ihrem demokratisiert-befriedeten Öffentlichkeits- und Qualitätsbegiff so sehr auf, wie die offensiven Bekenntnisse einer community zu "Ghettoworlds" mit eigenen, wenn auch nicht unabhängigen Symboliken und Zirkulationen.[19] Und obwohl ich glaube, dass es nicht wichtig ist,

---

19 *Hier schliessen sich natürlich auch die Fragen an, wo man wie mitmachen kann, ohne gefressen zu werden und Mehrwert zu liefern. Die puristisch politisch-korrekte*

ob etwas Mode heisst oder Kunst oder was auch immer, weil ich immer an mögliche kritische Effekte real gelebter Crossovers glaube, kann es für KunstproduzentInnen im Moment strategischer und präventiver sein, den Mix, den man produziert, im Namen der Kunst zu tun. In einer Zeit, in der jede Mainstream-Kunstinstitution von Crossover spricht und Modestars einlädt, in ihren Räumen eine Modeshow abzuhalten, und behauptet "das ist Kunst", kann es sehr effektiv sein, die "flexiblen" Rollen offensiv auszuspielen und zu sagen: Das ist Kunst, das ist auch unser Raum, hier wollen wir sein und agieren. [20]

Ich kann nicht mit Sicherheit sagen, ob die Schnittstelle von Kunst und Mode ein privilegierter Ort von Widerstand im Zeitalter des Pankapitalismus ist oder sein könnte, geschweige denn, ob die angeführten Beispiele, bezogen auf das Funktionieren der Kapitalismusmaschine, es wirklich sind. Möglicherweise liegt die Produktion eigener Ökonomien, Lebenskontexte und Ästhetiken genau in der Logik des Spätkapitalismus. Letztlich meine ich, dass Widerständiges eher von AgentInnen oder von temporären Zusammenschlüssen statt "Subjekten" in Bewegung gesetzt wird, d.h. also eher von "Entitäten", die die üblichen, in der Kunst und Mode wirksamen Subjektprivilegierungen verabschiedet haben. Vieles mag meiner Beachtung entgangen, oder noch in Entwicklung sein oder nie geschehen. Für die aus dem Ganzen resultierende latente Frage, wie sich eine widerspenstige künstlerische Praxis von einer widerspenstigen Modestrategie oder einer Mainstream-Kunstattitüde unterscheidet, ist meiner Meinung nach immer noch Walter Benjamins-Ansatz vom

Position, die jedes Andocken an den "Feind" a priori als Reterritorialisierung durch die Kapitalismusmaschine von sich weist, ist wegen ihrer Eindimensionalität sicherlich kaum aufrecht zu halten, während jene Position wahrscheinlich zu blauäugig ist, die sogar an die deterritorialisierenden Effekte "autonomer" Mikropolitiken, auch wenn sie parasitär im Repräsentations- und Ökonomiefeld des Monsters stattfinden, glaubt.

20 *und damit wähle ich an dieser Stelle bewusst diese homogenisierende Wir-Identität, auch um meine persönliche Situierung als Kunstvermittlerin in der Kulturgesellschaft mitzudenken.*

"Autor als Produzent" relevant und dreht sich darum, wie man sich selbst im gesellschaftlichen Gefüge situiert. Politische Verantwortung und Positionierung hinsichtlich des eigenen Tuns können nicht dadurch nivelliert werden – wie das Plants Motto nahelegt – dass Widerständiges sowieso und immer nur ausserhalb der eigenen Subjektposition, mithin unabhängig vom menschlichen Willen und quasi von selbst geschieht. Die selbst/kritische Bewusstmachung gewählter Positionen, Orte, Ver-Ortungen, Medien, Ästhetiken, Strategien und Praktiken ist ein künstlerisches Privileg, dessen Relevanz enorm ist und das auch unmittelbare Ereignisse, aktivistische Aktionen oder Umbrüche im Feld des Virtuellen und Realen nicht ersetzen oder gefährden können. Dass letztlich weder gutgemeinte Intentionen vor Reterritorialisierung schützen noch eine affirmative oder Laisser-faire-Haltung andererseits nicht subversive Effekte zeitigen könnten, kann nicht dafür verwendet werden, Haltungen wie Verantwortlichkeit oder Kritik als obsolet zu erklären. Vielmehr zeigen solche unkontrollierbaren Dynamiken nicht nur, dass ES jetzt gerade geschehen kann, sondern auch, dass ES immer wieder in Bewegung gesetzt werden muss, um geschehen zu können. Widerspenstige künstlerische Strategien im Modekontext bedeuten nicht nur, Kritik an der kulturalisierenden Kontrollästhetik und ihrer Perpetuierung kapitalistischer Kunstvorstellungen zu üben, nicht nur andere Räume, Arbeits- und Konsumtionszusammenhänge zu schaffen oder mittels unterschiedlicher Medien und ästhetischer Strategien die eigenen Kontexte, Verflechtungen und Codes zu reflektieren. Es heisst auch, Codes zu appropriieren und damit ein parasitäres , mythisches "sekundäres semiologisches System" (Roland Barthes) zu konstruieren. Allerdings muss dabei, um neue Homogenisierungen zu vermeiden, immer die eigene Situiertheit mitthematisiert werden.

Gebrochene mythische Systeme zu konstruieren bedeutet für mich als Kunstvermittlerin z.B., Weichstellen in nivellierenden dominanten Ästhetiken aufzuspüren oder solche in der Rezeption zu produzieren, zu benennen und offensiv gegen die ursprüngliche kulturalisierende, verharmlosende oder affirmative Intention des/der AutorIn anzulesen, d.h. mein eigenes Begehren in das andere hineinfliessen zu lassen. Es ginge darum, die Lust auf ein Anderswo, das nicht ausserhalb, sondern mitten drin liegt, sowohl als Widerstand am hegemonialen Zwang zur Mode als auch als "ironischer Mythos" (Donna Haraway), wenn nicht subjektzentriert, so doch kontextgebunden – zu praktizieren.

(Zitate sind, sofern nicht anders erwähnt, von der Autorin übersetzt)

Die Kultur privatisieren, den Wünschen ein Image geben

PoYin AuYoung

Der Museumsraum

"… in einem typischen Museum des 19. Jahrhunderts dienten 90% des Raums den Ausstellungen und nur 10% anderen Funktionen. Im 20. Jahrhundert dagegen dient tendenziell nur noch ein Drittel den Ausstellungen, während zwei Drittel für andere Zwecke genutzt werden." [1]

Robert Venturis Beobachtung fasst den vorherrschenden Trend heutiger Museen auf prägnante Weise zusammen: Atrien, Restaurants, Bücher- und Geschenkläden sowie privaten oder gesellschaftlichen Anlässen wird in der räumlichen Konzeption von Museen längst mehr Platz eingeräumt als den eigentlichen Ausstellungen. Diese Tendenz wie auch die Tatsache, dass in den westlichen Industrieländern noch nie so viele Museumsgebäude errichtet wurden wie während der letzten zwanzig Jahre, macht eine erneute Untersuchung der Institution Museum notwendig; dies gilt insbesondere für die behaupteten öffentlichen Funktionen wie auch für die zunehmenden Privatisierungsbestrebungen.

1   *Robert Venturi zitiert von Ellen Posner, in "The Museum as Bazaar", Atlantic, August 1988, S. 68*

Integration von physischem, geistigem und gesellschaftlichem Raum

Im Zentrum meines Forschungsinteresses steht die Beziehung zwischen Museumsraum, Kommerzialisierung und der Image-Konstruktion im späten 20. Jahrhundert. Museen werden einerseits als physische Objekte und als Produkte des fortgeschrittenen Kapitalismus andererseits als Images und Repräsentationen von Identitäten und Wünschen betrachtet. Der Museumsraum wird also nicht nur mit den politischen und wirtschaftlichen Produktionsbedingungen in Zusammenhang gebracht, sondern auch als Zeichensystem interpretiert, das auf gesellschaftlicher Ebene Bedeutungen und Identitäten produziert.[2] Eine reduktionistische und positivistische Auffassung von Raum dagegen betrachtet ein Bauwerk lediglich als Material, als physisches Objekt oder als wirtschaftliche Transaktion und ignoriert die Herstellung von Identität und die Konstruktion von Bedeutung sowie die Frage nach den persönlichen Erfahrungen der BesucherInnen im architektonischen Raum. Die Image-Konstruktion und die symbolische Repräsentation können aber von den sozialen Produktionsbedingungen nicht getrennt werden, da die Raumproduktion nicht nur als solche ein sozialer Vorgang ist, sondern auch selbst soziale Beziehungen schafft. Der französische Stadttheoretiker Henri Lefèbvre führte sein Raumkonzept über den Positivismus und den wirtschaftlichen Determinismus hinaus, indem er den physischen, geistigen und sozialen Raum miteinbezieht: "(...) wir befassen uns mit logischem und erkenntnistheoretischem Raum, mit dem Raum der sozialen Praxis, mit dem Raum, der sinnlich wahrgenommen wird. Dieser beinhaltet Phantasieprodukte wie kulturelle Projekte und Projektionen, Symbole oder Utopien."[3] Weiter weist Lefèbvre auf die Bedeutung einer Raumnutzungsanalyse und einer Analyse der physischen Raumerfahrung als ausschlaggebende Komponenten der Raumproduktion hin:

2   Vgl. Rosalyn Deutsche, „Men in Space," Artforum (Feb. 1990), S. 21-23

3   Henri Lefèbvre, "The Production of Space", übersetzt ins Englische von Donald Nicholson-Smith (Cambridge: Blackwell Books, 1991), S. 12

"Sozialer Raum kann durch die Natur (Klima, Ort) oder durch seine Geschichte nicht ausreichend erklärt werden, auch stehen die zunehmenden Produktionskräfte in keinem direkten Zusammenhang mit einem besonderen Ort oder einer besonderen Zeit. Mediationen und MediatorInnen – Gruppenaktionen, wissensorientierte, ideologische oder repräsentative Faktoren – müssen berücksichtigt werden. Der soziale Raum birgt eine große Auswahl an Objekten, natürlicher wie sozialer Art, inklusive Netzwerke und Wege, die den Austausch von materiellen Dingen und Information ermöglichen. Solche "Objekte" sind daher nicht nur als Dinge, sondern auch als Beziehungen zu begreifen."[4]

Die Kommerzialisierung des Museumsraums

Eine der wesentlichen Fragen besteht darin, zu untersuchen, inwieweit Museumsraum als Ware nach unternehmerischen Regeln und Gesetzen behandelt wird. Ein in dieser Hinsicht zentraler Gedanke ist die Industrialisierung des gesellschaftlichen Lebens, wie sie der Ökonom Ernest Mandel betont hat. Er schreibt die Verschmelzung von Kultur und Kommerz dem kontextuellen Rahmen der spätkapitalistischen Industrialisierung zu, der dafür verantwortlich ist, dass industrielle Produktionsformen und Konsumverhalten auf alle Bereiche der Gesellschaft übergreifen, so auch auf Kunst und Freizeit:

"Der Spätkapitalismus repräsentiert nicht etwa eine 'postindustrielle' Gesellschaft, sondern eine umfassende und universelle Industrialisierung, wie sie in der Geschichte noch nie vorkam. Die Mechanisierung, Standardisierung, Überspezialisierung und Teilung der Arbeit, die früher nur den Bereich der Warenproduktion der eigentlichen Industrie betrafen, gelten heute für sämtliche Sektoren des sozialen Lebens (…) Die Profitabilität von Universitäten, Musikakademien und Museen

---

4   Henri Lefebvre, "The Production of Space", übersetzt ins Englische von Donald Nicholson-Smith (Cambridge: Blackwell Books, 1991), S. 77

wird immer häufiger an denselben Kriterien gemessen wie an der von Ziegelwerken oder Schraubenfabriken."[5]

Die Gleichsetzung von Kommerz und Kultur wird durch die Prinzipien der "indirekten Kommerzialisierung" und der "latenten Attraktivität" gerechtfertigt, die normalerweise beim Bau von Shopping Centern angewendet werden. Die Architekturhistorikerin Margaret Crawford erkennt das Prinzip "der indirekten Kommerzialisierung" darin, dass nicht erwerbbare Objekte, Aktivitäten und Images vorsätzlich in das kommerzielle Umfeld eines Shopping Centers integriert werden; dabei können nicht kommerzielle Werte zur Aufwertung der Waren dienen und umgekehrt.[6] Die Kombination von Waren und Nichtwaren basiert auf dem einfachen Marketing-Prinzip der "latenten Attraktivität"; auf diese Weise können die unterschiedlichsten Objekte voneinander profitieren. Der Historiker Richard Sennett misst solch unerwarteten Kombinationen einen stimulierenden Effekt zu, weil für kurze Zeit der Gebrauchswert der Ware in den Hintergrund gerückt wird; die Ware wird aus ihrem praktischen und alltäglichen Zusammenhang gerissen, mystifiziert und zu etwas Ungewöhnlichem gemacht.[7] Mit der vermehrten Integration unterschiedlicher Objekte und Aktivitäten kommerzieller und nicht kommerzieller Art sowie visueller und nicht visueller Kunstveranstaltungen dringen die Museen heute zunehmend in gesellschaftliche Bereiche des Lebens vor, die Aktivitäten wie Shopping, Bankette, Aufführungen, Empfänge und Parties umfassen. Die Museumslokalität, sowie spezielle Verpackungen und Logos verleihen den unternehmerischen Aktivitäten, Warenangeboten und kommerziellen Gebäudenutzungen die gewünschte Ästhetik und geben den Produkten und Veranstaltungen einen pseudokulturellen Anstrich.

5   Ernest Mandel, "Spätkapitalismus", Late Capitalism (London: Verso Edition, 1978; c. Subrkamp Verlag, 1972), S. 387

6   Margaret Crawford, „The World in a Shopping Mall," in Variations on a Theme Park, ed. Michael Sorkin (New York: Hill and Wang, 1992) S. 14-15

7   Richard Sennett, "The Fall of Public Man" (New York: W.W. Norton and Co., 1974), S. 144-45, dt. Übersetzung: "Verfall und Ende des öffentlichen Lebens. Die Tyrannei der Intimität" (Frankfurt a. M.: Fischer 1983, 1998)

Museumsraum als Image: "Zeichenwert gleich Tauschwert"

Der Museumsraum wird in zunehmender Weise zu einem Image konstruiert, zu einer durch Fantasien vermittelten Erscheinung. Raum ist somit weder neutral, noch kann er auf einfache, funktionale und phänomenologische Grundbedingungen reduziert werden; vielmehr ist er für die Bildung von Wünschen und Identitäten verantwortlich. Die BesucherInnen werden durch einen Raum beeinflusst, der in der Regel nicht universell, sondern klassen- und geschlechtsspezifisch angelegt ist. In Jean Baudrillards Studie "Zeichenwert gleich Tauschwert"[8] wird untersucht, inwiefern Zeichen für Bewegungsfluss, Spektakel und Hyperaktivität zu einem zentralen Faktor in der Gestaltung des Museums geworden sind. Diese Art der Zeichen – ein spektakulärer Lichthof, ein auffallender Lift, die Fragmentierung des Raumes, mehrstöckige Galerien und Aussichtspunkte – erinnert an Shopping Center und Warenhäuser, sie konstituiert, was Fredric Jameson als Konsumkultur, Simulation und Faszination beschreibt.[9] Die Fantasien, die dieser räumlichen Zeichensetzung zu Grunde liegen, erzeugen eine Basis für Handel, die die Vermarktungsmöglichkeiten und den Konsum von Museumsveranstaltungen und -produkten steigert. Die Images dieser Museumsräume werden durch Fotografien, Magazine und andere Printmedien veröffentlicht und verbreitet.

Anstatt die Faszination und die verführerischen Effekte zu feiern, wie dies durch Baudrillards "Simulacra and Simulations" (1981/1994) und seine nachfolgenden Werke angeregt wurde, müssen deren soziale und politische Auswirkungen kritisch betrachtet werden.[10] Dabei soll die Image-Konstruktion untersucht, sowie das Sehen und diejenigen physischen Erfahrungen lokalisiert werden, die sich bei der

8 *Jean Baudrillard, "For a Critique of the Political Economy of the Sign", übersetzt ins Englische von Charles Levin (USA: Telos Press, 1981), S. 29-31*

9 *Fredric Jameson, "Postmodernism, or, the Cultural Logic of Late Capitalism" (Durham: Duke University Press, 1991), S. 48*

10 *Vgl. Sharon Willis, "Spectacular Topographies: Amerique's Post Modern Spaces, Restructuring Architectural Theory", ed. Marco Diani und Catherine Ingraham (New York: Rizzoli, 1988), S. 68*

Bewegung durch den Raum als sozial definierte Aktivität innerhalb von Machtstrukturen ergeben. Obgleich die Architekturhistorikerin Mary McLeod einen Zusammenhang zwischen Politik und Architektur sieht und die Ambivalenz zwischen der persönlichen Raumerfahrung und der Meinung der ArchitektInnen anerkennt, bestätigt sie, dass sich die politische Wirkung von Architektur nur durch die allmähliche und wiederholte Konfrontation mit ihr manifestieren kann.[11] Damit werden unumgängliche Fragen aufgeworfen: Wer trifft die Entscheidungen? Wer sind die Nutzer? Wie wird der Raum genutzt? Und schließlich, wessen Interessen dient das Gebäude?

Die Problematik des öffentlichen Raums

Der zunehmende Trend der Museen, sich ein besonderes Zielpublikum auszusuchen und dafür spezielle Veranstaltungen durchzuführen, untergräbt das Konzept und die Nutzung des "öffentlichen Raums" in Museen. Der Begriff "öffentlicher Raum" wird oft mit der Annahme einer universellen "Massenöffentlichkeit" in Verbindung gebracht. Wer aber gehört zur Öffentlichkeit? Welche Arten von Aktivitäten können innerhalb dieses "öffentlichen Raumes" stattfinden? Lässt die aktuelle Tendenz, Museumsveranstaltungen und private Funktionen zu vermischen, eine definitive Grenzziehung zwischen öffentlichem und privatem Raum weiterhin zu? Ein charakteristisches Merkmal der Shopping Center ist die Internalisierung des "öffentlichen Raumes",[12] ein Prozess, der auch von vielen Museen übernommen wird. Für diesen internalisierten "öffentlichen Raum" sind jedoch die rechtlichen Grundlagen des Museums oder des Shopping Centers massgebend, die auch bestimmen, wer Zutritt erhält und welche Aktivitäten stattfinden. Während auf städtischen Strassen

---

11 Mary McLeod, *"Architecture and Politics in the Reagan Era: From Postmodernism to Deconstructivism"*, Assemblage 8 (Feb. 1989), S. 25

12 Vgl. Michael J. Bednar, *"Interior Pedestrian Places"* (New York: Whitney Library of Design, 1989)

Demonstrationen oder Streiks unter Einhaltung gewisser Richtlinien gestattet sind, werden solche Aktionen im Rahmen der internalisierten "öffentlichen Räume" oft verboten. Zudem schränken Eintrittspreise und/oder Karten für spezielle Veranstaltungen die Breite des Publikums weiter ein. Die Gesamtheit dieser Bedingungen reduziert die willkürliche Mischung von Menschen und Aktivitäten, der man gewöhnlich auf der Strasse begegnet. Dieser internalisierte "öffentliche Raum" ist daher weder neutral noch öffentlich, sondern muss als restriktiv und privatisiert angesehen werden.

Die Expansion der Architektur und des Programms der Museen hat auch zu einer Expansion des Besucherzahlen und des Handels geführt. Viele Museen haben heute professionelle Marketingstrategien übernommen, um nicht nur das Massenpublikum, sondern auch spezielle Zielgruppen – gegliedert in Beruf, Geschlecht, Ethnie oder Alter – zu erreichen. Es ist eine beliebte Strategie, die sozialen, festlichen, unterhaltsamen und interdisziplinären Aspekte in der Programmgestaltung und Werbung von speziellen Veranstaltungen zu betonen. Dem Publikum soll mit dieser Öffentlichkeitspolitik gezeigt werden, dass ein Museum nicht nur der Kunstbetrachtung dient, sondern durch verschiedene gesellschaftliche und kunstbezogene Anlässe auch ein Ort der Fröhlichkeit, Geselligkeit und Unterhaltung sein kann. Der Ort Museum produziert zunehmend einen differenzierten, spezialisierten und privatisierten Raum.

Obwohl der Zusammenhang zwischen Museumsleitung, der Finanzierung und dem Einfluss von Unternehmen bereits von zahlreichen KünstlerInnen und TheoretikerInnen wie Carol Duncan, Hans Haacke und Rosalind Krauss untersucht wurde, konzentrieren sich deren Studien mehrheitlich auf die Ausstellungsräume und die Präsentation von Kunst. Die Verschiebung vom Ausstellungsraum zum Nichtausstellungsraum in Museen hat jedoch inzwischen Vorrang bekommen und macht notwendig, verstärkt die Nichtausstellungsräumlichkeiten, die räumlichen Beziehungen zwischen den Ausstellungs- und Nichtausstellungsbereichen, sowie die körperliche Erfahrung beim Gang durch das Museum zu untersuchen. Der aktuelle

Trend der Museen in den USA, sich über die nationalen Grenzen hinweg auszudehnen, legt nahe, dass das nordamerikanische Museumsmodell mit großer Wahrscheinlichkeit auch jenseits der nationalen Grenzen Wurzeln schlagen wird. Drei Museen in den USA werden unter der Berücksichtigung ihrer spezifischen historischen Bedingungen im Folgenden untersucht: das Ostgebäude der *National Gallery of Art* in Washington D.C., ein Anbau des ursprünglichen Komplexes; das *Metropolitan Museum of Art* in New York, das ebenfalls die alten Räume erweitert und umgebaut hat; und schließlich das *High Museum* in Atlanta, Georgia, ein vollständig neuer Bau.

Das Ostgebäude der National Gallery of Art in Washington D.C

Das Ostgebäude der *National Gallery of Art* in Washington D.C. wurde von I. M. Pei entworfen und 1978 fertiggestellt. Der Bau grenzt an das alte klassizistische Gebäude an, das 1941 eröffnet wurde. Das Ostgebäude wurde allgemein von der Presse positiv aufgenommen und stiess auf breite Unterstützung in der Öffentlichkeit. Hauptmerkmale der modernistischen Struktur sind die monumentalen Größenverhältnisse, die dominierende Geometrie des Dreiecks sowie weitläufige Marmorwände.[13]

Die vorliegende Analyse gilt hauptsächlich dem Atrium, dem zentralen Lichthof des Ostgebäudes. Das Atrium scheint wie zum Fotografiert-werden entworfen zu sein und ist entsprechend ein sehr beliebtes Motiv. Das Glasdach mit Alexander Calders Mobile erinnert an das *Eaton Shopping Center* in Toronto, Kanada, wo die zentrale Halle durch Michael Snows hängende Skulptur akzentuiert wird. Ein weiteres vergleichbares Beispiel ist das Atrium des *Pioneer Place Shopping Centers* in Portland, Oregon. Gemeinsame Charakteristiken sind die spektakuläre zentrale Halle und Zeichen bzw. Symbole für kontinuierliche Bewegung wie Fahrstühle, Rolltreppen,

---

13 Vgl. *Carter Wiseman, "I. M. Pei" (New York: Abrams, 1990), S. 157*

Treppenaufgänge, Brücken, Balkone. Mit Hilfe dieser Ensemble wird fortwährende Geschäftigkeit inszeniert, die durch mehrstöckige Galerien und speziell konstruierte Aussichtspunkte zusätzlich unterstrichen wird.[14] Der Gebrauchswert der Gestaltung tritt zeitweise in den Hintergrund, um dem Zeichenwert Platz zu machen. Dieser gibt einen kontinuierlichen BesucherInnenfluss und Hyperaktivität vor; er generiert Aufregung, Stimulation und fragmentarische Erfahrungen. Oder um es mit Baudrillards Worten auszudrücken: Dies ist das Zusammenspiel von Zeichensetzungen und Erscheinungen in

"(...) einer endlosen Übergangssituation von Selektionen, Gelesenem, Referenzen, Zeichen, Decodierungen (...), so dass der Mensch, die Landschaft und die Zeit immer mehr in Szenerien verschwinden. Im öffentlichen Raum gilt dasselbe: sowohl das Theater des Sozialen als auch des Politischen geht zurück (...)".[15]

Allerdings ist Baudrillards Auffassung vom Verschwinden der Körper, der Dinge und der RezipientInnen zu generalisierend und greift zu kurz. Seiner Meinung nach ist Bedeutung nicht mehr länger möglich und erfahrbar. Mitten im unendlichen Spiel der Zeichen und Codes verschwinden der Signifikant und der Referent. Baudrillard misst der Tatsache, dass sich die Menschen durch den Raum bewegen und dass der Raum klassen-, geschlechts- und rassenspezifisch genutzt wird, kaum Bedeutung bei. Eine ungelöste Frage ist noch offen: Welche Voraussetzungen benötigt das Subjekt, um trotz Dezentralisierung und Orientierungslosigkeit Bedeutung zu konstruieren?

Das Atrium weist eine dreieckige Form auf, mit drei Galerietürmen in jeder Ecke. Dieser überwältigende, zentrale Raum bietet visuelle Erlebnisse von drei verschiedenen Aussichtspunkten. Er wird durch weitläufige Treppen, Balkone, Fahrstühle und durch die Verwendung luxuriöser und reflektierender Materialien wie

14 Richard Hennessy, „Prototype and Progeny," Artforum (Nov. 1978), S. 71-72
15 Jean Baudrillard, Simulacra and Simulation, übersetzt ins Englische von Sheila
    Faria Glaser, von der original französischen Ausgabe 1981 (Ann Arbor: University
    of Michigan Press, 1994), S. 67; „The Ecstasy of Communication," in The Anti-
    Aesthetic, ed. Hal Foster (Port Townsend, Washington: Bay Press, 1983), S. 129

Marmor zusätzlich dramatisiert. Der Gang durch diesen grandiosen und abwechslungsreichen Raum erzeugt einen überwältigenden und faszinierenden Raumeindruck. Dieses Atrium ist der Dreh- und Angelpunkt in der Bewegung von einem Galerieturm zum anderen. Will man alle drei Galerietürme aufsuchen, muss das Atrium gezwungenermaßen mehrfach durchschritten oder als Aufenthaltsort benutzt werden, ganz im Gegensatz zu den Ausstellungsräumen, die sich an der Peripherie des zeremoniell wirkenden Atriumraums befinden und die relativ klein und unregelmäßig geformt sind. Man geht darin orientierungslos und verwirrt umher, denn eine logische räumliche Abfolge ist kaum zu erkennen.[16]

Zahlreiche KritikerInnen haben die Rezeption der Kunst im Ostgebäude mit einem Konsumakt verglichen. Einige führten an, dass die verwirrenden und ablenkenden Momente die Konzentration und die Kontemplation, die für die Kunstbetrachtung nötig sind, aufs Spiel setzen.[17] Weiter wurde der Gegensatz zwischen dem hyperaktiven, natürlich erhellten Raum und den relativ düsteren und künstlich beleuchteten Ausstellungsräumen, die an den Rand des Ostgebäudes gedrängt sind, kritisiert. Nicht nur die eigentliche Aufteilung der Bodenfläche, sondern auch der Umgang mit dem Raum an sich ist für das Konzeption und die Nutzung des Gebäudes ausschlaggebend.

"Für unser Verständnis von Architektur ist die Imagefrage zentral: Die Tatsache, dass die Ausstellungsräumlichkeiten des Ostgebäudes als dem Atrium untergeordnet gelesen werden können, ist signifikant. Da diese Ausstellungsräume aus dem Zentrum gerückt sind, wirken sie insgesamt kleiner als das Atrium. Obgleich die Ausstellungsräume und der öffentliche Raum im Verhältnis von 60% zu 40% stehen, bleibt der ursprüngliche Eindruck dennoch bestehen."[18]

Das Ostgebäude selbst wurde zur Attraktion und nicht die darin ausgestellte Kunst. Sogar Pei bemerkte, dass sein "Plan für das Ostgebäude von Anfang an ein

---

16 *"P/A on Pei: Roundtable on a Trapezoid," Progressive Architecture (Oct. 1978), S. 53*
17 *Ibid., Bemerkungen von Martin Filler und Diane Stephens*
18 *Ibid., Bemerkung von Martin Filler*

Entwurf für den Massengeschmack war. Wir wollten den Museumsbesuch zu einem vergnüglichen Erlebnis machen, also bauten wir einen Zirkus."[19] Einen Raum zu kreieren, der ein Shopping Center simuliert, kann zur Überbrückung des Grabens zwischen dem Museum der Hochkultur und der kommerziellen Massenkultur beitragen. Diese Einbeziehung der Massenkultur deckt sich mit der aktuellen populistischen Strategie und Rhetorik vieler Museen.

Carter Brown, der frühere Direktor der *National Gallery of Art*, wies darauf hin, dass sich durchschnittliche MuseumsbesucherInnen maximal 45 Minuten auf eine Ausstellung konzentrieren können. Dabei ist der Vergleich mit der durchschnittlichen Zeit, die in einem Shopping Center verbracht wird, interessant. Durch Design und Technologie haben die Malls in den letzten dreissig Jahren stark an Attraktivität gewonnen, und der durchschnittliche Besuch verlängerte sich von zwanzig Minuten in den 60er Jahren auf fast drei Stunden in den 90ern.[20] Diese Veränderung resultiert hauptsächlich aus der Integration verschiedenster sozialer Events in die Malls. Museumsentwürfe, die sich in ihrer Formensprache kommerziellen Malls angleichen, werden aller Wahrscheinlichkeit nach längere Besuchszeiten, sowie andere räumliche und soziale Erfahrungen im Museum bewirken.

Das Metropolitan Museum of Art, New York

Aus der Luft gesehen weist das *Metropolitan Museum of Art* in New York eine architektonische Struktur auf, die sich auf einer Länge von vier Blocks über einen weitläufigen Komplex mit scheinbar endlosen Anbauten ausbreitet. Während der letzten zwanzig Jahre wurden sechs neue Flügel hinzugefügt, wodurch sich die Grundrissfläche verdoppelte. Das Metropolitan Museum entwickelt sich mehr und mehr zu einem Ort unternehmerischer Aktivitäten und zu einem kulturellen

---

19 *Carter Wiseman, "I. M. Pei", S. 163*
20 *Vgl. Margaret Crawford, "The World in a Shopping Mall", S. 14*

Warenhaus: Für geschäftliche Anlässe wird zusätzlicher Platz zur Verfügung gestellt, und Museumsshop und Buchladen expandieren mittlerweile international als Ladenkette.

Einer der neuen Anbauten ist der von Kevin Roche entworfene Sackler-Flügel, der eine Decke aus Drahtglas und Aluminium, Kalksteinmauern und eine 22 Meter hohe schräge Glaswand besitzt. Dieser Flügel birgt die luxuriösesten, exklusivsten und großzügigsten Räumlichkeiten innerhalb des Museums, die für geschäftliche Anlässe und Veranstaltungen benutzt werden können. Eine der Hauptattraktionen im Sackler-Flügel ist der Dendurtempel, eine 2000-jährige ägyptische Skulptur, die auf einem hohlen Steinpodest über einem Wasserbecken, das den Nil nachempfinden soll, installiert ist. Für gesellschaftliche Anlässe stehen Großleinwände für Videoprojektionen zur Verfügung und Personal, das sich um die Musik, das Kulinarische und um Getränke und Blumen kümmert. In weiteren Räumen sind verschiedene architektonische Stile und Innenausstattungen ausgestellt, die den thematisch passenden Hintergrund für unterschiedliche Galadiners und Businessempfänge darstellen. Der Englehard-Hof im amerikanischen Flügel erinnert an einen Garteninnenhof aus dem 19. Jahrhundert: Auf der einen Seite steht die wiederaufgebaute Fassade des Büros von U.S. Assay aus dem Jahre 1820; dieser gegenüber befindet sich die wiederaufgebaute Loggia des Privathauses von Louis Comfort Tiffany, die früher auf Long Island stand. Dieser Hof wurde mit modernen Designelementen wie einem Dach aus stahlrahmengefasstem Glas und symmetrischen Balkonen versehen. Der erhöhte Teil erlaubt eine spektakuläre Sicht in den Himmel sowie in den Hof. Der Blumenthal-Hof wiederum wurde mit Arkaden und Balustraden verschönert. Er weckt Assoziationen an das alte Rom. Dieses verführerische Environement spielt mit Wünschen und Fantasien und weckt Gemeinschaftserlebnisse, die an die Hochblüte alter Kulturen erinnern sollen. Allerdings ist die Möglichkeit, an dieser Fantasy-Welt teilzuhaben, klassenspezifisch limitiert, da sich nur elitäre und sehr reiche GastgeberInnen die Miete von 30.000 $ pro Abend leisten können.[21]

21 Metropolitan Museum of Art, The Metropolitan Museum of Art Special Events Brochure, New York: MET (unveröffentlicht)

Eine Hochglanzbroschüre gibt darüber Auskunft, inwieweit diese prächtigen Museumsräume inklusive der namhaften Kunstsammlungen die eigene Unternehmenskultur aufwerten und bereichern können:

"(…) Die Kunst, Gäste zu unterhalten, wurde in der Geschäftswelt noch nie so geschätzt wie heute. Das Museum bietet Unternehmen und geschäftlichen Organisationen die einmalige Gelegenheit, in einem prachtvollen Rahmen zu feiern: Wichtige Anlässe wie unternehmerische Meilensteine oder Jubiläen können in Mitten der Sammlung des Museums stattfinden und dadurch allerhöchsten Stilansprüchen genügen. (…) Das Museum schlägt den GastgeberInnen von geschäftlichen Anlässen vor, in ihre Veranstaltungen einen exklusiven Rundgang durch Sonderausstellungen oder durch die ständige Sammlung des Museums einzubauen (…)"[22]

Da private Anlässe an vier Abenden pro Woche zugelassen sind, sind Konflikte zwischen den einigen hundert geladenen Gästen, die zum Beispiel an einem privaten Empfang im Dendurtempel teilnehmen und den MuseumsbesucherInnen, die diese Installation ebenfalls betrachten wollen, unvermeidbar. Weitere Probleme entstanden durch die Frage, wie eine Raumaufteilung zu gestalten sei, die sowohl die Erhaltung der Kunstwerke als auch den angemessenen Ablauf kommerzieller Privatveranstaltungen gewährleisten kann. Ursprünglich wurden die Räume mit Tageslicht im obersten Stock des Kravis-Flügel hauptsächlich den KonservatorInnen zugeteilt, die für ihre Arbeit viel Tageslicht benötigen; heute jedoch nehmen die Büros der Museumsleitung dort weit mehr Raum ein, als ursprünglich in der Planung vorgesehen war.[23] Die sich intensivierende Beziehung zwischen Museum und unternehmerischen Interessen spiegelt sich auch in der Zunahme von FirmenrepräsentantInnen im Verwaltungsrat und unter den MitarbeiterInnen wider.

Der mehrfache Ausbau des Museumsshops und des Buchladens gibt einen weiteren Hinweis auf die Rolle, die dem kommerziell genutzten Raum zugestanden wird.

22 ibid.
23 John Taylor, „The High Life at the Gilded Metropolitan Museum," New York (9. Jan.1989), S. 29-30
24 Regina Maria Kellerman, "The Publication and Reproduction Program of the Metropolitan Museum of Art: A Brief History" (New York: MET, 1996), S. 50-51, 71-80

Der erweiterte Museumsshop wurde 1979 eröffnet und umfasst heute zweieinhalb Stockwerke und 3.810 m2 Verkaufsfläche. Er wurde nicht nur intern vergrößert, sondern auch extern auf insgesamt 38 Filialen in New York City, den USA sowie in Europa und Asien ausgedehnt.[24] In der Ladenerweiterung des Metropolitan Museum und der globalen Expansion multinationaler Firmen sind durchaus gemeinsame Motive erkennbar: Das Streben nach unbeschränktem Wirtschaftswachstum, nach globaler Ausbreitung des Wirtschaftsraums und nach grenzüberschreitender Verbreitung von kommerzieller Kultur.

High Museum of Art, Atlanta, Georgia

Das *High Museum of Art* in Atlanta, Georgia, wurde von Richard Meier entworfen und im Jahre 1983 fertiggestellt. Die Architektur des Gebäudes ist allerdings, wie auch Museumsdirektor Gudmund Vigtel feststellt, berühmter als die Sammlung und die Ausstellungen:

"Ich betrachte das Gebäude als ein äußerst wichtiges künstlerisches Statement, (…) Wir verfügen über ein Gebäude, das ebenso wichtig ist wie alles, was wir darin zeigen. (…) Ich bin mir der Unwahrscheinlichkeit, dass sich unsere Sammlung mit den wichtigsten der Welt messen kann, sehr wohl bewusst, denke aber, dass sich dies bis zu einem gewissen Grad durch unser tatsächlich einmaliges Gebäude aufwiegen lässt." [25]

Philippe de Montebello, Direktor des Metropolitan Museums, der weiss, wie aus renomierter Architektur Kapital zu schlagen ist, betrachtet Aufsehen erregende, von berühmten ArchitektInnen entworfene Gebäude als hervorragende Mittel, die einem Museum für Fundraising zur Verfügung stehen.[26] Das High Museum gilt als eine HaupttouristInnenattraktion, die sich sowohl auf den Tourismus als auch auf die

25 Catherine Fox, „The New High Museum of Art," Artnews (Nov. 1983), S. 106
26 Ellen Posner, „The Museum as Bazaar," S. 70

lokale Wirtschaft positiv auswirken. Das Museumsgebäude als Konsumobjekt ist damit zu einer wichtigen Ware geworden.

Die Struktur des High Museum ist genauso imposant wie einladend. Man betritt es über einen langen, im Freien angebrachten Steg, der in die Haupteingangs- und Empfangshalle führt. Von dort gelangen die BesucherInnen in das vierstöckige Atrium, das feierliche Zentrum des Museums. Dieser durch Tageslicht erhellte, fächerförmige Lichthof wird durch Zickzackstege und perforierte Ausstellungsräume, die sich darum herum befinden, dramatisiert. Dieses Atrium dient als Museumsmittelpunkt, der die Bewegungen durch und rund um die Ausstellungen kontrolliert. Die Stege auf der einen Seite des Atriums führen zu den gegenüberliegenden Ausstellungsräumen, und die Fenster in den Atriumswänden lassen das Tageslicht ein und gewähren einen Ausblick auf die Stadt.[27]

Der Lichthof vermittelt Abwechslungsreichtum durch räumliche Abfolgen, vielfältige Perspektiven und einem Labyrinth aus Zickzackstegen. Alle diese Elemente erzeugen den Eindruck von Fließen, von Bewegung und eine Mischung aus optischer und kinetischer Dynamik. Der Raum bietet einen festlichen und dramatischen Rahmen für gesellschaftliche Anlässe und wurde zum beliebtesten mietbaren Raum für Galafeiern, Bankette, Empfänge und Modeschauen in Atlanta. Der visuelle Eindruck, der Zeichenwert des Museums, ist zum primären Tauschwert geworden. Im Atrium selbst gibt es, abgesehen von den knappen Einblicken durch die perforierten Mauern der darüberliegenden Ausstellungsräume, keine Kunst zu sehen. Die Ausstellungsräume sind klein, deren Wände von Fenstern durchbrochen, und ermöglichen Blicke quer durchs Atrium von einem Raum in den andern. Die BesucherInnen werden animiert, mehr auf die Architektur als auf die Kunst zu achten.[28] Während der Nichtausstellungsraum zwei Drittel der gesamten Fläche in Anspruch nimmt, beschränken sich die Ausstellungsbereiche auf ein Drittel der

---

27 Richard Meier, Richard Meier: Architect 1964/1984 (New York: Rizzoli, 1984), S. 297-327

28 Douglas Davis, The Museum Transformed: Design and Culture in the Post-Pompidou Age (Abbeville, 1990) S. 64-66

Fläche.[29] Die zentrale Position des Atriums mit seiner atemberaubenden Höhe erlaubt den BesucherInnen eine dynamische Raumerfahrung. Diese Effekte wurden zur hauptsächlichen Attraktion des Museums, während die eigentlichen Ausstellungen in den Hintergrund traten.

Die ständigen Verschiebungen der Perspektive, die wiederholten Ausblicke und die Fragmentierung der Ausstellungsräume, die den BesucherInnen geboten werden, stellen den Stellenwert der Kunstbetrachtung überhaupt in Frage. Robert Venturi beschreibt die verstörenden Elemente eines solch ambitionierten Raumes sehr treffend:

"Wenn man dann endlich zur Kunst vordringt, ist man entweder müde vom Durchlaufen eines banalen Labyrinths oder übersättigt durch dramatische räumliche, symbolische oder farbliche Fantasien (...) Die Kunst, wenn man dann endlich davor steht, wird durch die bis dahin verengten Pupillen, die abgestumpfte Sensibilität und die Orientierungslosigkeit zu einer Art Antiklimax – oder ganz einfach dumpf." [30]

Die Institution Museum expandiert, transformiert und ist direkt an der Entwicklung der kapitalistischen Wirtschaft und Kultur beteiligt. Begriffe wie Kommerzialisierung, Image-Konstruktion und die Mediatisierung von Bedürfnissen gewinnen beim Versuch, die Raumproduktion in Museen und die Bedingungen der politischen Ökonomie des Museums des späten 20. Jahrhunderts zu verstehen, zunehmend an Bedeutung.

(Übersetzt aus dem Englischen von Gabriela Meier)

29 Richard Meier, Richard Meier: Architect 1964/1984, S. 311
30 zitiert nach: Ellen Posner, „The Museum as Bazaar," S. 69

8

9

CHANNEL

EID, ÖLMÜHLE 32, 20357 HAMBURG or HTTP://WWW.THING.DE/

GOLDIE

come
at my
studio
LUXEMBOURG
AIRPORT
OPEN
IT!
CHECKING THE
EASTMAN
VISA
EUR PE
VISA
CONTEMPORARY ART
CV
PASSPORT
letter
MY
PROJECT
Tired
am
obosit

WECHSELSTUBE   D

DSB **für die Zukunft**

Preiswerk

Bas'x

Dow Jones telerate

Bull Bull (Schweiz) AG
Informationssysteme

ITS

W. SCHMID AG

Bauunternehmung Glattbrugg

Pierrot
Lusso

Coca Cola

IMBISS

OFFEN

MO - FR
11" - 20"
SA
11" - 16"

Decisions, decisions...
the Shiseido
concealer
or the rump
steak?

A perfect city
SELFRIDGES

WALL STREET INSTITUTE

☎ 0 803 300

- HORAIRES À LA CARTE

- PROGRAMMES PERSONNALISES

- RESULTATS GARANTIS PAR CONTRAT, CONTRE REMBOURSEMENT INTEGRAL

Offre spéciale : avec Easynet
6 mois de connexion à Internet
offerts pour toute inscription
au Wall Street Institute

Tél. 01 44 54 76 76
La connexion facile

easynet

"YES
I Speak
English,
Wall Street
English !
AND YOU?"

18

GLASS
OF
THE
CAESARS

presented by
Olivetti

WANT YOU FOR THE FU

HOTEL

ASTORIA

Agir ensemble contre le chômage

présente

L'ENQUETE
dont vous
êtes le héros

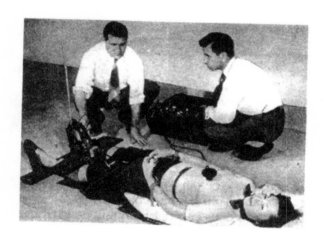

Réponses à renvoyer y compris sur
papier libre ou autre support, à AC!, commission
revenu, 42 rue d'Avron,
75020 Paris   Fax : 01.43.73.00.03
e-mail ac@ras.eu.org
Tel : 01.43.73.36.57,
le mercredi de 15h à 18h
ou répondeur.

AC!

Arbeit Arbeit Arbeit – und was kommt danach?

Elisabeth Stiefel / Marion von Osten

Ein feministischer Blick auf die postindustrielle Gesellschaft

Marion von Osten: Meine folgenden Fragen beziehen sich auf zwei zentrale Aspekte Deiner Forschung. Zum einen, welche Subjektvorstellungen die klassische und die neoklassische Ökonomie entwickelt haben und was die Maximen sind, die ökonomisches Handeln leiten. Zum andern würde mich interessieren, welcher Subjektbegriff in den Ansätzen feministischer Ökonominnen im Zentrum steht und welches Verständnis des Wirtschaftens sich daraus ergibt.

Elisabeth Stiefel: Die Frage nach dem Subjekt des Handelns ist nicht ganz einfach zu beantworten. Das Subjekt des Handelns, wie es die ÖkonomInnen beschrieben haben, ist der homo oeconomicus, der seinem eigenen Nutzen folgt und im Zusammenwirken mit den vielen homines oeconomici der Garant für das Gemeinwohl ist. Solange man glaubt, die Ökonomie umfasse die ganze Gesellschaft, muss man sich dann auf die Suche nach weniger eigennützigen Motiven machen, die im Alltag wirksam werden können. Mit der Frage nach dem Menschenbild der Ökonomie wird das von kritischen ForscherInnen gegenwärtig auch getan. Wenn man aber der Ansicht ist, dass die Ökonomie nur einen Ausschnitt der Gesellschaft darstellt – und ich würde sagen, dass der homo oeconomicus den Haushaltsvorstand repräsentiert und der Binnenraum des Haushalts terra incognita ist, also grundsätzlich draussen – muss man das Verhältnis zwischen dem homo oeconomicus und seinem sozialen

Umfeld ausleuchten. Das ist mein Anliegen, also der Blick von draussen nach drinnen. Und da bin ich der Ansicht, dass für diesen Ansatz die Hausarbeit einen hervorragenden Standort darstellt. Man kann natürlich auch andere Standpunkte einnehmen, wie etwa den der Kultur, von der Du in Deinen Ansätzen ausgehst. Aber ich bin der Meinung, dass sich die Hausarbeit am besten dazu eignet, das Wirtschaftsverständnis der Ökonomie an den Notwendigkeiten menschlicher Daseinsvorsorge zu messen. Also welche Folgen hat die ökonomische Wirtschaftsweise, was ist die Arbeit des homo oeconomicus und was wäre Arbeit, wenn man das, was draussen ist, mit einbeziehen würde? Das finde ich die wirklich spannende Frage.

MvO: Das Wirtschaftsverständnis des homo oeconomicus ist im sogenannten Neoliberalismus zum herrschenden Paradigma geworden. Hast Du eine Erklärung dafür, warum diese Figur erneut so an Bedeutung gewinnen konnte?

ES: Also, ich denke, dass bisher noch niemand gezielt darüber geschrieben hat; ich versuche mich dieser Frage zur Zeit anzunähern. Der Neoliberalismus hat das Ziel, alle Lebensbereiche in das Konzept des Markts einzubeziehen, die ökonomische Logik in die Gesellschaft hinein fortzuführen, die von ihrem Selbstverständnis her den zwischenmenschlichen Bereich eigentlich aussparen will. Der Feldzug des homo oeconomicus gilt schon lange nicht mehr nur den Warenmärkten im Weltmassstab, sondern auch dem Sozialen im eigenen Umfeld, z.B. im Bereich der persönlichen Dienstleistungen. Für den feministischen Blick ist es wichtig, gerade hier besonders genau hinzusehen. Ich bin überzeugt, dass es tödlich ist, dem Sozialen die Gesetze der Warenproduktion überzustülpen, und doch gibt es nichts und niemand, der dieser Dynamik wirklich etwas entgegensetzen würde. Meines Erachtens macht der Neoliberalismus den Versuch, mit dem Konzept des Markts das soziale Umfeld mitabzudecken, ohne eine der scheinbar bewährten Positionen des homo oeconomicus aufgeben zu müssen. Jedenfalls denke ich, dass wir andere Konzepte brauchen, wenn wir nicht untergehen wollen, – um es dramatisch auszudrücken. Und da sind vor allem die Frauen aufgerufen, neue politische Handlungsansätze zu entwickeln, denn die Frauen sind diejenigen, die von diesen Prozessen am unmittelbarsten betroffen sind.

MvO: Damit stellst Du das Konzept des Neoliberalismus unter anderem in den Widerspruch zwischen materieller Produktion und persönlichen Dienstleistungen. In einem Deiner Texte sagst Du, dass das, was man heute als Produktivität bezeichnet, rückhaltlos aus der Perspektive der warenproduzierenden Industrie definiert wird.

ES: Das ist richtig. Aber es ist natürlich meine Interpretation. Es gibt selbstverständlich auch andere Ansätze, bei den Ökofeministinnen beispielsweise, die einen anderen Produktivitätsbegriff zu greifen versuchen. Doch ich denke, dass dies nicht im leeren Raum geschehen kann, dass wir eine Auseinandersetzung mit dem alten Produktivitätsbegriff brauchen. Und da sehe ich bisher sehr wenig Ansätze. Ganz spontan fällt mir jetzt allerdings Friedhelm Hengsbach ein, der in der Zukunftskommission der Friedrich Ebert Stiftung mitgearbeitet hat. Er nimmt wahr, wie die Dynamik der materiellen Produktion den Dienstleistungsbereich in die Enge treibt. Persönliche Dienstleistungen z.B. im Gesundheits- und Pflegebereich lassen sich nicht in derselben Weise beschleunigen wie die Warenproduktion. Ihre geringere "Produktivität" dient als Begründung für eine im Vergleich zu industrieller Lohnarbeit geringere Bezahlung. Das heisst, hier entwickelt sich der zukünftige Niedriglohnbereich. Ich denke, das ist die Problematik: dass wir zwar zunehmend persönliche Dienstleistungen in den Markt einbeziehen, aber zu einer Bezahlung, die im Hinblick auf die Kosten des Lebens viel zu gering ist. Eigentlich sind solche Tätigkeiten, die jetzt in das Marktgeschehen hineingenommen werden, im Konzept des warenproduzierenden homo oeconomicus durchaus enthalten, aber sie schienen immer kostenlos und unlimitiert verfügbar – allein aus dem Zusammenhang des Familienhaushalts heraus. Für mich ist die Lage der Familienfrau, aus deren Bereitschaft (und Verpflichtung!) zur Versorgungsarbeit sich solche Erwartungen genährt haben, der Prüfstein für ein zukunftsfähiges Ökonomiekonzept an der Schwelle zum nachindustriellen Zeitalter. Der warenproduzierende homo oeconomicus in seiner Funktion als Repräsentant von Frau und Kindern hat zwar zunehmend weniger Zugriff auf lebenslange Entlastung von Familienarbeit einschliesslich der Sorge für sich selbst, doch im Verhältnis zu seinem eigenen Einkommen kosten marktvermittelte Dienstleistungen viel zu wenig. Dagegen bleiben die Einkünfte von Frauen aus haushalts- und personenbezogener Erwerbsarbeit so gering, dass sie sich die Dienstleistungen anderer Frauen nicht kaufen können. Ohne "Subvention" ist z.B. für viele alleinerziehende Mütter selbst ein Kindergartenplatz einfach zu teuer. Wir brauchen dringend ein neues Konzept des Tausches über den homo oeconomicus hinaus.

MvO: Das heisst, dass die persönlichen Dienstleistungen unter dem Paradigma der materiellen Produktion abgewertet wurden oder gar nicht erst Teil des Ökonomiekonzepts gewesen sind. Inwieweit ist dieses Produktionsparadigma der Moderne an das Subjekt des männlichen Arbeiters gebunden, und woher stammt die theoretische Tradition, Arbeit mit Herstellen gleichzusetzen?

ES: Die Ökonomie als eigenständiges Wissens- und Forschungsgebiet ist etwa zweihundert bis zweihundertfünfzig Jahre alt. Die klassischen Ökonomen haben von der Ökonomie als dem Güterleben gesprochen und nicht der Versorgungsarbeit, weil diese in ihrem Verständnis selbstverständlich da war. Die Frau im Haushalt, die ihrerseits ja auch Güterproduzentin war, hat diese beiden Dinge sozusagen in sich vereint. Zwar gehörte das womit sie umging, nicht ihr, sondern ihrem Mann, aber sie hatte Zugriff. Dieses Verständnis der Ökonomie als Güterleben entsprach einer historischen Situation, in der materielle und soziale Bedürfnisse viel näher beieinanderlagen als heute. Dass die ökonomische Theorie blind blieb gegenüber den Verschiebungen im Geschlechterverhältnis und den Folgerungen, die daraus hätten gezogen werden müssen, lag an der patriarchalen Ideologie männlicher Überlegenheit und der Mystifizierung von Mutterschaft, die als "natürlich" und damit als unveränderlich erscheinen liess, was in höchstem Mass sozialem Wandel unterlag. Wenn das Verständnis von Wirtschaften über die Jahrhunderte hinweg dem Paradigma der Warenproduktion verpflichtet blieb, dann ist die hochindustrialisierte Ökonomie zugleich überfordert wie unterfordert. Sie wirft mit der linken Hand aus, was zur Sicherung der physischen Existenz erforderlich ist. Um eine irgendwie adäquate Gütermenge herzustellen, würde eine radikal verkürzte Arbeitszeit ausreichen. Stattdessen ist die Warenproduktion für "Kapital und Arbeit" längst zum Selbstzweck geworden, ohne dass sichtbar wäre, in welcher Weise sich Verteilungsprobleme lösen lassen könnten. Wer partizipiert an dem, was da hervorkommt?

Für mich ist eine andere Frage nicht weniger wichtig: Was geschieht mit den Bedürfnissen, die nicht an materielle Dinge gebunden sind, von denen wir ja viel mehr haben, als wir wissen? Im Grunde genommen sind unsere materiellen Bedürfnisse relativ gering, wenn man sie einbindet in ein Konzept des guten Lebens. Wir befriedigen viele Bedürfnisse mit materiellen Gütern, die man nicht mit materiellen Gütern befriedigen müsste. Aber wir verschaffen uns natürlich gesellschaftliche Zugehörigkeit über materielle Güter, auch wenn wir sie gar nicht brauchen. Das sind alles Dinge, die eigentlich so kaum diskutiert werden.

MvO: Wobei ja die aktuelle Entwicklung gerade die ist, dass Dienstleistungen zunehmen, in denen mit Individualität und Subjektivität gehandelt wird.

ES: Ja, das stimmt. Die Entwicklung geht in diese Richtung. Für einen "normalen" gesellschaftlichen Status wird aber weiterhin der Zugriff auf steigenden materiellen Wohlstand vorausgesetzt. Individualität und Subjektivität sind Luxusgüter für diejenigen, die sehr viel Geld haben, und vielleicht ein Privileg derer, die sehr bewusst auf gesellschaftliche Normalität verzichten. Immer mehr Frauen und Männer bewegen sich inzwischen aber auf einen Status zu, mit dem sie nicht mehr "dazu gehören", weil sie nicht mehr mithalten können. Natürlich bedeutet dies in unseren Breiten nicht gleich eine Gefährdung ihrer physischen Existenz, obwohl auch die Zahl der wirklich Armen ständig zunimmt. Inzwischen gibt es Stimmen, die von der Einfünftelgesellschaft sprechen, die Prognosen über die Entwicklung zur Zweidrittelgesellschaft sind schon nicht mehr aktuell. Ich denke, dass wir mit allem

Nachdruck Konzepte entwickeln müssen, die dem Auseinanderdriften der sozialen Schichten entgegenwirken. Interessant ist übrigens, dass kaum mehr jemand von sozialer Gerechtigkeit spricht, aber viele die Befürchtung haben, der soziale Zusammenhalt könne verlorengehen.

MvO: Ich denke, dass sich in diesen Transformationsprozessen ein neues Selbstbild der AkteurInnen herausbildet, das ich als "Subjekt des Mangels" bezeichnen möchte. Ein Subjekt, das sich ständig weiter- und selbstausbildet, trainiert, sich gesund und fit hält, um lebenslang produktiv und effizient zu bleiben. Die Antriebskräfte, die da zum Tragen kommen, entspringen der Individualisierung sozialer Risiken unter dem neoliberalen Credo, jedeR sei sein/ihr eigener UnternehmerIn. Diese Subjektwerdung hat mit Autonomie nichts zu tun, sie entsteht in Abgrenzung von denen, die den "Mangel" nicht mehr wettmachen können. Doch an der Oberfläche scheint die Entwicklung jenen Recht zu geben, die von der Vielzahl autonom handelnder Subjekte ein Maximum gesellschaftlicher Wohlfahrt erwarten. Gibt es eigentlich bereits Ansätze in der feministischen Theorie, die dieses Problem diskutieren?

ES: Nein, solche Ansätze sehe ich noch nicht. Ich habe ja ein wenig Einblick in die anglophone Diskussion, denn eigentlich ist die feministische Ökonomie von dort gekommen, und ich habe guten Kontakt zu der Szene in Holland, die schon ziemlich weit ist mit ihren Überlegungen. Aber das geht nicht so weit, dass das Subjekt des Wirtschaftens in dieser Forschung bereits facettenreiche Züge hätte. Mit Sicherheit ist das Hauptanliegen der feministischen Ökonomie jedoch eine andere Wirtschaftsweise auf dem Hintergrund anderer Maximen und Handlungsstrategien. Ich erinnere da nur an das Buch "Beyond Economic Man" das 1993 herausgekommen ist; da ging es ganz klar darum, dass wir über dieses Subjekt des Wirtschaftens hinaus kommen müssen, aber wohin und wie, diese Diskussion hat gerade erst begonnen. Dabei möchte ich eigentlich davor warnen, gedankliche Unschärfen hinzunehmen, um alte Positionen und neue Entwicklungen kompatibel zu machen. Wir sollten nicht so tun, als liesse sich mit ein paar Kunstgriffen ein Paradigmenwechsel bewerkstelligen.

MvO: Heisst das, dass diese Diskussion über das Subjekt des Wirtschaftens in den 90er Jahren die alte Hausarbeitsdebatte abgelöst hat?

ES: Ja, vielleicht. Auf jeden Fall haben wir vorher über den homo oeconomicus im Grunde nicht gesprochen. Der ökonomische Diskurs der Frauenbewegung nach "68 hat zu klären versucht, was im neoklassischen Ökonomiekonzept der Linken eigentlich fehlte. Nach vielen hitzigen Diskussionen haben wir schliesslich mit dem Reproduktionsbegriff hantiert, der ja noch immer nicht ausser Kraft gesetzt ist: engagierte Frauen aus der Ökologiebewegung verwenden ihn bis heute. Unter dem Wort "Reproduktion" lässt sich irgend etwas vorstellen, was dem männlichen Konzept der Warenproduktion hinzugefügt werden müsste, um die personenbezogene Arbeit der Frauen einzubeziehen. Ich plädiere inzwischen dafür, von Nichtarbeit zu sprechen, das ist viel signifikanter, weil es zeigt, dass es etwas gibt, was draussen ist. In den früheren Diskussionen hat man immer nur gesehen, dass da diese Sphäre ist, die mit der Frau assoziiert wurde, und hat versucht, das irgendwie einzuordnen. Leider ist daraus keine präzise und kontinuierliche Analyse entstanden, der Faden ist nicht weitergesponnen worden. Wir müssen das jetzt neu in die Hand nehmen.

MvO: Eigentlich sollte man annehmen, dass die gegenwärtige Krise der warenproduzierenden Ökonomie, also 18 Millionen Arbeitslose allein in Westeuropa, Männer zu einem radikalen Umdenken motiviert. Zur Debatte steht in erster Linie die (Arbeits-)Identität des männlichen Subjekts als Agent der Warenproduktion; gerade hier bräuchte man neue Perspektiven und Subjektvorstellungen. Aber eine dahingehende Diskussion, soweit ich das einschätzen kann, hat es bisher nur in Frankreich innerhalb der Arbeitslosenbewegung gegeben, die den normativen Begriff der Lohnarbeit wirklich attackierte und "Lohn für Alle" statt "Arbeit für Alle" forderte. In Deutschland haben wir jetzt statt einer politischen Bewegung das "Bündnis für

Arbeit", welches als völlig utopieloses Projekt Arbeitsverhältnisse heraufbeschwört, als ob wir immer noch im Fordismus lebten. In Paris erzählte mir die Philosophin Valerie Marange, dass es die sozialdemokratische Regierung jetzt allerdings auch in Frankreich geschafft habe, mit einem ähnlichen Bündnis die radikalen Forderungen der Arbeitslosenbewegung zu kanalisieren und diese dadurch zu schwächen und zu spalten.

ES: Ja es ist grotesk. Man tut so, als gäbe es nichts anderes als Lohnarbeit. Ich sehe darin die Fortsetzung des Konzeptes vom produzierenden Mann als Gallionsfigur dessen, was normal ist. Ich habe das früh gesehen im Bildungsbereich, als man in den 70er Jahren begann, die Frauen fördern zu wollen, damit sie in die Lage kämen, von ihrer gesetzlich verbrieften Gleichheit auch Gebrauch zu machen. Da ich in der Weiterbildung arbeitete und schon immer ein Faible für Statistik hatte, habe ich damals schon wahrgenommen, dass die Frauen zwar in einem ungeheuren Überholvorgang waren, den Männern aber (in Form vielfältiger Nachhilfe) die ganze Förderkapazität des Bildungswesens zugute kam – also genau umgekehrt als intendiert. Dazu habe ich auch veröffentlicht, aber das fiel ins Nichts, weil es für solche häretischen Thesen keine Rezeption gab. In der Volkshochschule haben selbst engagierte Kolleginnen behauptet, der zunehmende Frauenanteil in der Weiterbildung resultiere aus der Notwendigkeit, traditionelle Bildungsdefizite abzubauen, obwohl die offizielle Bildungsforschung nachgewiesen hat, dass die Weiterbildungsbereitschaft von der Vorbildung abhängig ist. Die Frau war immer die Andere. Niemals kam jemand auf die Idee, den schrumpfenden Männeranteil in der Volkshochschule auf die schlechteren Abschlüsse männlicher Schüler zurückzuführen. Dagegen war es üblich, das Bildungsinteresse der Frauen abzuwerten. Das ging so in die Richtung Ikebana und Flötenkurse, und hinter der durchschnittlichen Teilnehmerin tauchte die bürgerliche Hausfrau auf, die sich ja sowieso langweilte und die dann Sprachkurse für den Urlaub und ein bisschen Töpfern belegte.

Als Referentin für berufliche Bildung war ich einige Jahre lang involviert in die Kampagne "Frauen in Männerberufe". Ich habe mich da sehr engagiert, weil ich der Überzeugung war, dass das enge, auf haushaltsnahe Tätigkeiten oder zuarbeitende Funktionen beschränkte Spektrum der Frauenberufe weibliche Potentiale an der Entfaltung hinderte. Doch die Ernüchterung liess nicht lange auf sich warten. So machten z.B. die staatlichen Berufsbildungsberichte keinen Hehl daraus, dass man von jungen Mädchen (neben AusländerInnen, Lernbehinderten und anderen sog. Randgruppen) Interesse für diejenigen Ausbildungsgänge im gewerblich-technischen Bereich erwartete, die für normale junge Männer nicht mehr attraktiv waren. Überaus erhellend waren auch Erfahrungen, die ich in den neuen Bundesländern machte, wo ich nach der Wende eine Weile tätig war. Noch heute sehe ich mich mit offenem Mund vor einer mit appetitlich nackten Babys vollgerappelten Plakatwand des Arbeitsamts stehen, die den technisch hochqualifizierten, aber an Männerarbeitsplätzen nicht mehr gebrauchten ostdeutschen Frauen die Umschulung bzw. Umorientierung auf etwas zukunftsträchtig Weibliches empfahl.

Als ein anderes Beispiel diente immer auch der Hauswirtschaftsbereich. Gemeinsam mit anderen Frauen hatte ich ein Curriculum für die Erwachsenenbildung erarbeitet, das die soziale Bedeutung der Hauswirtschaft hervorhob. Interessant war, dass es in diesem Sinne nur weniger Modellkurse gegeben hat, ehe das Projekt aus Effizienzgründen wieder verschwand. Fertigkeitsbezogene Kurse blieben zwar im Angebot, doch auch sie waren nicht gut angesehen. Vor kurzem habe ich erfahren, dass im vergangenen Jahr selbst die Berichterstattung bereinigt wurde: haushaltsnahe Kurse werden in der VHS-Statistik nicht mehr ausgewiesen. Die Hausarbeit ist zwar bis heute an den Frauen hängen geblieben, aber sie tun gut daran, sich deshalb zu schämen oder wenigstens nicht darüber zu reden. In der warenproduzierenden Gesellschaft ist das Soziale immer nichts wert gewesen, ganz im Gegensatz zu den Beteuerungen derer, die davon profitierten.

Dabei ist gerade der Bildungsbereich ein Beispiel dafür, wie sehr ein fordistisch geprägtes Verständnis von Arbeiten und Wirtschaften obsolet geworden ist. Schon vor zwanzig Jahren wurde deutlich, dass Fachqualifikationen immer weniger ausreichen werden, wenn es um Arbeitsplätze geht. Mit dem Begriff der Schlüsselqualifikation versuchte man dann zu beschreiben, was sich nur sehr ungenau definieren liess: Phantasie, Kommunikationsfähigkeit, Flexibilität, Kreativität, die Bereitschaft, sich auf Veränderungen einzulassen und dazuzulernen. Schlüsselqualifikationen sind persönlichkeitsbezogen und schwer zu operationalisieren. Vieles davon bringt man aus dem Draussen mit oder lernt es nie. Vielleicht ist der wachsende Bildungsvorsprung der Frauen gerade auf den Facettenreichtum ihrer Interessen und Neigungen zurückzuführen, der ihnen angesichts der Eindimensionalität der Warenproduktion immer zum Nachteil geriet. Ich halte es für möglich, dass wir irgendwann einmal eine Geschlechterforschung haben werden, die den Männern nachweist, dass sie sich im Bereich von Sozialität und ausserökonomischer Versorgung engagieren müssen, wenn sie im Arbeitsmarkt konkurrenzfähig bleiben wollen.

MvO: Du sagst also einerseits, dass das von der Logik des homo oeconomicus beherrschte Produktionsparadigma, das gleichzeitig männlich konnotiert und mit dem Anspruch der Allgemeingültigkeit ausgestattet ist, in alle Lebensbereiche vordringt. Andererseits siehst Du auch eine gegenläufige Bewegung, mit der das Soziale, das eigentlich draussen ist, hineinsickert in die Ökonomie und ihre Regularien unmerklich verändert. Aber wenn doch auch gerade Deine Forderung die ist, dass das Soziale nicht Teil der kapitalistischen Verwertung werden sollte, wie kann man aus dieser Perspektive einen neuen Tätigkeitsbegriff entwickeln?

ES: Ich würde zu Deiner letzten Bemerkung vielleicht noch eine andere Betrachtungsweise hinzufügen: Das Konzept von Raum und Zeit. Bisher ist es so, dass alle Versuche steckengeblieben sind, die Raum und Zeit neu aufeinander beziehen wollten, und dass die sogenannte Eigenzeit immer weiter zurückgedrängt worden ist. Das ist ja auch eine Deiner Thesen gewesen, die Du in Wien angeboten hast: dass dieses Konzept der grenzenlosen Ökonomie uns immer mehr auf den Leib rückt und wir kaum noch Reservate haben. Ich denke auch, dass dies ein zentrales Problem ist. Gleichzeitig bezweifle ich, dass die Zeit schon reif ist für konkrete Utopien. Es gibt aber Ansätze, die bereits gedacht worden sind, etwa Hannah Arendts Tätigkeitsgesellschaft und die Diskussionen im Rahmen der Existenzgelddebatte, aber auch Versuche bei Gorz und den Operaisten, die die Tätigkeitsgesellschaft operationalisieren wollen. Das, was diese TheoretikerInnen gesagt haben, ist sicher schon Bestandteil einer Utopie, wenngleich mir die präzise Analyse dessen fehlt, was Arbeit ist und sein kann, also die Betrachtung dessen, was im männlichen Ökonomiekonzept zwar fehlt, aber von höchster Bedeutung ist. Wenn man das nicht greift und in Beziehung setzt, dann ist auch keine Utopie möglich. Man kann Utopien nicht im luftleeren Raum entwickeln, zumindest nicht, wenn man sie in Politik umsetzen will. Es geht um einen anderen Gesellschaftsentwurf und vor allem um ein anderes Konzept des Wirtschaftens. Noch einmal möchte ich betonen, dass man dazu den Standort wechseln und das Drinnen aus der Sicht des Draussen betrachten muss. Zuallererst sollte unmissverständlich klargestellt werden, dass die Ökonomie gar keine unbezahlte Arbeit kennt und dass es theoretisch in höchstem Masse fragwürdig ist, sie wie ein Kaninchen aus dem Hut zu zaubern. Es lässt sich leicht nachweisen, dass dieser Trick keineswegs der "Aufwertung" (z.B. von Familienarbeit) dient, sondern viel eher den Weg frei macht für die Usurpation aller Lebensbereiche durch die Logik materieller Produktion. Gleichzeitig müssen wir aufpassen, dass die unbezahlte Arbeit (vor allem der Frauen) nicht zur Manövriermasse restaurativer Kräfte gerät. Beharren ist nicht angesagt, schon gar nicht angesichts der Tatsache, dass das überkommene Verständnis von Fortschritt nicht mehr dazu taugt, die Zukunft zu erschliessen. Die Operaisten und andere, die über die postindustrielle Gesellschaft nachdenken, stützen ihre Zukunftsvisionen auf die Freizeit des Fliessbandarbeiters. Aus feministischer Perspektive halte ich dieses Verfahren für eine gefährliche Verkürzung, weil sich dadurch die Geschlechterproblematik wieder einmal allzu leicht umgehen lässt. Wir sollten den Mut haben, lebensbegleitende Tätigkeiten zum Ausgangspunkt unserer Utopien zu machen und Zukunftsentwürfe am Wohlergehen zukünftiger Generationen messen. Dies bedeutet nichts weniger, als die Verhältnisse vom Kopf auf die Füsse zu stellen und Wirtschaften mit Lebenszeit zu verquicken. Dem "guten Leben" wird es keinen Abbruch tun, wenn das "Güterleben" dabei nicht nur seine Heteronomie, sondern vielleicht sogar seine Eigenständigkeit verliert.

Europäische Kultur- tradition und neue Formen der Produktion und der Zirkulation des Wissens

Maurizio Lazzarato

Die Geschichte der europäischen Kultur erlebt gerade eine ihrer grössten Umwälzungen – vielleicht seit der Erfindung der Druckmaschine. Das Konzept "Kultur" findet sich bis in seine Grundlagen hinein in Frage gestellt, in seinen Produktionsformen, seinen Sozialisierungen und deren Aneignungen. Das hat vor allem mit der Integration der Kultur in den Prozess der ökonomischen Wertschöpfung zu tun. Dieser Integrationsprozess wird seit Anfang der 80er Jahre durch Globalisierung und neue ökonomische Finanzierungsweisen beschleunigt, aber auch durch das Erscheinen dessen, was man neue Technologien nennt.

Viele Intellektuelle und KünstlerInnen haben sich seitdem zur Verteidigung der Kultur zu Wort gemeldet. Während die kommerziellen Verhältnisse audiovisueller Kommunikation und "AutorInnen-Rechte" neu zur Verhandlung stehen, deren bisherige Definition durch neue Formen der Kommunikation in Frage gestellt ist, kristallisiert sich eine starke Opposition gegen die Unterordnung der Kultur unter die Ökonomie. Die Strategie zur Verteidigung der Kultur scheint sich – jedenfalls in Frankreich – vom Vorbild früherer Mobilisierungsformen gegen das weltweite Monopol der grossen Kommunikationsunternehmen und der amerikanischen Form der "Unterhaltung" zu befreien. Heute geht es darum, wie sich die zu rettende "kulturelle Ausnahme" definiert. KünstlerInnen und Intellektuelle, aber auch PolitikerInnen und Regierungen, die das Recht auf die "kulturelle Ausnahme" fordern, sehen sich in der Tradition europäischer Kulturgeschichte: Autonomie und Unabhängigkeit der Kunst und der KünstlerInnen von Politik und Ökonomie. Die

Strategie zur Bewahrung der "kulturellen Ausnahme" scheint die Trennung zwischen Kultur und Ökonomie positiv benutzen und neudefinieren zu wollen.

Ich möchte gerne den Umstand diskutieren, dass diese, wie ich finde, sehr europäische Sichtweise schwach und angesichts der neuen Produktionsweisen und der Verbreitung von Wissen in letzter Instanz unhaltbar ist. Meine Hypothese kehrt in bestimmter Weise die Strategie der kulturellen Ausnahme um, die ich so zusammenfassen würde: die Produktionsweisen, die Sozialisierung und Aneignung von Wissen und Kultur unterscheiden sich effektiv von der Produktion, Sozialisierung und Aneignung der Reichtümer. Einer Intuition Georg Simmels entsprechend müssen die Formen der Produktion und der Sozialisation, wie sie für Kultur typisch sind, jedoch in die Ökonomie eingeführt werden, statt deren Autonomie einzufordern. Das ist nicht als voluntaristischer Akt gedacht, die Ursache dafür liegt – diesmal einer Intuition Gabriel Tardes folgend – in der "intellektuellen Produktion" selbst, die dazu tendiert, die generelle Form der Leitung und der Organisation der Produktion zu werden; der "Wissensbedarf", die "Liebe zum Schönen" und die "Gier nach dem Exquisiten" sind die grossen Absatzmärkte, die sich dem ökonomischen Fortschritt öffnen.

Für meine Argumentation bediene ich mich dieser beiden Autoren und im Besonderen Tardes "Psychologischer Ökonomie". Gabriel Tarde hat die "Psychologische Ökonomie" 1902 veröffentlicht, also vor einem Jahrhundert. Seine zutreffenden Voraussagen gehören nicht wirklich zur europäischen Kulturtradition, denn seine Theorie ist vergessen.

Tarde schlägt uns auf der Basis der kulturellen Produktionsweise und besonders der des Wissens eine Kritik der politischen Ökonomie von bestechender Aktualität vor, in der er den Ausgangspunkt der ökonomischen Analyse umdreht. Nicht von der Produktion der Gebrauchswerte ausgehen, also der "materiellen Produktion" (die berühmte Stecknadelfabrik, die von der Encyclopédie des Lumières in die schottische Moralphilosophie übernommen wurde und so zum Inzipit der politischen Ökonomie wurde), sondern von der Produktion des Wissens: der Herstellung von Büchern.

"Wie wird ein Buch gemacht? Das ist nicht weniger interessant als zu wissen, wie eine Stecknadel oder ein Knopf hergestellt wird."[1]

Für die Ökonomen von damals ein unvorstellbarer Ausgangspunkt (und eigentlich auch für die zeitgenössischen), für uns jedoch könnte die Herstellung eines Buches das Paradigma der postfordistischen Produktion sein.

Die Wahrheitswerte, wie Tarde das Wissen nennt, sind wie jedes andere Produkt das Resultat eines realen Produktionsprozesses. Mit der Entwicklung der Dispositive wie "Presse" und "öffentliche Meinung" (heute müsste man vom Fernsehen sprechen, den telematischen Netzen, dem Internet), die die Produktionsvorgänge und den Konsum reproduktiver und uniformer machen, erhalten sie "Massencharakter, der zunehmend durch einen Vergleich mit dem Tauschwert markiert ist und ihn gleichzeitig rechtfertigt." Wird Wissen ebenso Ware wie anderes auch?

Die Ökonomie behandelt Wissen effektiv als ökonomischen Reichtum, sie sieht es als Gebrauchswert an wie anderes auch, aber nach Tarde verfügt das Wissen über eine Produktionsweise, die sich nicht auf die "Arbeitsteilung" reduzieren lässt, und es basiert auf einer "Sozialisierung" und einer "Kommunikation des Sozialen", die nicht durch den Markt und den Tausch organisiert werden kann, wenn diese nicht Gefahr laufen wollen, die Produktion und den Konsum der Werte zu denaturieren. Die politische Ökonomie ist gezwungen, Wahrheitswerte wie Produkte[2] zu behandeln, schon weil sie keine anderen Methoden als diejenigen kennt, die sie für die

---

1   Gabriel Tarde, Psychologie économique, Felix Alcan, 1902, S.21
2   In Wahrheit macht das nicht mal die Ökonomie seiner Epoche. Tarde bestätigt, dass es sich auf Seiten des nationalen Bruttosozialprodukts um eine grosse Nachlässigkeit handelt, die zunehmend wichtiger werdenden ökonomischen Kräfte wie das Wissen nicht unter die Reichtümer der Nationen zu zählen. Diese Vernachlässigung verdankt sich der falschen Definition der Reichtümer, wie sie die politische Ökonomie vornimmt (ob es sich dabei um Arbeit oder um Nützlichkeit handelt), die aus ihrer Definition Glaubwürdigkeit ausschliesst. Die gegenwärtige Ökonomie basiert dagegen mehr und mehr auf der Reduktion von Wissen auf Waren.

171

Produktion der Gebrauchswerte entwickelt hat, aber ausserdem – und entscheidender – muss sie sie als materielle Produkte behandeln, wenn sie ihre theoretischen und vor allem politischen Grundlagen nicht vollständig umwälzen will. Tatsächlich schwächt das "Licht" (lumières), wie Tarde Wissen manchmal auch nennt, das auf Seltenheit, Mangel und Opfer gegründete Konzept der Ökonomie und der Reichtümer der politischen Ökonomie.

Nehmen wir also Produktion als primäre Tatsache der politischen Ökonomie und betonen dabei, dass es sich um Produktion von Büchern und nicht von Stecknadeln handelt. Bei der Produktion von Büchern sind wir sofort mit der prinzipiellen Notwendigkeit konfrontiert, die Produktionsweise und das Regime des Besitzes anders zu theoretisieren und legitimieren als die ökonomische Wissenschaft.

"Im Fall der Bücher ist die individuelle Produktion die Regel, während ihr Besitz jedoch wesentlich kollektiv ist; denn der "literarische Besitz" hat nur dann individuellen Sinn, wenn die Werke als Waren betrachtet werden. Die Idee des Buches gehört dem Autor nur exklusiv, bevor sie veröffentlicht ist, d.h. solange sie der sozialen Welt noch fremd ist. Umgekehrt wird die Warenproduktion zunehmend kollektiv, ihr Eigentum ist und bleibt aber individuell, selbst wenn Land und Kapital "verstaatlicht" sind. – Unzweifelhaft ist im Fall der Bücher die freie Produktion die beste Produktionsweise. Eine die experimentelle Forschung oder die philosophische Meditation regulierende gesetzliche Organisation wissenschaftlichen Arbeitens funktioniert nicht."[3]

Die grossen Multinationalen der Informationswirtschaft sind zwar in sehr genauen Grenzen bereit, die Unmöglichkeit anzuerkennen, Produktion nach einem "wissenschaftlichen Management" zu organisieren, was das Besitzregime angeht sind sie jedoch gänzlich unansprechbar.

Ist der Begriff des Besitzes auf alle Formen des Wertes anwendbar, vom Gebrauchswert, Schönheitswert bis zum Wahrheitswert? Kann man Besitzer von Wissenswerten

3   Gabriel Tarde, *Psychologie économique*, Felix Alcan, 1902, S. 92

sein, wie man Besitzer irgendeines Gebrauchswertes ist? Vielleicht, antwortet Tarde, aber nicht in dem Sinn, den die wissenschaftliche Ökonomie und die juristische Wissenschaft ihm geben, nämlich der "freien Disposition".

"In diesem Sinne ist ein Mensch nicht mehr Eigentümer seines Ruhmes, seiner Noblesse, seiner Glaubwürdigkeit (gegenüber der Gesellschaft) als er es seinen Gliedmassen gegenüber ist, von denen er sich – als lebende Gliedmassen – auch nicht zu Gunsten anderer zu trennen weiss. Er muss also nicht befürchten, dass ihm diese Werte, die die wichtigsten von allen und nicht zu verstaatlichen sind, enteignet werden." [4]

Um sich nicht mit der Notwendigkeit einer neuen Organisationsform der Produktion zu konfrontieren und also mit einem neuen Regime der Besitzverhältnisse, wie es der Charakter des Wissens impliziert, ist die politische Ökonomie genötigt, die "immateriellen Produkte" in "materielle Produkte"[5] zu verwandeln, in Waren wie andere auch, denn die Produktion von Büchern stellt den individuellen und exklusiven Besitz ebenso in Frage wie die disziplinarische Produktion, auf der Ökonomie beruht.

Gehen wir nun zum Konsum über. Kann man den Konsum von Reichtümern mit dem Konsum von Wahrheitswerten und Schönheitswerten vergleichen? "Konsumiert man seine Überzeugungen, wenn man an sie denkt, oder Kunstwerke, wenn man sie bewundernd betrachtet?"[6] fragt sich Tarde. Lediglich die Reichtümer, wie sie in der politischen Ökonomie definiert werden, sehen einen "aufbrauchenden Konsum" vor, der seinerseits Tausch und exklusive Aneignung voraussetzt. Der Konsum von Wissen unterstellt jedoch nicht seine definitive Entfremdung oder seinen aufbrauchenden Konsum.

Um die Frage nach dem Spezifischen des "Konsums" von Wissen zu vertiefen, analysieren wir die Form der "sozialen Kommunikation", die Form der Weitergabe

---

4   Gabriel Tarde, Psychologie économique, Felix Alcan, 1902, S. 89
5   Diese Unterscheidung kommt von Tarde, nicht von mir.
6   Gabriel Tarde, Psychologie économique, Felix Alcan, 1902, S. 88

von Wahrheitswerten, die von Ökonomen nur als "Markt" gedacht werden kann. Zu Beginn hat Tarde festgestellt, dass Wissen kein individueller und exklusiver Besitz sein muss; um den Wunsch nach Wissen zu befriedigen, muss keine definitive Entfremdung des "Produkts" vorliegen. Nun fügt er hinzu, dass die Weitergabe von Wissen diejenigen, die es produzieren und tauschen, in keiner Weise ärmer macht. Im Gegenteil wird die Verbreitung von Wissen seinen ErzeugerInnen nicht schaden, sondern ihren Wert erhöhen und den Wert dieses Wissens selber.[7] Es ist für das Wissen daher nicht essentiell, ein Tauschobjekt zu sein, um kommuniziert werden zu können.

"Nur metaphorisch kann man sagen, zwei GesprächspartnerInnen "tauschen ihre Gedanken aus" oder ihre gegenseitige Bewunderung. Tausch, im Falle von Wissen und Schönheit, heisst nicht opfern, sondern bedeutet gegenseitige Beleuchtung, in gegenseitiger Gabe, aber einer vollkommen privilegierten Gabe, die nichts mit den Reichtümern gemein hat. Hier verarmt der Gebende im Geben, im Falle von Wahrheiten oder auch Schönheiten gibt er und erhält im gleichen Zuge. Im Falle der Macht ist es manchmal dasselbe (…). Auch dem freien Ideenaustausch zwischen zwei Völkern, den religiösen Überzeugungen, Kunst und Literatur, Institutionen und der Moral lässt sich nicht der Vorwurf machen, den man dem freien Warenaustausch oft macht, nämlich die Ursache der Verarmung einer der beiden Seiten zu sein."[8]

Der Ausdruck "der Wert eines Buches" ist ambivalent, denn das Buch hat einen käuflichen Wert als "anfassbares, besitzbares, austauschbares, konsumierbares" und einen Wahrheitswert als wesentlich "intelligibles, nichtbesitzbares, unaus-

7   *"Die Ideen, die Sie entdeckt haben, besitzen Sie auf eine ganz andere Weise als die Reichtümer, die Sie fabriziert haben, selbst wenn Sie sie als erster erfunden und fabriziert hätten. Ihre Entdeckungen und Erfindungen besitzen Sie, will es scheinen, umso mehr als Sie sie in Gesprächen und Reden propagieren. Was die Reichtümer angeht, die Sie schaffen: wenn Sie sie durch Tausch oder Verkauf weitergegeben haben, so gehören sie Ihnen nicht mehr. Sie bleiben zwar tatsächlich der Erfinder, besitzen ihre Idee und die Meriten, die sie gefunden haben, aber nur als Wahrheit und Berühmtheit, nicht als Nützlichkeit." idem, S. 80*

8   Gabriel Tarde, *Psychologie économique*, Felix Alcan, 1902, S. 79

tauschbares, nichtkonsumierbares". Das Buch kann gleichzeitig als "Produkt" und als "Wissen" angesehen werden. Als Produkt kann sein Wert durch den Markt definiert werden, aber als "Wissen"?

Die Idee von Verlust und Gewinn kann auf Wissen angewendet werden, aber hier benötigt die Bewertung dieser Verluste und Gewinne eine Ethik und keinen Markt. Ein Buch ist für oder gegen andere Bücher gemacht, wie ein Produkt für oder gegen andere Produkte gemacht ist, aber nur im zweiten Falle kann die Konkurrenz durch den Preis geregelt werden. Im ersten Falle benötigen wir eine Ethik. Die Weitergabe von Wissen hat mehr mit moralischen Begriffen wie Gabe oder Raub zu tun als mit dem Tausch.

"Andererseits führt der freie Ideenaustausch gerade deshalb zu fruchtbaren Verbindungen oder aber zu tödlichen Schocks zwischen aufeinanderprallenden heterogenen Elementen, weil er eine reziproke Vermehrung und keine Ersetzung ist. Er richtet daher viel Schlechtes an, wenn er nichts Gutes anrichtet. Und wie der intellektuelle und moralische freie Ideenaustausch früher oder später den ökonomischen freien Tausch begleitet, kann man auch umgekehrt sagen, dass beide gewöhnlich ebenso unwirksam wie defensiv wären, wenn sie sich einer vom anderen trennen liessen."[9]

Nach Tarde führen uns die Produktionsweisen der Wissenskommunikation in ein ökonomisches Jenseits. Man befindet sich ausserhalb der Notwendigkeit, seine intellektuellen Kräfte durch Tausch zu sozialisieren, durch Arbeitsteilung, Geld und ausschliessenden Besitz. Das heisst keineswegs, dass die Machtverhältnisse zwischen sozialen Kräften neutralisiert wären. Im Gegenteil manifestieren sie sich in den fruchtbaren Verbindungen oder den "tödlichen Schocks" jenseits des Marktes und des Austauschs von Reichtümern. Das heisst, dass der uneingestandene ethische Charakter der ökonomischen Kräfte als einzige "ökonomische Regulationsweise" in dem Moment machtvoll entsteht, in dem die intellektuelle Produktion sich die ökonomische Produktion unterordnet. Hier findet sich Nietzsches Problem der "Hierarchie der Werte" der "grossen Ökonomie", aber auf einem anderen Terrain.

9   Gabriel Tarde, Psychologie économique, Felix Alcan, 1902, S. 79

Tardes weiteres Beispiel, das diesmal die "Ausbildung" betrifft, führt zu ähnlichen Ergebnissen. Man könnte die Produktion von Reichtümern und die Produktion von Wahrheitswerten im Unterricht miteinander vergleichen. Man könnte so für die Pädagogik die unterschiedlichen Faktoren des Unterrichts definieren. Ähnlich wie in der Ökonomie Arbeit, Land und Kapital in der Produktion von "Wissen" unterschieden wird, könnte man die Aktivität und die Intelligenz der SchülerIn und die Wissenschaft der LehrerIn unterscheiden. "Aber in Wahrheit taugen solche Aufsätze nicht viel. Zuallererst ist die Bedingung guten Unterrichts – die psychologischen Bedingungen des Lehrers und des Schülers als gegeben angenommen – ein gutes schulisches Programm; ein Programm unterstellt ein Ideensystem, ein Credo. Entsprechend ist die erste Bedingung einer guten ökonomischen Produktion eine Moral, über die Einigkeit besteht. Eine Moral ist ein Programm industrieller Produktion, also des Konsums, denn beide hängen voneinander ab." [10]

Wenn, wie manche sagen, das "Licht (des Wissens)" in "Gebrauchswerte" verwandelt werden kann (was Konsum und das Aufbrauchen oder Ausgeben der Produktionskräfte unterstellt, die sich im Produkt materialisierten und einen Preis hätten), dann unterscheidet sich die Produktion und die Aneignung der Gedanken und des Wissens dennoch wesentlich von der Kommunikation und der Sozialisation der "Reichtümer" [11].

10 Gabriel Tarde, Logique Sociale, Felix Alcan, Paris, 1885, S.348-9 Fussnote 1

11 Warum ist die Hypothese, Wissen auf Reichtümer zu reduzieren, nach Tarde im Prinzip unrealisierbar? Weil es sich um soziale Quantitäten handelt, die durch intellektuelle und affektive Arbeit produziert und reproduziert werden, deren Quelle und Motor nicht in physischer Energie zu finden ist, sondern in der affektiven Energie der Erinnerung. Die Reduktion des Wissens auf Reichtümer "impliziert das Nichtexistieren einer wesentlichen Funktion unseres Geistes, der Erinnerung" (idem, S. 292) Nach Tarde besteht jeder Gedanke, jedes Wissen aus wiedererinnerter Empfindung, einer Empfindung, die "nur ein Clichée, dem das intellektuelle Leben die unentwegte Druckerpresse ist". Also müssen, um Ideen und Wissen produzieren zu können, dieselben in dem Masse vergessen werden, in dem sie geäussert werden. Zur Vertiefung der Spezifizität der Erinnerung in der Produktion der intellektuellen Arbeit siehe Maurizio Lazzarato, Videophilosophie (in Planung)

Im Kapitalismus werden alle Formen der Produktion, selbst die unvergleichlichsten, mehr und mehr in Geld bewertbar, das Wissen jedoch funktioniert immer weniger in dieser Bewertungsweise. Hier öffnet uns Tarde eine andere verborgene Tür in die intellektuelle Produktion, die für die politische Ökonomie auf der Basis der Prinzipien Seltenheit, Opfer und Notwendigkeit nicht sichtbar ist. Das Problem, das die "intellektuelle Produktion" stellt, besteht nicht nur darin, eine "ethische" Massnahme zu definieren, die Wahrheitswerten entspricht, sondern vor allem in der Tatsache, dass sie zu einer Form der Produktion neigt, die zunehmend ‚umsonst' ist. Die intellektuelle Produktion schwächt die raison d'etre der Ökonomie und seiner Wissenschaft: nämlich Seltenheit.

"Die Zivilisation kommerzialisiert viele Dinge, die früher keinen Preis hatten, und lässt sie das Feld der Ökonomie betreten; sogar Rechte und selbst die Macht; die Theorie der Reichtümer ist immer weiter in die Theorie der Rechte und die Theorie der Macht, nämlich Jurisprudenz und Politik, eingedrungen. Durch die zunehmend umsonst und frei verbreiteten Formen des Wissens verwischt sich die Grenze zwischen der Theorie der Reichtümer und dem, was man die Theorie des Lichts nennen könnte."[12]

Diese Zeilen wirken, als wären sie angesichts der Informationsökonomie und des intellektuellen Besitzes der immateriellen Ökonomie geschrieben. "Freie Produktion", "kollektiver Besitz" und "preislose Zirkulation" der Wahrheits- und Schönheitswerte sind die Entwicklungsbedingungen sozialer Kräfte in der Informationsökonomie. Jede dieser Qualitäten intellektueller Produktion ist dabei, zu neuen "Widersprüchen" im Inneren der Informationsökonomie zu werden, und die durch das Internet heute repräsentierten Einsätze sind nur die Prämissen der kommenden Oppositionen.

Georg Simmel kommt in derselben Epoche zu ähnlichen Schlüssen. "Die Kommunikation der intellektuellen Güter muss dem einen nicht wegnehmen, was der andere goutieren soll. Nur eine überscharfe und quasi pathologische Sensibilität

---

12 *Gabriel Tarde, Psychologie économique, Felix Alcan, Paris 1902, S. 296-7*

kann sich tatsächlich beschädigt fühlen, wenn ein intellektueller Inhalt nicht mehr nur ein exklusiver subjektiver Besitz ist, sondern sich gleichermassen auch von anderen gedacht findet. Insgesamt liesse sich vom intellektuellen Besitz sagen – zumindest in dem Masse, in dem er nicht ins Ökonomische hineinreicht –, dass er nicht auf Kosten anderer erzeugt wird, dass er Vorräten nichts entnimmt, aber dass er, ist er einmal gegeben, im Endeffekt doch im Bewusstsein dessen produziert werden muss, der ihn erhält. Folglich wird dieses Ausgleichen der Interessen, das vom Charakter des Objekts ausgelöst wird, auch in diejenigen ökonomischen Bereiche eingeführt, in denen wegen der Konkurrenz zur Befriedigung eines besonderen Bedürfnisses, jeder sich nur auf Kosten von anderen bereichert."[13]

Wie es Simmel treffend gesagt hat, ist der Ausgleich der Interessen, der vom Charakter des intellektuellen Objekts auslöst wird, ein politisches Programm, denn die Logik der Seltenheit, das Regime des ausschliessenden Besitzes und die Produktionsweise werden dem Produkt durch die neuen Wissensindustrien aufgedrückt. Aber wenn man die neuen Oppositionen, die für die intellektuelle Produktion spezifisch sind, nicht deutlich macht und man sich darauf beschränkt, die Autonomie der Kultur und ihrer ProduzentInnen zu fordern, bleibt der Widerstand gegen die Vorherrschaft des zeitgenössischen Kapitalismus über die Kultur eher ein frommer Wunsch.

Die Produktion der zeitgenössischen Reichtümer integriert nicht nur die Produktion, Sozialisation und Aneignung des Wissens, sondern auch die Schönheitswerte, also die ästhetischen Kräfte. In dem Masse, wie die Bedürfnisse zunehmend spezieller werden, ist der ästhetische Wert eines ihrer fundamentalen Elemente, die den Wunsch zu produzieren stimulieren und den Wunsch zu konsumieren. Dieser Prozess, der kaum begonnen hatte als Tarde seine Zeilen schrieb und der von den Ökonomen seiner Epoche schwer wahrzunehmen war, hat durch den Aufschwung der

13 Georg Simmel, *Philosophie de l'argent*, PUF, 1987, S. 353-4 (Deutsch: *Philosophie des Geldes, Suhrkamp Verlag Frankfurt*)

Informationsökonomie oder des Immateriellen eine ungewöhnliche Beschleunigung erfahren.

Die Definition der Kultur, auf die sich die Strategie der "kulturellen Ausnahme" bezieht, setzt eine qualitative Differenz zwischen Industriearbeit und künstlerischer Arbeit voraus. Auf der Basis der von Tarde beschriebenen Tendenz, nach der die intellektuelle Produktion sich die ökonomische Produktion unterwirft, wird die künstlerische Arbeit eines der Modelle in der Produktion von Reichtum.

Man hat schon gesehen, wie das Konzept der Reichtümer die Wissensformen integrieren muss und wie sich in der intellektuellen Arbeit nach Tarde die Entwicklungstendenz des "ökonomischen Fortschritts" abzeichnet. Es geht darum zu verstehen, was die künstlerische Arbeit zu einem Verständnis dieser radikalen Veränderung beiträgt. Tarde zufolge ist alle Aktivität eine Kombination von Imitations- und Erfindungsarbeit, aber auch von künstlerischer Arbeit – in höchst unterschiedlichem Masse. Auch die industrielle Arbeit entkommt dieser Regel nicht. Welche Beziehung herrscht zwischen Industriearbeit und künstlerischer Arbeit? Die scharfe Unterscheidung, die Tarde zwischen Industriearbeit und künstlerischer Arbeit etabliert hat, hemmt den kontinuierlichen Übergang zwischen beiden nicht.

Die soziale Definition der künstlerischen Aktivität, die Tarde etwas herrisch vornimmt, kann uns zu einigen Reflexionen darüber anregen, wie sie den Bezug zwischen ProduzentIn und KonsumentIn verändert, indem sie sich in die industrielle Aktivität eingliedert. Tardes Definition der künstlerischen Arbeit unterstreicht einerseits die determinierende Rolle der "Imagination" und andererseits den Umstand, dass sich in der künstlerischen Aktivität die Unterscheidung zwischen ProduzentIn und KonsumentIn aufzulösen beginnt. Unnötig zu sagen, dass auch hier Tardes Überlegungen dabei weiterhelfen, den Status und die Funktionen des "KonsumentIn-Kommunikators" unserer zeitgenössischen Gesellschaften zu definieren. Im Postfordismus neigt die Klientel gleich welcher industriellen Produktion (und das gilt vor allem für Produktionen der Informationsindustrie) dazu, sich mit Öffentlichkeit zu identifizieren, die dann gleichzeitig die Rolle der ProduzentIn und der VerbraucherIn spielt.

Die Empfindung ist nach Tarde das nicht-repräsentative psychologische Element, daher nicht kommunikabel und selbst das Objekt der künstlerischen Arbeit.

"Wir haben eingangs gesagt, dass die Phänomene des Bewusstseins nicht vollständig in Glauben und Wunsch, in Urteil und Willen aufgehen; es bleibt in ihnen immer ein effektives und differentielles Element, das in den eigentlichen Empfindungen eine aktive und entscheidende Rolle spielt. In den höherwertigen Empfindungen, Gefühle genannt (selbst den verfeinertsten), handelt es sich um eine verdeckte, aber nicht weniger wesentliche Handlung. Die eigentliche und charakteristische Kraft der Kunst liegt darin, die Seele zu regieren, indem sie sie von ihrer breiten Wahrnehmungsseite fasst. Als Manipulateur der Ideen und des Willens ist sie insgesamt sicherlich der Religion und den unterschiedlichen Formen politischer, juristischer und moralischer Regierung untergeordnet. Aber als Erzieher der Sinne und des Geschmacks hat sie nicht ihresgleichen." [14)]

Können sich die Empfindungen auch als Wert konstituieren und daher quantitativ gemessen und getauscht werden?

"Die grossen Künstler schaffen soziale Kräfte, die des Namens Kräfte durchaus würdig sind und ebenso wie die Energien eines lebenden Wesens regelmässig zu wachsen oder zu schrumpfen in der Lage sind." [15)]

Der KünstlerIn gelingt es durch ihr Kunstwerk, noch den flüchtigsten, den einzigartigsten und den nuanciertesten Empfindungen soziale Konsistenz zu geben. Indem sie die psychologischen Elemente unserer Seele kombinieren, in denen die Empfindungen dominieren, fügen die KünstlerInnen der Öffentlichkeit durch ihre Arbeit ein neues Empfindungsspektrum hinzu. Die Empfindungen und die Sensibilität sind also "Produkte" künstlerischer Arbeit.

"Indem man uns eine Klaviatur unserer Sensibilität fabriziert, die in uns Raum greift und ohne Unterlass perfektioniert wird, überblenden die Dichter und Künstler teilweise unsere natürliche, angeborene, nichtkulturelle Sensibilität, die in jedem von uns unterschiedlich und wesentlich unkommunikabel ist, mit einer kollek-

14 *Gabriel Tarde, Logique Sociale, Felix Alcan, Paris, 1885, S. 452*
15 *Gabriel Tarde, L'Opposition Universelle, Felix Alcan, 1897, S. 387*

tiven, bei allen ähnlichen Sensibilität, die aber einfach schon deshalb für das soziale Milieu empfänglich ist, weil sie aus ihm hervorgeht. Kurz gesagt: die grossen Meister disziplinieren die Sensibilitäten und folglich die Imaginationen, lassen sie sich gegenseitig spiegeln und beleben sie so durch diesen gegenseitigen Reflex, während die grossen Religionsgründer oder Reformatoren, aber auch die Weisen, die Gesetzgeber und die Staatsmänner die Geister und die Herzen, die Urteile und die Wahrheiten disziplinieren."[16]

Die künstlerische Arbeit ist für Tarde folglich "produktiv", denn sie antwortet auf die Notwendigkeiten der die reine Empfindung betreffenden Produktion und Konsumtion. Man muss also analysieren, wie die künstlerische und die industrielle Arbeit gegeneinanderstehen oder sich entsprechen. Der Unterschied zwischen Kunst und Industrie macht sich primär daran fest, dass der Konsumwunsch, auf den Kunst antwortet, sehr viel artizifieller und kapriziöser ist als derjenige, auf den Industrie antwortet und der "sozial wesentlich langwieriger ausgearbeitet" werden muss.

Die Wünsche nach künstlerischem Konsum sind mehr noch als die Wünsche nach industriellem Konsum Ableger einer "erfinderischen und entdeckenden Imagination". Nur die Imagination, die die Wünsche entstehen lässt, kann sie auch befriedigen, da sie ihren Ursprung im Unterschied zu den Wünschen industriellen Konsums fast ausschliesslich in der Imagination haben.

"Der Wunsch, der der Industrie dient, der tatsächlich durch die Einfälle und Launen der Erfinder geformt ist, sprudelt spontan aus der Natur und wiederholt sich jeden Tag aufs neue, wie die periodischen Bedürfnisse, die er übersetzt; aber der Geschmack, dem Kunst zu schmeicheln versucht, hängt sich unperiodisch an eine lange Kette genialer Ideen vagen Instinkts, die sich nicht reproduzieren, während sie sich ändern."[17]

Der Wunsch industriellen Konsums geht seinem Objekt voraus und – egal wie präzisiert oder ausgefallen durch vorangegangene Erfindungen er sein mag – verlangt

16 *Gabriel Tarde, Logique Sociale, Felix Alcan, Paris, 1885, S. 453*
17 *Gabriel Tarde, Logique Sociale, Felix Alcan, Paris, 1885, S. 418*

von seinem Objekt nur die wiederholte Realisierung; "aber der Wunsch künstlerischen Konsums erwartet von seinem Objekt selbst seine Vollendung und verlangt von neuen Erfindungen, dass dieses Objekt neue Variation des alten bietet. Natürlicherweise hat ein erfundener Wunsch den Wunsch des Erfindens selbst zum Gegenstand, denn die Gewohnheit der Erfindung kennt nur Entstehen- und Wachsenlassen des Geschmacks."[18]

Diese nichtperiodischen und zufälligen Wünsche entstehen aus einer "unerwarteten Begegnung" und brauchen ein "wiederholt Unvorhersehbares", um leben zu können.

Aber es gibt noch ein anderes Charakteristikum künstlerischer Arbeit, das uns besonders interessiert. In der künstlerischen Produktion kann man nicht zwischen Produktion und Konsum unterscheiden, denn die KünstlerIn verspürt selbst den Konsumwunsch, sie sucht zuerst ihren eigenen Geschmack zu schmeicheln und nicht nur dem ihres Publikums.

"Das Besondere im künstlerischen Konsumwunsch besteht darüberhinaus darin, dass er beim Produzenten lebendiger und die Freude, die ihm folgt, noch intensiver ist als beim Kenner. Darin unterscheidet sich Kunst wesentlich von Industrie. (…) Die Unterscheidung von Produktion und Konsum wird im Falle von Kunst ihre Bedeutung verlieren, denn die künstlerische Entwicklung geht dahin, aus allen Kennern Künstler zu machen und aus jedem Künstler einen Kenner."[19]

Folglich verschwinden die Unterscheidungen und die Gegensätze zwischen künstlerischer und industrieller Arbeit eine nach der anderen. Das sich hier entwickelnde Phänomen besteht in einer zunehmend tiefergehenden Anpassung der beiden Aktivitätstypen aneinander. Dieser Prozess ist widersprüchlich, aber irreversibel, wie Tarde selbst schreibt. Man muss die Schönheitswerte in die Definition der Reichtümer einbauen und die künstlerische Arbeit in das Konzept der Arbeit, weil die "Liebe zum Schönen und die Gier nach dem Exquisiten" zu den "besonderen"

18 Gabriel Tarde, Logique Sociale, Felix Alcan, Paris, S. 423
19 Gabriel Tarde, Logique Sociale, Felix Alcan, Paris, S. 423

Bedürfnissen gehört, die eine für die Industrie wichtige Elastizität und einen grossen Absatzmarkt darstellen. Tarde sah voraus, dass die Luxusindustrie, die in seiner Epoche nur für die Oberklassen produzierte und der einzige Typ des Konsums war, der die "speziellen" Bedürfnisse ausdrückte, in dem Masse ersetzt werden würde, wie sich die sozialen Bedürfnisse durch die industrielle Kunst oder art decoratif entwickelten, für die er eine glorreiche Zukunft voraussah".[20]

Walter Benjamin kam einige Jahrzehnte später zu ähnlichen Schlüssen, als er die Tendenz der industriellen Entwicklung und der produktiven Aktivitäten auf der Basis der cinematographischen Produktion analysierte.[21]

Zum Schluss: Will man die Spezifität der europäischen Kultur und ihr emanzipatorisches Potential retten, kann man sich nicht mehr auf die Verteidigung der Kultur und ihrer Autonomie beschränken, denn die Wahrheits- und Schönheitswerte sind zum Motor der Produktion von Reichtümern geworden. In dem Masse, in dem man von den Produktions- und Konsumwünschen, die "organische" Bedürfnisse befriedigen, zu Produktions- und Konsumwünschen übergeht, die zunehmend "kapriziöser" und "spezieller" werdende Bedürfnisse befriedigen – von denen das Bedürfnis nach Wissen eines der wichtigsten ist –, integrieren die ökonomischen Aktivitäten und die Waren selbst Wahrheits- (das Wissen) ebenso wie Schönheitswerte.

20 Gabriel Tarde, Logique Sociale, Felix Alcan, Paris, S. 118
21 Die Technik des Films wie des Sports beruft sich auf die Teilnahme des Betrachters als "Kenners" und als "Experten". Das Kino (aber auch die Presse und der Sport) determinieren eine kulturelle Transformationsbewegung, für die der Unterschied zwischen Akteur und Publikum tendentiell seinen einseitigen Charakter verliert. Dieser Unterschied "funktioniert nicht mehr, er kann von einem Fall zum anderen wechseln. Der Leser ist in jedem Moment bereit, zum Autor zu werden." (Walter Benjamin, Ecrits francais, Gallimard, Paris 1991, S. 158). Benjamin kommt das Verdienst zu, diese Tendenz mit den Transformationen der Arbeit und dem Bruch der Trennung zwischen Hand- und Kopfarbeit zu verbinden, deren paradigmatische Form er in der Kinoproduktion sah (woran ich eingangs erinnert habe).
"In seiner Eigenschaft als Spezialist, der er wohl oder übel in einem Prozess der sich extrem differenzierenden Arbeit werden muss, kann der Betrachter in jedem

"Fügen wir hinzu, dass der theoretische und der ästhetische Anteil aller Waren sich zunehmend nicht auf Kosten des nützlichen Anteils entwickelt, sondern jenseits davon."[22]

Dieser Schluss, der als katastrophisch gelesen werden könnte, denn er zeigt eine reale Unterordnung der kulturellen und künstlerischen Produktion unter die ökonomischen Imperative, ist dann eine historische Chance, wenn man sie zu ergreifen weiss. Vielleicht zum ersten Mal in der Geschichte der Menschheit verlangen künstlerische, intellektuelle und ökonomische Arbeit auf der einen, Warenkonsum, Aneignung von Wissen und Schönheitswerte auf der anderen Seite danach, nach der gleichen Ethik reguliert zu werden.

(Übersetzt aus dem Französischen von Stephan Geene)

*Moment die Position des Autors ergreifen. Und seine Repräsentation durch das Wort wird integraler Bestandteil der für seine Durchführung notwendigen Kraft."
Idem, S.158-9*

Das Aktiv-Werden der Arbeit, der Umstand, dass sie das Wort ergreift, requalifiziert die Rolle der Kunst komplett, weil sie die Basis der sozialen Trennung der Arbeit umdreht, in der die Kunst trotz allem gefangen ist. Benjamin sieht in den Performancen der sich ihrem Publikum widersetzenden Dadaisten, die sich von einer künstlerischen Gemeinschaft unterhalten lassen, ein wichtiges Symptom der Veränderung der Funktion von Kunst.

"Als Unterhaltung kreiert das Kunstwerk eine Erschütterung und gegebenenfalls nichts anderes als einen Vorwand für ein aktives Verhalten des Subjekts." idem, S. 175.

Die Produktion und die Rezeption von Kunst (aber auch von überhaupt von jedem Werk) kann sich nicht mehr als unabhängig von dieser zweiten Natur geben, seinen kollektiven und technologischen Formen und der aktiven Rolle, die von den "Massen" eingenommen wird. Die "Interaktivität" der Computertechnologien unterstützt und verdreht die wesentlichen Verhaltenstendenzen und die Einstellungen, die sich aus diesem Prozess ergeben.

22 *Gabriel Tarde, Psychologie économique, Felix Alcan, Paris 1902, S. 68*

Skeletons From The Closet: Popgeschichte und deren Formatierung

Martin Beck

01 (intro)

Die Compact Disk (CD) wurde in den frühen 80er Jahren im Rahmen einer unternehmenübergreifenden Kooporation von Sony und Philips als neue Technologie für die Speicherung von musikalischer Information vorgestellt. Basierend auf der Digitalisierung von Musik wurde die heute omnipräsente CD als Speicherungsmöglichkeit angekündigt, die nicht nur eine Verbesserung der musikalischen Qualität anbieten, sondern zudem auch ewig halten und daher Konservierungsfragen obsolet machen sollte. Etwa gleichzeitig gingen die Verkaufszahlen auf dem Popmusikmarkt – trotz einer boomenden New Wave Musikszene – signifikant zurück, was für die Einführung und das Marketing einer neuen Soundtechnologie eine Herausforderung war. Diese Marktsituation stellte für die forcierte Publikation von neuen, auf CDs formatierten Titeln ein Geschäftsrisiko dar, auf das die Plattenfirmen strategisch reagieren mussten. Ausgehend vom Argument für die bessere Soundqualität und Dauerhaftigkeit der CD in Relation zur eher delikaten Schallplatte begannen Plattenfirmen, ihre Archive zu plündern und historische Titel, die entweder vergriffen waren oder von denen angenommen werden konnte, dass sie sich nach jahrelanger Verwendung in eher zerkratztem Zustand befanden, wieder neu aufzulegen. Für die grösseren Plattenfirmen war die Wiederauflage von altem Songmaterial äusserst attraktiv, da dessen unmittelbare Verfügbarkeit die Studioproduktionskosten praktisch eliminierte.

Trotz einer signifikanten Preiserhöhung in Relation zum Vinyl, trotz eingeschränkter visueller Attraktivität der auf ein Viertel geschrumpften Cover und trotz einem disproportionalen Verhältnis zwischen neuen und wiederaufgelegten alten Titeln, hat sich die CD innerhalb weniger Jahre als durchschlagender Erfolg erwiesen.

Die Dauerhaftigkeit des Speichermediums hat den regulären PlattensammlerInnen plötzlich ein Werkzeug zur Verfügung gestellt, mit welchem diese eine Musiksammlung anhäufen können, die auch bei ständiger Verwendung nicht an Soundqualität verliert und daher gleichsam unbegrenztes Wachstumspotential hat. Diese neue Technologie hat SammlerInnen in die Lage versetzt, sich mit institutionellen Archiven messen und damit deren Autorität in Frage stellen zu können. Individuelle SammlerInnen akkumulieren (historisches) Material basierend auf Erfahrungen und Interessen; sie konstruieren personalisierte Archive, die entlang idiosynkratischer Vorlieben und Parameter organisiert sind. Die Verfügbarkeit von digitalen Speichermedien hat alltägliche MusikliebhaberInnen zu potentiellen WächternInnen über populäre Archive gemacht, in denen sich historische Erzählungen andauernd vervielfältigen können. Dieses technologische Versprechen, offene und dauerhafte Archive zusammenstellen zu können, produzierte eine Verschiebung im Verhältnis zwischen privaten und öffentlichen Versionen von Geschichte.

02 (reprise)

Die Produktion von Geschichte als moderne Form einer legitimierenden öffentlichen Erzählung ist abhängig von Objekten und Dokumenten, die in (nationalen) Archiven gesammelt werden. Die neu ermöglichten populären Archive sind daher — zumindest theoretisch — in der Lage, Erzählungen, die privat aus solchen Archiven generiert werden, als potentielle Alternativen zu öffentlichen Versionen von Geschichte zu legitimieren.

Die Verbreitung von Archivmöglichkeiten hat eine Reihe von zusammenhängenden Auswirkungen. Sie ermöglicht Individuen und Kollektiven, ihre eigenen

Erinnerungscontainer zu produzieren; sie vervielfältigt das Rohmaterial, das einer archivarischen Aufbewahrung für würdig befunden wird. Als Konsequenz der sich verschiebenden Dynamik zwischen sich verbreitenden Archiven und kultureller Geschichte wird auch der Prozess des Zustandekommens von historischen Daten destabilisiert.

Die Organisationsform von Archiven basiert auf rigiden Prinzipien, die im Zusammenhang mit institutionellen Diskursen etabliert worden sind, welche wiederum im Verhältnis zu diesen definiert und legitimiert worden sind. Die Konventionen für das Ordnen und Kategorisieren von Materialien wurden hauptsächlich zwischen dem 17. und dem 19. Jahrhundert in Zusammenhang mit einem generellen Interesse an einer "Ordnung der Dinge" eingeführt. Ordnungs- und Kategorisierungssysteme wie Carolus Linnaeus' Methode zur botanischen Klassifizierung funktionierten als Leitlinien für das Einbeziehen oder Ausschliessen von Materialien in den Körper des Archivs. Sowohl der Eingang von Materialien in das Archiv als auch das Ordnen und Kategorisieren sind Kontrollprozesse. Im Zuge dieser Prozesse etablieren und erhalten die Ordnungs- und Kategorisierungsprinzipien eine hierarchische Struktur, innerhalb welcher jedem Artefakt eine symbolische Position in Beziehung zu allen anderen Objekten im Archiv zugeschrieben wird.

Die Verbreitung von Archivmöglichkeiten als Konsequenz der digitalen Revolution fordert den Anspruch des Archivs auf auschliessliche Legitimität und hierarchische Formation heraus. Musik- und CD-Marketing stellen nur ein Beispiel von vielen dar. Vergleichbare Muster von populärem Archivieren und dessen Marketing können in verschiedenen Feldern und auf verschiedenen Ebenen beobachtet werden. Digitalisierung produzierte eine grössere Verfügbarkeit von existierenden Informationen, die als Produkt oder virtuell über Informationsnetzwerke angeboten werden. Eine Transformation, die die Einführung der Compact Disk vor fünfzehn Jahren auf verblüffende Weise in Erinnerung ruft, kann momentan auf dem Home-Video-Markt beobachtet werden. Digitale Video Technologie (DVD) wird gemäss der bekannten

Parameter von Dauerhaftigkeit und Zugänglichkeit vermarktet. Die Werbeslogans für neue Speichertechnologie setzen Zugang herkömmlicherweise mit einer undefinierten Masse an Informationen in Beziehung, die mittels digitalem Equipment in privaten Situationen konsumiert und gesammelt werden. Die von Produktionsfirmen wie "Xtreme Storage" eingesetzte Rhetorik verbindet Zugang und Dauerhaftigkeit mit einer potentiellen "Demokratisierung" von Geschichte mittels der allgemeinen Verfügbarkeit der Werkzeuge zur Archivproduktion. In diesem Prozess werden die Werkzeuge selbst zu den Produkten, die den KonsumentInnen auf dem Individualisierungsmarkt angeboten werden. Soziale Ausdifferenzierungen werden – wie eh und je – über die Objekte produziert, die von Leuten gesammelt werden und mit denen sie sich umgeben, allerdings werden – mit dem neuen Produktionspotential für Archive – diese Differenzierungen nun auf der Ebene der Werkzeuge, mit denen diese Sammlungen zusammengestellt werden, ermöglicht.

Genauso wie Individuen und Kollektive nun in der Lage sind, dauerhafte Sammlungen zusammenzustellen und individuelle Geschichten von Alltag zu dokumentieren, haben Korporationen begonnen, mehr oder weniger autorisierte Versionen von spezialisierten Archiven und Erzählungen zu vermarkten. Auf dem Musik-CD- und CD-ROM-Markt findet man zum Beispiel Pakete, die alles inkludieren, was eine Band je gemacht hat (Heat and Soul. Joy Division. A complete studio back catalogue, London Records 1997), die Museumssammlungen abbilden (Treasures of the Museum of Natural History, Voyager 1996), die Hitlisten aufstellen (The Greatest Olympic Moments, Voyager 1996) oder historische Perioden dokumentieren (Remember When America Went to War. The Victory Collection, BMG/Smithsonian Institution Press 1995). Diese digitalen Zeit- und Raumkapseln sind überschrieben mit den Wörtern "definitiv", "essentiell", "ultimativ" oder einfach nur "komplett".[1] Ebenso wird Archivmaterial neu arrangiert, digital neu zusammengestellt

---

1   *The Definitive Otis Redding, Rhino Records 1993; The Essential George Jones, Epic Records; Barry White. The Ultimate Collection. Just For You, Mercury 1992; oder The Complete Recordings of Robert Johnson, Columbia 1990 sind nur einige der Beispiele, die in Musikläden gefunden werden können.*

oder als Rohmaterial angeboten, wie zum Beispiel The Beach Boys' *Pet Sounds Sessions* (Capitol 1997). Diese Pakete formatieren das Rohmaterial "neu" als konsumentInnengerechte Aufmachungen einer unterhaltsamen Version von Vergangenheit.

Geschichte – in ihrer Version als ganzheitliches Produkt der Moderne – wird in individualisierte Geschichten zerhackt, die entsprechend den Anforderungen, Begehren und Bedürfnissen der KonsumentInnen und Unternehmen neu kombiniert werden können. Der Begriff einer auf nationalen Archiven basierenden öffentlichen Geschichte ist in eine Unzahl privater Versionen, die als Konsequenz der neuen technologischen Möglichkeiten konstruiert werden, explodiert. Das "Ende der Meistererzählung" der Postmoderne hat seine ultimative Illustration in den Phantasien gefunden, die um den Begriff "Zugang" kreisen. Aber so sehr diese Verschiebung auch eine Art von Demokratisierung anbietet, sollte man dennoch im Auge behalten, dass "Zugang" nicht wirklich frei ist: Zugang ist ein Produkt geworden. Die kommerzielle Verfügbarkeit einer neuen Werkzeugkiste ist kaum in der Lage, Verschiebungen in disziplinären Machtbeziehungen oder Ermächtigungsprozesse als solche zu garantieren. Genauso wie traditionelle Archive entsprechend den dominanten Diskursen organisiert sind, sind diese Pakete historischen Rohmaterials editierte Versionen eines vorbestimmten Sets an Möglichkeiten für die (Um-)Schreibung von verschiedenen Geschichtsversionen – auch wenn dafür endlose Kombinationen verfügbar sind. Und genauso sind die technologischen Möglichkeiten der neuen Werkzeuge vorbestimmt und erlauben nur gewisse Operationen im Rahmen einer technologisch marktkompatiblen Matrix. Auseinandersetzungen über die Produktion von Geschichte sind grundsätzlich Auseinandersetzungen über Machtbeziehungen. Insofern sind immer Interessen involviert: Interessen, wie Geschichte geschrieben wird, was in Geschichte eingeschrieben wird und – nicht zuletzt – was aus Geschichte ausgeschrieben wird.

03 (remix)

Strukturalistische, psychoanalytische, feministische und postkoloniale Diskurse haben in den letzten Jahrzehnten folgenreiche Kritik an der Neutralität von Disziplinen, an der Kohärenz des Subjekts und der Autonomie der Autorschaft formuliert und in diesem Zusammenhang Konzepte wie "den Tod des Autors" und die damit verbundene "Geburt des Lesers" (Barthes) zur Debatte gestellt. Diese Konzepte stellen eine Herausforderung an moderne Geschichtsschreibung als Disziplin dar. Das "Ende der Meistererzählung" (Lyotard) scheint ebenso ein Ende der Geschichte anzudeuten. Zu Ende gegangen ist das Paradigma von Geschichte als einheitlichem, zusammenhängendem und durchgehendem Prozess. Dieses Paradigma ist von Fragmentierung und Dispersion ersetzt worden (Baudrillard, Virilio). Zu jenem Zeitpunkt, an dem Geschichte scheinbar zuende gegangen ist, ist diese buchstäblich überall aufgetaucht.

Was früher eine legitimierende Erzählung gewesen ist, als Referenz zu Gegenwart verstanden und konstruiert worden ist, hat sich in ein imaginäres Archiv (die Vergangenheit) verwandelt, welches die Gegenwart überlagert. Geschichte ist rekonzeptualisiert worden als ein Werkzeug für die Konstruktion von Gegenwart. Eines der bestechendsten Beispiele dafür kann man im Feld des Urbanismus finden, wo gegenwärtige Restrukturierungsprozesse durch phantasmagorische Bilder der Vergangenheit bestimmt werden. Die Rekonstruktion von Berlin als Deutschlands neue (und alte) Hauptstadt wird angetrieben von einer Vielzahl sich überlagernder ökonomischer, politischer, sozialer und ästhetischer Kräfte. Die urbanen Bilder, die diesen Prozess leiten, versuchen Berlins Struktur als Metropole des 19. und frühen 20. Jahrhunderts wachzurufen und auf eine Vergangenheit vor der national-sozialistischen Ära zu verweisen. Die neu rekonstruierten urbanen Container werden dabei zu zeitkapselartigen Monumenten für eine phantasmagorische Sicht von Geschichte, die nicht nur nichts mit den postindustriellen bürokratischen Apparaten zu tun haben, die darin beherbergt werden, sondern diese zu maskieren versuchen.

In seinem Buch *Postmodernism, or the Cultural Logic of Late Capitalism* karto-
graphiert Frederic Jameson die zunehmende Verbreitung von Geschichte von den
60er zu den 80er Jahren durch Felder wie Architektur, Ideologie und Ökonomie.
Jameson basiert seine Analyse auf einer kritischen Unterscheidung zwischen Historizität und Historizismus. Während Historizität auf eine "possibility of experiencing
history in some active way" und eine "retrospective dimension indispensible to any
vital reorientation of our collective future" verweist, ist Historizismus definiert
durch den Begriff "pastiche". Als eine Art Leitprinzip beschränkt "pastiche" die
Möglichkeit einer historischen Analyse auf eine Repräsentation "our ideas and ste-
reotypes about the past (which thereby becomes at once 'pop history')".[2]

Auch wenn Jamesons analytisches Modell einer produktiven Historizität versus
einer pop history eine konzise Interpretation gewisser Aspekte dieser Transformation
zulässt, ist seine binäre Konstruktion nicht hilfreich, will man die Auswirkungen
neuer Technologien und des "Zugangs"-begriffs auf Konzepte von Geschichte
behandeln. Zudem produziert Jamesons Verwendung von Guy Debords Spektakelbe-
griff einen deterministischen Rahmen, der es unmöglich macht, produktive Aspekte
innerhalb von pop history zu lokalisieren, und es auch nicht erlaubt, Konsum
innerhalb von Historizität zu behandeln. Auch wenn Kommodifizierung das
Rohmaterial der Geschichte transformiert, ist diese nie von Endlichkeit als solcher
geprägt. Das korporative Neuverpacken von Archivmaterial (CDs usw.), Retro-Dis-
kurse im Feld der Populärkultur, retrospektive Stadtplanung oder die Vermarktung
neuer Werkzeuge für die Produktion von Archiven können im konzeptuellen Rahmen des Spektakels nicht wirklich adäquat besprochen werden. Spektakularisierung
ist zwar immer ein Aspekt dieser Prozesse, ist aber nicht in der Lage, die komplexe
Ökonomie von Konsum und style zu adressieren.[3] Jamesons binäre Konzeption von

---

2   Frederic Jameson, *Postmodernism of the Cultural Logic of Late Capitalism*, Dur-
    ham, NC 1991, S. 21 und 25.

3   *Wichtige Analysen, die sich mit der potentiellen Produktivität und Ermächti-
    gungprozessen im Zusammenhang mit Konsum beschäftigen, sind bereits in den
    späten 70er Jahren von den Cultural Studies-Pionieren Angela McRobbie, Dick
    Hebdige und Lawrence Grossberg erarbeitet worden.*

Geschichte verunmöglicht ein Verständnis von Geschichte als gleichzeitig produktiv und Produkt.

Wenn man aber, Foucault folgend, Geschichte als "an analysis of the transformations societies are actually capable of"[4] versteht und wenn diese Analyse versucht, die vielfältigen Beziehungen zwischen Dokumenten zu verfolgen, anstelle sich auf eine präskriptive Interpretation dieser Dokumente einzulassen, dann bleiben Waren – sogar innerhalb einer Gesellschaft des Spektakels – offen für ein Lesen der mehrdimensionalen und miteinander verbunden Punkte, Ereignisse und Praktiken innerhalb eines komplex geschichteten Feldes. Auf diese Weise kann Geschichte als Beziehung zwischen solchen Punkten, Ereignissen und Praktiken herausgeschält werden.[5]

Will man die technologischen Verschiebungen in bezug auf die Konstruktion von Geschichte möglichst vollständig analysieren, dann kann die Produktivität von Foucaults konzeptuellem Apparat sogar noch weiter angereichert werden, wenn dieser mit den methodologischen Einsichten, die im Bereich der Cultural Studies erarbeitet worden sind, kurz geschlossen wird. Während der 70er Jahre analysierten Fakultät und Studierende des Center for Contemporary Cultural Studies (CCCS) in Birmingham jugendkulturelle styles in bezug auf deren Potential als Orte von kulturellem und sozialem Widerstand gegen die dominante soziale Ordnung.[6] Style als Widerstand ist zum Beispiel in so verschiedenen Zusammenhängen diskutiert worden wie dem historisch informierten, britischen Retro-Trend Mod, der gleicher-

---

4 Michel Foucault, *Return to History*, in: *Michel Foucault, Aesthetics, Method, and Epistemology. Essential Works of Foucault, Volume 2*, New York 1998, S. 443.

5 Für eine ausführliche Fassung von Foucaults methodologischem Zugang und seiner Konzeption von Geschichte, siehe: Michel Foucault, *Die Archäologie des Wissens*, Frankfurt/Main: Suhrkamp und Michel Foucault, *Die Ordnung der Dinge*, Frankfurt/Main: Suhrkamp.

6 Eine signifikante Anzahl von Texten dieser Periode sind publiziert worden in: Stuart Hall and Tony Jefferson (Hg.) *Resistance Through Rituals*, London: Hutchinson 1976.

massen retro-ausgerichteten und zudem konsumorientierten Subjektivität von Madonnas *Material Girl* oder den Umcodierungen und "Fehlverwendungen" kultureller Produkte und Annahmen in der Adaptierung von Adidas-Erzeugnissen Mitte der 80er Jahre durch den Hip Hop. Die ursprüngliche Konzeptualisierung von Subkulturen und Widerstand in den Diskursen des CCCS basierte auf einem eher rigiden Modell von Klassenstruktur und baute auf einem Subjektivitätsbegriff auf, der jenem Foucaults widersprach. Aber im Rahmen von konzisen methodologischen Weiterentwicklungen während der 80er und frühen 90er Jahre sind die Auswirkungen einer zunehmend komplexeren Stratifizierung von Gesellschaft für ein frühes Konzept von Klasse als Aspekt eines fixierten Begriffs von Subjekt in das Modell von cultural studies als Praxis eingearbeitet worden.[7] Der Beitrag der Cultural Studies zu solchen Analysen und deren Relevanz für die Arena der Werkzeuge, die die Produktion von Archiven voraussetzt, liegt in der Annahme, dass Leute Waren verwenden und "fehlverwenden", um vorübergehende und kontingente Subjektivitäten und Orte von "Ermächtigung" (empowerment) zu konstruieren. Ein Beispiel, das auch im Zusammenhang mit Verwendungsweisen von Geschichte interessant ist, findet man im Feld der Popmusik. Ausgehend von Disk-Jockey-Praktiken im Hip Hop der späten 70er Jahre Hip Hop hat ein Prozess, der dann Sampling genannt wurde, einen neuen Produktionsmodus für zeitgenössische Popmusik definiert. Indem DJs mit zwei oder mehr Plattenspielern gleichzeitig arbeiteten, konnten diese isolierte Fragmente einzelner Platten mit Fragmenten anderer Platten kombinieren, um dadurch radikal neue Soundstrukturen zu produzieren. Indem DJs Sound-

7 *Für eine Kritik und "Überholung" der ursprünglichen Klassenfixierung von Cultural Studies siehe: Stuart Hall, The Problem of Ideology: Marxism without Guarantees, in: David Morley and Kuan-Hsing Chen, Stuart Hall, London/New York: Routledge 1996 und übersetzt in diesem Band. Für eine Neubearbeitung der Mainstream-versus-Subculture-Dichotomie siehe: Sarah Thornton, Club Cultures. Music, Media and Subcultural Capital, Hanover/London: Wesleyan University Press/University Press of New England 1996. In bezug auf eine Rekonzeptualisierung des Subjekt- und Subjektivitätsbegriffs siehe: Dick Hebdige, Hiding In The Light, London/New York: Routledge 1988 oder Lawrence Grossberg, We Gotta Get Out of This Place. Popular Conservatism and Postmodern Culture, New York/London: Routledge 1992.*

elemente von verschiedenen Genres, Stilen und Zeitperioden "verschnitten" und mixten, haben diese ihr eingekauftes Rohmaterial (die Schallplatte) rekontextualisiert. In diesem Prozess haben sie gleichzeitig sich selbst und ihr Publikum als KonsumentInnen von Kultur und kulturelle ProduzentInnen neu positioniert.[8]

Aufbauend auf diesen methodologischen Apparaten können die Konsequenzen der Geschichtsexplosion, die auf der Verfügbarkeit der Werkzeuge für die Archivproduktion und dem technologisch ermöglichten Zugang zu historischem Rohmaterial beruht, in komplexer Weise gelesen werden. Anstelle eines Auseinanderdividierens von guter Historizität und schlechtem Historizismus kann der Fokus auf deren ineinander verwobene Auswirkungen, auf die Funktionen und Verwendungsweisen von Geschichte gerichtet werden. Das Verhältnis dessen, was generell als die öffentliche Funktion von Geschichte und deren neu artikulierte private Funktion für KonsumentInnen gesehen wird, die ihre eigenen Partikularerzählungen aus vorgefertigten Waren konstruieren, wird dabei neu verhandelt. Die Herausforderung liegt insofern im Herausschälen der Produktivität dieser generellen Verfügbarkeit von Geschichte und gleichzeitig im Erhalten und Erweitern jener kritischen Werkzeuge, die unabdingbar sind, um die problematischen Aspekte dieser Transformation von Wissen lesen zu können.

Wenn Geschichte ständig neu zusammengestückelt und neu geschrieben wird, dann ist diese auch Subjekt politischer Recodierungen. Die Kontingenz der Geschichte öffnet einer Instrumentalisierung für imaginäre historische Erzählungen die Tür und ist in der Lage, alle möglichen politischen Agenden zu unter-

---

8   Vgl. u.a.: Jon Savage, Sampling the Sounds: Copyright Complexities, in: Observer, 18 October 1987; Andrew Goodwin, Sample and Hold: Pop Music in the Digital Age of Reproduction, in: Simon Frith, Andrew Goodwin (Hg.), On Record. Rock, Pop & the Written Word, London: Routledge 1990; Simon Reynolds, Generation Ecstasy. Into the world of techno and rave culture, Boston/New York/Toronto/London: Little Brown and Company 1998; Kodwo Eshun, More Brilliant Than The Sun: Adventures In Sonic Fiction, London: Quartet Books 1998 / dt. Übersetzung bei ID Verlag Berlin 1999

mauern. Als Resultat der gegenwärtigen Formbarkeit der Kontingenz von Geschichte ist es schwieriger geworden, solche Agenden zu lokalisieren und zu identifizieren.
Die Überlagerung von öffentlichen und privaten Funktionen von Geschichte hat
deren Funktion als Anker und Referenzpunkt für politisierte Identifikationsprozesse
verwischt. Die Durchlässigkeit und Beweglichkeit dieser Funktion erlaubt die Fabri-
kation von konstruierten und/oder manipulierten historischen Referenzen, Erzählungen und Traditionen, die dann aktiviert und als effektive Strategien für Auseinandersetzungen mit Alltagspolitik aktiviert werden können.

04 (edit)

Um die Komplexität einer historischen Formation zu kommunizieren, muss diese
in ihre vielfältigen Schichten, Repräsentanten und Effektivitäten zerlegt werden.
Aufgrund der immensen Menge an Information, die eine historische Formation
ausmachen, bringen solche Zerlegungsprozesse unbeabsichtigt gewisse Aspekte auf
Kosten anderer in den Vordergrund. Die Produktion von "Zugang zu Geschichte"
erfordert ein Editieren. Zudem muss solch eine historische Formation in ein Format
gebracht werden, welches wiederum von zukünftigen Verwendungsweisen bestimmt
ist , wie beispielsweise spezialisierte akademische Zusammenhänge oder die Bedürfnisse populären Konsums.

Formatierung ist ein Begriff, der vom "Format"-Befehl abgeleitet ist, unter welchem
viele Computerprogramme die Optionen, Daten zu konfigurieren und zu gestalten,
auflisten. Die Bedürfnisse des Marketings, die Partikularitäten technologischer
Apparaturen, politische Agenden und institutionelle Rahmenbedingungen formatieren historische Fragmente und Beziehungen oft in einer Weise, die deren konsti-
tuierende Konflikte und politischen Auseinandersetzungen ausradiert oder signifikant verstümmelt. Formatierungsprozesse sind in der Lage, historische Daten in
revisionistische oder easy-listening-Versionen ihrer selbst zu transformieren,

da diese in der Lage sind, die relevanten Aspekte einer ansonsten überwältigenden Menge an Informationen verständlich zu machen. Formatierung ist manchmal ein brutales und manchmal ein fruchtbares Unternehmen, das aber immer Spuren hinterlässt; Formatierung ist ein Prozess des Ausschliessens und der Verstümmelung, aber auch ein Prozess der Klarstellung und Intensivierung.

05 (version)

Im Zusammenhang mit einer Politik der Historisierung spielen Formatierungsprozesse auch im Popbereich ein zentrale Rolle. Während der letzten fünf Jahre haben in den USA eine Reihe von Institutionen ihre Pforten geöffnet, die – wenn auch auf verschiedenen Ebenen – an einer Konstruktion einer Geschichte von Popmusik arbeiten.[9] Begleitet von einem enthusiastischen Medienecho eröffnete 1995 in Cleveland, Ohio, das vom Architekten I. M. Pei gestaltete und von der Plattenindustrie mitfinanzierte *Rock 'n' Roll Hall of Fame and Museum*. Der der Louvre-Pyramide nicht unähnliche Komplex am Ufer des Eerie Sees beherbergt auf mehreren Etagen diverse Ausstellungsszenarien, Veranstaltungshallen, Datenbanken und die sogenannte Hall of Fame. Angelegt als Hybrid zwischen Touristenattraktion und informativer, musealer Institution finden die BesucherInnen dort eine Vielzahl ephemerer Materialien aus der Geschichte von Rock und Pop. BesucherInnen

9 *In diesem Zusammenhang sind ausser dem, im folgenden Text beschriebenen "Rock 'n' Roll Hall of Fame and Museum" vor allem noch das "Hard Rock Hotel and Casino", das von der Hard-Rock-Kette in Las Vegas betrieben wird, und der "Virgin Megastore" in New York zu nennen. Das Hard Rock Hotel and Casino bietet den BesucherInnen eine Mixtur von themenorientiertem Gambling (z.B. Slotmaschinen mit Aufschriften wie "Anarchy in Vegas") und dazwischengestreuten museumsartigen Vitrinen mit Instrumenten und Kostümen bekannter Rockgrössen (von Aerosmith zu Led Zeppelin). Während die "Rock 'n' Roll Hall of Fame and Museum" in Cleveland und das "Hard Rock Hotel and Casino" in Las Vegas ihre Geschichte von Pop in erster Linie über die Präsentation von Ephemera konstruieren, bietet der Virgin Megastore als grösster und umfangreichster Plattenladen der Welt eine Geschichte von Pop und Rock als Archiv zum Verkauf an.*

finden in einer Vitrine z.B. Jimi Hendrix' Highschool-Zeugnis neben einigen seiner Gitarren, handgeschriebenen Songzeilen, Bühnenkostümen, Photos und beschreibenden Kurztexten. Begleitet werden solche Displays meist von Video- oder Filmmaterial, das auf Monitoren präsentiert wird oder über interaktive Datenbanken von BesucherInnen abgerufen werden kann. Der Gebäudekomplex ist durchgehend beschallt, und entsprechend dem thematischen Fokus der jeweiligen Präsentation wird der Besucher in einen Soundteppich aus Best-of-Fragmenten gehüllt. Ein Spaziergang durch die diversen Ausstellungsräumlichkeiten kommt einer visuellen und akustischen Tour de Force durch eine eklektisch zusammengestückelte Popgeschichte gleich.

Das Publikum der *Rock 'n' Roll Hall of Fame and Museum* repräsentiert in erster Linie "weisse Mittelklasse", welche allerdings in bezug auf Altersgruppen, "Subklassen" und style weiter stratifiziert ist. Grossväter in Anzügen spazieren da mit ihren Enkeln in Surf-Wear von Chuck-Berry-Vitrinen zu Nirvana-Schreinen, und für einen kurzen Moment scheint es, als ob der Ödipuskomplex ein für alle mal überwunden worden wäre. Jim Morrisons "Father, I want to kill you, Mother, I want to…" hat selten so fern und fremd geklungen.

Pop- und Rockmusik sind Artikulationen einer kulturellen Produktion, welche aufgrund ihrer Abhängigkeit von "unmittelbarer" Erfahrung und Jetzt-Orientiertheit einer traditionellen Historisierung entgegenarbeiten. Musealisierung andererseits funktioniert meist auf der Basis traditioneller Historisierungsmodelle, die sich über das Sammeln von Daten und Objekten sowie deren Interpretation konstituieren. Ein Museum zu Pop und Rockmusik ist daher eine zwiespältige Angelegenheit.

Die Geschichte, die vom *Rock 'n' Roll Hall of Fame and Museum* geschrieben wird, basiert auf der Konstruktion eines Ortes, der besucht werden kann. An diesem Ort beherbergt ein architektonisch markanter Container Objekte, die als Überbleibsel einer Geschichte eine solche von den Rändern her zu repräsentieren versuchen. Auch wenn solche Objekte (Kostüme, Instrumente, Notizen, etc.) ein wichtiger Teil des Phänomens Pop sind, sind sie per se, isoliert in Vitrinen, nicht in der Lage, eine "Geschichte" von Pop zu erzählen. Diese Objekte haben nur Bedeutung in einem Geflecht von Beziehungen, das von Musik durchzogen und organisiert wird. Innerhalb dieses Geflechts spielen politische, ökonomische und soziale Bedingungen eine wichtige Rolle, genauso wie jugendkulturelle Begehren, Träume und Wünsche oder schlichtweg Unterhaltung formbildend sind. Da die Präsentationsstrategien der *Rock 'n' Roll Hall of Fame and Museum* es versäumen, die gesammelten Objekte mit ihren Bedingungen in Beziehung zu setzen, nehmen diese Objekte notwendigerweise den Status von Fetischen an. Diese Anwendung traditioneller Geschichtsmodelle reduziert den Versuch, eine Geschichte des Pop zu schreiben, auf die Konstruktion einer Pop History in Jamesons Sinne.

Eine Geschichte von Pop als eine museal formatierte Geschichte ist nur dann mehr als Pastiche, wenn sie in der Lage ist, die verschiedenen Stränge, die eben Pop ausmachen, miteinander in Beziehung zu setzen. Soll ein Popmuseum überhaupt Sinn machen, muss das Rohmaterial dieser Geschichte in einer Art und Weise konzipiert und formatiert werden, die die komplexen Beziehungen zwischen dem Sozialem, Politischen, Ökonomischen und Kulturellen kommuniziert und die wechselseitigen Abhängigkeiten zwischen Pop und Alltag ablesbar macht. Dafür ist aber ein Geschichtsmodell notwendig, das sich nicht über eine Ansammlung von Fetischen artikuliert, sondern das strukturell relational ist.

Will man eine solche Herausforderung angehen und diese darüberhinaus mit den oben angerissenen Implikationen der Digitalisierung von Information gegenlesen, findet man eines der interessantesten Modelle des Umgangs mit einer Geschichte von Pop im Popbereich selbst. Digitalisierung von musikalischer Information hat den weiter oben angesprochenen Prozess des Sampling im letzten Jahrzehnt insofern radikal verändert, als dass beinahe jede Form von Klanginformation auf technologisch identischer Ebene verfügbar ist und daher nahtlos miteinander kombiniert werden kann. Auf dieser Basis ist hauptsächlich im Bereich elektronischer Tanzmusik (Techno, Drum 'n' Bass, etc.) ein ganzes Repetoire an

Produktionsformen entwickelt worden, welche strukturell auf einer Kombination von gegenwärtiger Technologie und einem produktiven "Plündern" der Soundarchive basieren. Die Soundlandschaften, die dabei entstehen, etablieren ganze Netzwerke an Verweisen zwischen verschiedenen Zeitepochen, schreiben Geschichten und Geschichte, etablieren Zusammenhänge und sprengen geradezu mühelos traditionelle Kategorien von Vergangenheit, Gegenwart und Zukunft. Wenn auch nicht überraschend, so ist es doch bezeichnend, dass in den Exkursen der *Rock 'n' Roll Hall of Fame and Museum* kein einziger Verweis auf diese Musikgenres zu finden ist. Elektronische Musik und die damit verbundene Kultur lassen sich offenbar nicht nur nicht innerhalb jener Kategorien und im Rahmen jener Formatierungen repräsentieren, sondern bringen diese selbst zum Explodieren. Denn, wie Kodwo Eshun in *More Brilliant Than The Sun* schreibt, in "the electribal continuum (...) the past arrives from the future" und "electric machines feed forward into the past".[10]

---

10 *Eshun, Seite 9.*

Kofferökonomie

Gülsün Karamustafa/Ayse Öncü

Die Künstlerin Gülsün Karamustafa hat sich für die Ausstellung MoneyNations (Shedhalle Zürich '98) mit den gesellschaftlichen Auswirkungen globalisierter Wirtschaftszusammenhänge beschäftigt. Das Gespräch mit der Soziologin Ayse Öncü hat sie im Rahmen dieser Ausstellung geführt.

Gülsün Karamustafa: Meine erste Frage bezieht sich auf die Forrschungsansätze, die Sie in Ihrem Buch: "Space, Culture and Power" vorgestellt haben. Im Wissen, dass es sich dabei um ein riesiges Feld handelt, könnten Sie dennoch kurz zusammenfassen, wie sich der Prozess "sich verändernder Identitäten in globalisierenden Städten" darstellt?

Ayse Öncü: Das Faszinierende an Globalisierungsprozessen im kulturellen Kontext ist, dass wir, wie es scheint, zwei Prozesse simultan beobachten können. Einerseits gibt es eine Invasion globaler Zeichen, Symbole, Icons und anscheinend allgemein verständlicher Worte, gleichzeitig werden sie von verschiedenen Gruppen und Communities ganz verschieden übernommen und verwendet, so dass wir, statt in einen Prozess der Homogenisierung, in eine kulturelle Hybridisierung geraten, in eine Multiplizierung des Hybriden. Mich interessiert daran vor allem Folgendes: Wie werden Elemente einer globalen Konsumkultur durch ortsansässige Kulturen auf einem lokalen Niveau angeeignet und mit diesen vermischt? Es scheint, diese Prozesse werden sowohl dazu verwendet, alte kulturelle Identitäten wieder zu stärken, aber auch um neue kulturelle Identitäten zu finden. Jedenfalls wird die Frage der Identität verstärkt mit Konsumtion verknüpft. Waren sind darin nicht nur Gebrauchsgüter. Sie sind genauso symbolische Markierungen, die in verschiedenen Kombinationen und Vorgehensweisen verwendet werden, um Identitäten zu definieren. Grenzen der Identität werden zunehmend über symbolische Konsumtion markiert, verhandelt und verteidigt, auch wenn das meines Erachtens ein sehr vages Feld ist.

G.K.: Um auf Istanbul zu sprechen zu kommen: Können wir in Istanbul, einer Stadt mit 15 Mio EinwohnerInnen, in der wir es mit ständigen Auseinandersetzungen um Machtstrukturen und Kämpfen um kulturelle Identitäten zu tun haben, von der Wiederentdeckung des Islams in Verbindung zur Globalisierung sprechen?

A.Ö.: Es gibt verschiedene Ansätze und Möglichkeiten, die Verbindung zwischen der zunehmenden Sichtbarkeit des Islams in Istanbul und der Komplexität der Veränderung, die wir Globalisierung nennen, herzustellen. Ein Aspekt ist sicherlich die zunehmende Bedeutung einer islamischen Mittelschicht. Diese sich vergrössernde islamische Mittelschicht definiert sich über Abgrenzungen von einer "säkularen" Mittelschicht. Es gibt z.B. eine islamische Modeindustrie, die nahezu ausschliesslich an mittlere oder gehobene Einkommensschichten liefert. Bei verschwenderischen islamischen Hochzeitsfeiern in Fünf Sterne Hotels kann man die jeweils letzte islamische Modeströmung beobachten. Der Hauptunterschied ist, dass es keinen Alkohol gibt und parallel zur bürgerlichen Trauung eine religiöse Zeremonie stattfindet. Aufsteigende Mittelstandsfamilien, die sich selbst als islamisch definieren, sind nun häufiger an Konsumorten anzutreffen, die früher eher von säkularen Mittelstandsfamilien besucht wurden, Restaurants, Hotels, Ferienressorts. Dadurch wird der Islam immer sichtbarer. Es gibt islamische Fernsehstationen, genauso wie Tageszeitungen oder Frauenzeitschriften. Ein islamischer Wirtschaftssektor ist entstanden. Die Grenzen dessen, was einen islamischen Lebensstil in einer modernen Konsumgesellschaft ausmachen, werden neu verhandelt. Das meine ich mit einer neuen Sichtbarkeit des Islams. Er ist jetzt kein Kleinstadtphänomen mehr. Was wir beobachten, ist ein verstärkter Einfluss des Islams auf die kollektive Identität der aufsteigenden Mittelstandsfamilien in Istanbul. Ich bin mir nicht sicher, ob wir das eine neue kulturelle Identität nennen können, aber es steht auf eine neue Weise im Vordergrund der modernen Konsumgesellschaft.

G.K.: Kann man das mit einem politischen Ansatz verknüpfen?

A.Ö.: Man kann sicherlich argumentieren, dass der politische Diskurs des Islam sich in der Türkei verändert hat. Früher ging es darin vor allem um solche Themen wie Ungerechtigkeit, Ausschluss oder Marginalisierung. Dieser Diskurs hatte eine Anziehungskraft auf WählerInnen in nicht legalisierten Wohnvierteln, in denen die EinwanderInnen leben. Jetzt entwickelt der Islam eine Sprache des Erfolgs. Eine Sprache, die Glauben mit steigendem Warenkonsum versöhnen kann. Gibt es eine islamische Form von Vergnügen? Können Leute, die sich mit dem Islam identifizieren, Spass haben? Inwieweit unterscheiden sich ihre Ferien von denen säkularer Familien? Ich glaube, dass diese Fragen den Versuch einer Versöhnung von Glauben mit dem, was Bourdieu Geschmack nennt, darstellen. Eine geschmackvolle Art des Konsums, für IslamistInnen. Dieser Prozess einer Verhandlung von Glauben und Geschmack ist auf verschiedene Art und Weise in den Vordergrund getreten. Man kann ihn klar in der Werbung der islamischen Fernsehkanäle beobachten. Er schlägt sich im Gewebe der Stadt, in der zunehmenden Zahl islamischer Siedlungen - "sites", wie man sie auf türkisch nennt - nieder, die öffentliche Beteinrichtungen und öffentliche Plätze besitzen, die man "gendered" nennen kann. "Gendered" heisst in diesem Fall ein Bauprinzip, durch das die Trennung von Männern und Frauen leicht durchzuführen wäre.

G.K.: Wenn wir über Konsumtion reden, möchte ich auf eine spezifische Situation, die man in Istanbul heute überall beobachten kann zu sprechen kommen. Im Projekt MoneyNations beschäftigen wir uns mit einer neuen Form von Handel, mit der wir seit Anfang der '90er und seit den Veränderungen in den osteuropäischen

Ländern und der Sowjetunion konfrontiert sind. Es ist eine neue Wirtschaftsform, die "Kofferökonomie" (suitcase economy) genannt wird und vom Staat illegal unterstützt wird. Ich würde gern wissen, wie Sie diesen Aspekt in das Szenario der Globalisierung plazieren.

A.Ö: Was in einem Gespräch über Globalisierung immer betont wird, ist die Erosion nationaler Wirtschaftsgrenzen, dadurch dass Finanz- und Warenmärkte auf internationaler Ebene zusammengefasst werden. Das wird durch die Bestrebungen der Regierungen unterstützt, das Hereinströmen von ausländischem Finanzkapital und den eigenen Export zu fördern. Die Türkei bildet da keine Ausnahme. "Der Freie Markt" und die Integration in globale Märkte war seit mehr als zwei Jahrzehnten die offizielle Politikrichtung. Dennoch sind nationale Grenzen nicht verschwunden. So ist parallel zur Integration in den globalen Markt eine blühende "informelle" Ökonomie entstanden, die gerade von der Existenz nationaler Grenzen abhängt. Das ist es, was häufig "Touristen-Handel" (tourist trade) oder "Koffer-Handel" (suitcase trade) genannt wird. Er beruht auf der Existenz von Grenzen zwischen benachbarten Staaten mit unterschiedlichen politischen Systemen und unterschiedlichem Einkommensniveau.

"Informell" ist er in dem Masse, als er nicht in offiziellen Statistiken aufscheint. Zum Beispiel gibt es eine nicht aufgezeichnete Grösse existierenden "informellen" Handels der südlichen türkischen Provinzen über die Grenze in den Irak, nach Syrien etc. Dieser Handel verwendet existierende informelle Netzwerke und wird offiziell nicht registriert. Möglicherweise kann also der zunehmende "TouristInnen-Handel" mit der früheren Sowjetunion als Teil eines grösseren Phänomens betrachtet werden. In Istanbul gibt es heute zum Beispiel offene Märkte, die sich auf den Handel mit zentralasiatischen Ländern spezialisiert haben. Gleichzeitig findet man in Istanbul Bezirke, wo man eine Vielzahl an Gegenständen, die aus dem Iran oder anderen arabischen Ländern kommen, kaufen kann. Worauf ich hinaus möchte, ist, dass die Globalisierung des Marktes gleichzeitig auf dem formellen und dem informellen Sektor stattgefunden hat. Diese Ausdehnung formeller und informeller Handelsnetzwerke ist auch ein wichtiger Bestandteil der zunehmenden Sichtbarkeit des Islams in Istanbul. Um zum "TouristInnen-Handel" (Tourist Trade) "Grenz-Handel' (Border Trade), Koffer-Handel (Suitcase Trade), oder wie auch immer man das nennen möchte zurückzukommen, der Einfluss auf die Ökonomie der KonsumentInnen war riesig. Er ist zu einem bestimmenden Merkmal der sich in Istanbul enlwickelnden Wirtschaft geworden. Die massivsten Auswirkungen hatte er natürlich auf die Bekleidungsindustrie.

G.K.: Die zum grossen Teil auf Frauenarbeit aufgebaut ist.

A.Ö.: Ja, sie hängt zum Grossteil von weiblicher Arbeit ab. Aber der "Touristen-Handel" hat auch paradoxe Auswirkungen auf die Bekleidungsindustrie insgesamt. Die Händler, die zumeist aus Russland oder den verschiedenen Balkan-Ländern kommen, handeln auf Cash-Basis, sie bringen Unmengen von Bargeld buchstäblich in ihren Koffern. Sie kaufen riesige Mengen. Aber sie nehmen die Ware auch sofort wieder mit sich zurück. Dieser Handel benötigt die Anwesenheit eines/einer "Touristen-Händlers/Händlerin", der/die in kürzester Zeit riesige Mengen Stoff oder fertige Kleidung benötigt und dafür das Geld mitbringt und auf der Stelle bezahlt. Dadurch hat sich die Bekleidungsindustrie in Istanbul verstärkt auf diese kurzfristigen und unvorhersehbaren Nachfragen des "Touristen-Handels" eingestellt, auf Kosten einer langfristigeren strategischen Planung, die notwendig wäre, um einen Anteil am europäischen oder globalen Markt zu bekommen. Der Zustrom von Bargeld hat eine "Marktblase" erzeugt, die durch die sich verändernden Wetterlagen der internationalen Politik extrem verletzlich ist. Dadurch, dass viele ausgebildete Handwerker ihre eigenen Betriebe eröffnet haben, um einen Anteil am Touristen-Handel herauszuschlagen, ist es zu einer verstärkten Fragmentierung der Herstellerbetriebe gekommen. Die Ausbreitung solcher kleinmassstäblicher Betriebe heisst aber auch, dass immer mehr junge Mädchen in Anstellungen unter "Sweat-shop-Verhältnissen" in der Istanbuler Bekleidungsindustrie arbeiten.

Kleinunternehmen können leichter das Arbeitsrecht, die Sozialversicherung und die

Steuern umgehen. Dadurch sind es zumeist junge weibliche Arbeitskräfte, die das auszubaden haben. Es ist notwendig mitzudenken, dass die Steigerung des "Koffer-Handels" parallel mit einer substantiellen Steigerung der "illegalen" Arbeitsmigration über die Grenzen auftritt.

G.K.: Das habe ich vor kurzem ebenfalls bemerkt, als ich durch die "Border Trade" Märkte der Stadt gegangen bin. Überall sieht man Gruppen junger Leute, die auf illegale Arbeit warten.

A.Ö.: Netzwerke, die sich über Grenzen hinweg erstrecken, handeln sowohl mit Gebrauchsgütern, wie mit unerlaubter Arbeitsmigration. Sie handeln auch mit Menschen, meistens Frauen.

G.K.: Meinen Sie Formen der Prostitution?

A.Ö.: Ja, in Verbindung mit Arbeitsnetzwerken. Zur Zeit kommen vor allem rumänische ArbeiterInnen nach Istanbul. Auch nach Griechenland gibt es diese Arbeitsbewegungen, aber hier sind es vor allem junge Frauen, die in der Hauswirtschaft arbeiten, die nach Griechenland reisen. Nach Istanbul kommen vor allem junge männliche Arbeitskräfte, die unter "Sweat-shop-Bedingungen" arbeiten. Als "Illegale" müssen sie sich vor der Polizei verstecken. Sie beziehen sehr niedrige Einkommen und geniessen keinerlei sozialen Schutz. Die Polizei macht Razzien, ignoriert aber zum grossen Teil die Situation. Insgesamt wird Istanbul durch diese verschiedenen Netzwerke auf eine Art verändert, die wir erst verstehen müssen. Was wir beobachten, ist eine zunehmend fragmentierte Stadt. Das ist offensichtlich, man muss keine grossen Recherchen anstellen, um diese Fragmentierung zu sehen. Aber der Begriff "Fragment" beinhaltet die Vorstellung von nicht in Beziehung stehenden oder unverbundenen Teilen. Aber diese die Grenzen überschreitenden Netzwerke sind eher in die Struktur der Stadt eingedrungen. Das heisst sie sind mit dem täglichen Leben der Menschen in einer Art verstrickt, die wir noch nicht zu untersuchen begonnen haben. Dazu muss man vielleicht anmerken, dass dem Thema der "Mobilen Bevölkerung" auf der Ebene der Theorie generell mehr Beachtung geschenkt werden müsste. Es gab immer mobile Bevölkerungsschichten. Migration war immer Teil der Stadt. Aber die momentane Mobilität von Bevolkerungsschichten über nationale Grenzen, von Koffer-Händlern, regulären Touristen oder Arbeitsmigrantlnnen, ist historisch ohne Vorgänger. Wir wissen noch wenig darüber, wie diese mobilen Bevölkerungen Städte in kultureller Art verändern. Es gibt eine Reihe ökonomischer Untersuchungen über transnationalen Handel und Arbeitsmobilität. Der kulturelle Aspekt sollte weiter untersucht werden. Wir sind über sehr breitgefasste Generalisierungen von kultureller Hybridität noch nicht hinaus.

Zum Schluss möchte ich hinzufügen, dass sich die transnationalen Netzwerke zwischen Istanbul und den osteuropäischen Ländern ebenfalls verändern. Zunächst waren es persönliche Kontakte und individuelle Beziehungen, die die Grundlage der Bewegung über die Grenzen bestimmt hat. Dieses Bild scheint sich zu ändern, da Mafia-artige Organisationen den Platz zu übernehmen scheinen. Der "informelle" oder "illegale" Charakter der Transaktionen bietet fruchtbaren Boden für kriminelle Organisationen, die Schutz für Geld anbieten können. Egal ob wir über Migrantlnnenarbeit, "Koffer-Ökonomie" oder Frauen, die als Waren verkauft werden, reden, scheint das der Fall zu sein.

(Übersetzung aus dem Englischen von Ariane Müller)

Menschen, Objekte und Ideen auf der Reise

Anna Wessely

Das interdisziplinäre Forschungsprojekt über "Shoppingtourismus" wurde vor zwei Jahren von zentral- und osteuropäischen AkademikerInnen ins Leben gerufen und untersuchte den informellen Grenzhandel in Zentral- und Südosteuropa vor allem zur Zeit des Staatssozialismus. Die Untersuchungen in Rumänien, Jugoslawien, Kroatien, Slowenien, Ungarn und Tschechien sind soweit abgeschlossen, und die Beiträge über Konsum, Shoppingtourismus und informelle Märkte im Sozialismus werden zur Zeit für eine Publikation zusammengetragen. Dr. Anna Wessely, Soziologin an der Universität Budapest, koordinierte das Projekt. Im folgenden Text stellt sie die Perspektive und Methode sowie die unterschiedlichen Forschungsansätze und Themen des Projektes vor.

Das Forschungsprojekt "Shoppingtourismus" ist ursprünglich als eine neue Form interkultureller soziologischer Untersuchung geplant gewesen. Die unterschiedlich strukturierten Untersuchungsobjekte, die AkteurInnen, Orte und nationalen, rechtlich-institutionellen Rahmenbedingungen für Konsum, Reisen und Shopping sollten aber, trotz des interkulturellen Ansatzes, nicht um der Kompatibilität willen einander angeglichen werden. Daher entschieden wir uns, keine einheitliche Serie von Fragen für die jeweiligen Länder, die wir untersuchten, zu entwickeln. Die ProjektkoordinatorInnen forderten die TeilnehmerInnen vielmehr auf, sich auf diejenigen Themen und Blickwinkel der gemeinsamen Interessensschwerpunkte zu konzentrieren, die ihnen am interessantesten und vielversprechendsten erschienen.

Ein anderer wichtiger Aspekt unserer gemeinsamen Arbeit, der in den objektivierenden Darstellungen von Forschungsverfahren selten zur Sprache kommt – obwohl er, gerade wenn es um die eigene Sozialgeschichte und Ethnographie geht, nicht unerheblich ist – , war das Alter und die persönlichen Erfahrungen der ForscherInnen. Im vorliegenden Fall kam die Projektinitiative von Leuten, die zwischen vierzig und fünfzig Jahren alt waren, während die meisten TeilnehmerInnen zehn bis zwanzig Jahre jünger waren. Die jüngeren TeilnehmerInnen verfügten also über keinerlei Erfahrungen aus der Nachkriegszeit, den fünfziger und sechziger Jahren, und tendierten daher dazu, einerseits den standardisierten Blick auf die graue und omnipräsente Uniformität des sozialistischen Alltags und andererseits die enthusiastischen Bilder von westlichen Wohlfahrtsstaaten so zu übernehmen, wie diese von der ideologischen Rhetorik der PolitikerInnen und JournalistInnen nach dem Zusammenbruch des Staatssozialismus in Osteuropa verbreitet wurden. Wir dagegen beharrten, indem wir unsere Kindheitserinnerungen, unsere alten Tagebücher und ähnliche Quellen heranzogen, auf der Unterschiedlichkeit der Lebensstile und Überlebensstrategien der fünfziger bis Mitte der sechziger Jahre und führten weiterhin Daten an, die ähnliche Konsumgewohnheiten in den meisten europäischen Ländern der Nachkriegs- und Wiederaufbauphase belegten. Die jüngeren TeilnehmerInnen des Projektes hörten uns erst skeptisch zu, hinterfragten aber dann unsere anfänglichen Annahmen und formulierten sie um. Sie erweiterten das Forschungsgebiet, um auch die Untersuchung von Konsummustern und die Entwicklung des Konsumismus in Osteuropa mit in den Blick zu nehmen und versuchten, durch überaus aufschlussreiche Fallstudien die vielschichtigen Phänomene, mit denen sie sich konfrontiert sahen, in den Griff zu bekommen.

Shoppingtourismus – eine Form von alltäglichem Widerstand?

Eine der zentralen Fragestellungen unseres Projektes war durch die Untersuchungen des Center for Contemporary Cultural Studies (CCCS) in Birmingham über

Arbeiterjugend-Subkulturen angeregt worden: Kann der Shoppingtourismus als eine Form von alltäglichem Widerstand gegen die vom Staatssozialismus auferlegte Regulation alltäglicher Lebensweise angesehen werden? Shoppingtourismus, als eine informelle ökonomische Praxis, umschiffte Zwänge und Verbote in äusserst einfallsreicher Art und Weise und hatte zeitweilig die Funktion eines politischen Protestes, der schliesslich Ende der achtziger Jahre beim Zusammenbruch des Staatssozialismus eine bedeutende Rolle spielte. Während man davon ausgehen kann, dass dies in Bezug auf den Schmuggel und die Verbreitung von "Samizdat" oder westlicher Literatur klar der Fall war, kann dies in Bezug auf die Praktiken der osteuropäischen KonsumentInnen, KäuferInnen und HändlerInnen und deren Ziele jedoch kaum behauptet werden. Wir stellten fest, dass es sich im zweiten Fall eher um Anpassung an die sich fortwährend ändernden Umstände handelte: Jede Lücke des offensichtlich disfunktionalen Systems der zentralen Planwirtschaft und des staatlich kontrollierten Marktes wurde gesucht und genutzt. Daher musste früher oder später zwangsläufig die Frage gestellt werden, ob diese als "heroische Widerstandsakte" bezeichneten Praktiken so florieren konnten, weil die TäterInnen so einfallsreich waren, oder weil die politischen Kräfte sich des wirtschaftlichen Vorteils und der sozialen Bedeutung der Schattenwirtschaft bewusst waren und so den KleinhändlerInnen gegenüber ein Auge zudrückten.

Um diese Frage zu klären, muss man sich zuallererst vergegenwärtigen, dass die Bevölkerung der mittel- und osteuropäischen sozialistischen (demokratischen oder Volks-) Republiken trotz der offiziellen Ideologie in keiner Weise homogen war. Zudem wirkte der Shoppingtourismus sich je nach sozialer oder ökonomischer Stellung der AkteurInnen sehr unterschiedlich aus. Der sozialistischen "Mittelklasse" verhalf er zu Prestigegewinn sowie zur Schaffung und Erhaltung ihrer gesellschaftlichen Position, während er den kleinbürgerlichen SchmugglerInnen und den informellen HändlerInnen der Arbeiterklasse nur einen bescheidenen Wachstum ihres Vermögens einbrachte.

Durch den Handel der SchwarzmarktverkäuferInnen und der ShoppingtouristInnen auf den informellen Märkten konnten sich aber die billigen Waren des

Nachbarlandes verbreiten, obwohl die Mehrzahl der Menschen, mit Ausnahme derjenigen die nahe der Landesgrenzen wohnten, kaum reiste. Die Funktionen und der politische Einfluss des Shoppingtourismus scheint allerdings in den betreffenden Ländern recht unterschiedlich gewesen zu sein.

Die WissenschaftlerInnen aus Serbien, Kroatien und Slowenien berichteten ausnahmslos, dass die freizügige Haltung der Behörden des ehemaligen Jugoslawien gegenüber Schmuggel und privaten Importen als Teil einer durchaus effizienten politischen Selbstlegitimation des Systems verstanden werden muss. In diesem Zusammenhang möchte ich aus dem Essay der Projektteilnehmerin Djurdja Milanovic aus Zagreb über den Shoppingtourismus der Mittelklasse ("Shopping Tourism: A Consumerist Manifesto") zitieren:

"Können wir sagen, dass sich einige der Konsumpraktiken der ShoppingtouristInnen subversiv auf das sozialistische System auswirkten? Wenn wir vom ehemaligen Jugoslawien der sechziger bis in die achtziger Jahre ausgehen, (…) können wir kaum von Konsumpraktiken sprechen, die als Verstoss gegen ein System gelten können, das diese festzulegen suchte. Vielmehr scheint der Shoppingtourismus ein inneres Vakuum auszufüllen: das ungeklärte Verhältnis zwischen dem eigenen "Sein" und dem "So-sein-Sollen" in einer sozialistischen Gesellschaft. So ist vielleicht auch zu erklären, dass die ShoppingtouristInnen in hohem Masse der westlichen Werbeindustrie unkritisch gegenüberstanden, welche ihnen einen unwiderstehlichen und höchst begehrenswerten Lebensstil präsentierte. Da sie weder an Risiko noch an Wettbewerb gewöhnt waren, war der Konsum der einzige Weg, um an der Welt der westlichen Werte teilzuhaben. (…) Die symbolischen Politiken des "Style" konnten sich aber nie wirklich als Kontrapolitik durchsetzen, auch wenn die Schickeria der Grossstädte die neuesten Modetrends trug und als eine Art Modeguerilla ein System bekämpfte, dessen Kleiderordnung offiziell eher statisch war. Das System fühlte sich aber durch diese kleinen und harmlosen Subversionen weder angegriffen noch versuchte es, hier kontrollierend einzugreifen."

Da, um ein anderes Beispiel zu nennen, das Warenangebot in Polen im Vergleich zur Kaufkraft der Bevölkerung geringer war, wurden viele Menschen in die informelle Ökonomie gedrängt, die sich in den späten Achtzigern als ein Netzwerk aus halblegalen polnischen HändlerInnen über den gesamten Kontinent ausbreitete. Dagegen schränkten die Wirtschaftsreformen in Ungarn die Kaufkraft stark ein, während das Warenangebot vergrössert wurde, was dazu führte, dass alle ermutigt bzw. gezwungen waren, neben ihren offiziellen Einkommen zusätzliche sechs bis acht Stunden in der "zweiten Ökonomie" zu arbeiten, um sich die begehrten Luxusgüter leisten zu können. In den achtziger Jahren ging es in Ungarn dann bereits darum, sich durch Mehrarbeit den Lebensstandard zu erhalten, der zehn Jahre vorher als selbstverständlich galt.

Schliesslich vertrat Rumänien, als einziges Land in unserer Untersuchung, in den siebziger und achtziger Jahren die klassische stalinistische Formel der ökonomischen Autarkie: Das Angebot ebenso wie die Nachfrage wurde gebremst, fast alle Zugänge zu alternativen Beschaffungswegen für Konsumgüter blockiert, Reisen, Privatproduktion und Kleinhandel unterbunden. Um dieses andere Extrem, das Gegenteil zum früheren Jugoslawien, zu illustrieren, möchte ich aus dem Essay von Liviu Chelcea aus Rumänien [1] zitieren:

"Die achtziger Jahre waren in Rumänien von genereller Knappheit gezeichnet, man erinnert sie als die dunkle Periode der jüngsten Geschichte. Der Staat gab strenge Richtlinien heraus, wieviel Nahrungsmittel konsumiert werden durften, und 1981 wurden Grundnahrungsmittel wie Brot, Öl, Zucker und Fleisch rationiert. (...) Zusätzlich wurde ab Januar 1982 auch der Strom rationiert und die Bevölkerung aufgerufen, keine "Kühlschränke, Staubsauger und andere elektrische Haushaltsgeräte" zu benutzen. Diese Massnahmen, die dazu dienen sollten, die Nachfrage einzudämmen, wurden in den Massenmedien denunziatorisch von Fällen der "Verschwendung" oder des "übermässigen Strom- und Wasserkonsums" begleitet.(...) In den späten achtziger Jahren veröffentlichte Rumäniens Regierung ein

---

1 *"The Socialist Culture of Shortage: Strategies, Goods and Consumers in a Romanian Village in the 1980s"*

Programm der "wissenschaftlichen Diät", die, wie behauptet, zu einer "kalorienär-
meren und gesünderen Ernährung" der Bevölkerung beitragen sollte. (…) Der
Mangel an Nahrungsmitteln zwang die Menschen zu weiten Reisen, zum Anstehen
in langen Schlangen oder aber dazu, ihre sozialen Kontakte und Privilegien ins
"Spiel" zu bringen, um an Konsumgüter heranzukommen. Dank den Konsumpraktiken des Shoppingtourismus besassen die Menschen trotzdem Vieles, was es in
den Warenhäusern des Landes in dieser Zeit nicht zu kaufen gab."

Tourismus und Shopping: Eine Typologie.

Unser Forschungsansatz legte einerseits den Fokus auf den Tourismus zwischen den
osteuropäischen Staaten und andererseits auf den zwischen Ost- und Westeuropa.
Aus verschiedenen Gründen interessierte uns Österreich besonders: Erstens war es
für die meisten OsteuropäerInnen das nächstgelegene westliche Land jenseits des
"Eisernen Vorhangs", zweitens stellten die ÖsterreicherInnen (und etwas später
auch die Deutschen) als OsteuropatouristInnen lange Zeit den Hauptanteil am ausländischen Fremdenverkehr in sozialistischen Ländern, und schliesslich waren die
besonderen Bedingungen des touristischen und wirtschaftlichen Austauschs und der
entsprechenden kulturellen Konsequenzen in der Beziehung zu Österreich gut
sichtbar.

Man kann die unterschiedlichen Formen des Shoppingtourismus kurz gesagt in
zwei Kategorien beschreiben: als eine Art Freizeitbeschäftigung oder als eine rein
wirtschaftliche Transaktion. Bereits bei Vergnügungsreisen, die im Jahre 1844 durch
den Reiseveranstalter Thomas Cook organisiert wurden, legte man den Reiseunter-
lagen einen Einkaufsführer bei. Den Appetit von TouristInnen auf Shopping anzu-
regen ist auch heute ein immer noch expandierender Wirtschaftszweig. Je unwirkli-
cher das Verhältnis der TouristInnen durch die fehlenden sozialen oder praktischen
Bindungen zum Reiseland wird, umso mehr wird das Shopping, der Einkaufsbum-

mel oder das Essen in Restaurants zu dem Ereignis, das den Zusammenhang zwischen den Reisenden und ihrer Umwelt wiederherstellen kann. Das Shopping gibt den Reisenden das Gefühl, etwas erreicht oder geleistet zu haben und vertreibt die Angst vor der Sinnlosigkeit und Langeweile des Feriendaseins.

Beim Shoppingtourismus der zweiten Kategorie geht es aber um etwas ganz anderes. Ohne Zweifel nimmt man gern die Gelegenheit wahr, auf Flughäfen oder Fähren taxfreie Getränke, Zigaretten oder Parfüme zu günstigeren Preisen einzukaufen oder auf Reisen diejenigen Produkte zu erwerben, die im Reiseland billiger sind. Genau diese ökonomischen Motive veranlassen viele Deutsche und ÖsterreicherInnen, die Grenze zu überqueren (auch heute noch), um im Osten riesige Mengen von billigen Lebensmitteln einzukaufen oder billige Dienstleistungen von FriseurInnen, ZahnärztInnen, OptikerInnen usw. in Anspruch zu nehmen. Dennoch können diese Konsumpraktiken nicht mit den extensiven und systematischen Beutezügen von osteuropäischen TouristInnen nach billigeren Warenangeboten in den jeweiligen Nachbarländern verglichen werden. Das enorme Ausmass dieser Aktivitäten ist durch verschiedene Faktoren zu erklären: Erstens wurden die staatlichen Subventionen in den einzelnen planwirtschaftlich organisierten Ländern verschieden verteilt, und zweitens gab es ein chronisches Unterangebot an bestimmten Artikeln, die jenseits der Grenze im Nachbarstaat leicht erhältlich waren.

In der internationalen Literatur zum Thema "Tourismus" wurde der Reiseverkehr zwischen den sozialistischen Ländern kaum behandelt. Der stehende Begriff des "Ostblock" oder – wie dies von den OrganisatorInnen zeitgenössischer Konferenzen genannt wird – "der früheren sozialistischen Staatengemeinschaft" führt zur Nichtbeachtung der nationalen Grenzen sowie der Hindernisse, die es bei deren Überquerung zu überwinden galt und die erst seit Mitte der sechziger Jahre langsam verschwanden. Die Motivation und Aktivität von jugoslawischen Reisenden in Ungarn, von UngarInnen in der Tschechoslowakei usw. wurde kaum je zur Kenntnis genommen, obwohl der Hauptanteil des Shoppingtourismus in diesen Regionen von Mitte der Sechziger bis in die frühen Achtziger – und in manchen Fällen auch heute noch – aus den Bewegungen und Transaktionen eben dieser reisenden

Menschen bestand. Die Zollbehörden der betreffenden Länder versuchten vergeblich, private Importe zu regulieren. Als zum Beispiel die Preise einiger Gebrauchsgegenstände in der Tschechoslowakei im Januar 1964 um zwanzig bis vierzig Prozent gesenkt wurden, kam es zu einer massiven Einreisewelle von EinkaufstouristInnen aus Ungarn. Dieser Umstand zwang die Ungarische Nationalbank zur Intervention. Sie propagierte zum Schutz der nationalen Währung härtere Zollbeschränkungen. ShoppingtouristInnen, die tschechische Produkte, z. B. Gummistiefel schmuggelten, hamsterten oder privat weiterverkauften, wurden in den Medien denunziert.[2]

Privatimporte von Waren aus Westeuropa gab es hingegen viel seltener, selbst wenn die Zeitungen regelmässig von osteuropäischen TouristInnen berichteten, die jedes dritte Jahr in den Westen reisten, nicht um Museen zu besuchen oder die Schönheit der Landschaft zu bewundern, sondern um in ein bis zwei Tagen in Österreich ihr ganzes Geld für Taschenradios, modische Uhren, Kugelschreiber, Nylonstrümpfe, Halstücher, Sonnenbrillen und Regenmäntel auszugeben. Trotz Medienhetze und hohen Strafgeldern nahmen die Privatimporte dieser Kofferökonomie (suitcase economy) weiterhin zu. In den achtziger Jahren entstanden so halboffizielle Umschlagplätze, die sich entweder als Teilbereich an schon bestehende Märkte angliederten oder sich als neue Verkaufsstrukturen an den Stadträndern etablierten. Die Namen, die diesen Märkten von der Bevölkerung gegeben wurden, sind höchst aufschlussreich: In Ungarn wurden sie zuerst "Polenmärkte" genannt, da die meisten HändlerInnen aus Polen kamen. Dann wurden sie zu "RGW (Comecon)-Märkten", in ironischer Anspielung auf die Tatsache, dass die informellen Märkte gerade die Lücken und Schwächen der bürokratisch organisierten Wirtschaft der Länder, die dem "Rat für gegenseitige Wirtschaftshilfe" (Comecon) angehörten, systematisch ausnutzten und somit auch korrigierten. (Unser Projektteam hat sich diesbezüglich auf die Ergebnisse des ungarischen Wirtschaftssoziologen Endre Sik über

2   *In unserem Projekt hat sich Daniel Sardi mit der neueren Geschichte des Shoppingtourismus zwischen Ungarn und der Slowakei auseinandergesetzt, während Tibor Dessewffy in seiner Untersuchung "Travellers and Speculators" die Kriminalisierung der ShoppingtouristInnen durch die Medien analysiert.*

informelle Marktplätze gestützt.) In den neunziger Jahren sprach man dann von "Chinamärkten", was darauf hinweist, dass die HändlerInnen sowie ihre Waren zum grossen Teil aus China stammen und dass die Preisdifferenzen zwischen den früheren sozialistischen Staaten im Verschwinden begriffen sind.

Die früheren Formen des grenzübergreifenden Handels sind aber nicht vollständig verschwunden und treiben heute anderweitig neue Blüten. An der Ostgrenze Ungarns sind beispielsweise neue AkteurInnen auf den Plan getreten: HändlerInnen aus der Türkei, der Ukraine, aus den baltischen Staaten sowie aus Ländern der früheren Sowjetunion. Die Behörden dulden die informellen Märkte, die niedrige Qualität zu niedrigen Preisen anbieten, da sich viele Menschen das Einkaufen an anderen Orten nicht mehr leisten können. Soziologische und ethnographische Untersuchungen enthielten wichtige Informationen über die Zusammensetzung und den Umfang der angebotenen Waren und die jeweiligen AkteurInnen: HändlerInnen aus der Ukraine und aus Rumänien verkaufen im Allgemeinen sehr billige Kleider, Werkzeuge, Glaswaren und Haushaltsgeräte von geringer Qualität, während sich ihre KonkurrentInnen aus Polen und der Türkei auf teurere Modeartikel von besserer Qualität spezialisiert haben. Einige ForscherInnen stellten fest, dass die Gegenden, in denen die ungarischen Märkte den "Handel der grauen Ökonomie" anlocken, mehr oder weniger mit den mittelalterlichen Handelsrouten identisch sind.[3] In der Ukraine wurden durch die wiederholten Wirtschaftskrisen der neunziger Jahre vielen ArbeiterInnen der Staatsfabriken monatelang keine Löhne ausbezahlt, oder aber sie bekamen ihre Löhne zu einem verspäteten Zeitpunkt in einer Währung, die unterdessen abgewertet worden war. Der einzige Weg, unter diesen Umständen zu überleben, war und ist oftmals der Diebstahl von Produkten aus der Fabrik und deren Verkauf auf den Märkten jenseits der Grenze.

Viele, die sich dabei dem Grenzhandel auf Dauer verschrieben haben – die meisten von ihnen Männer zwischen dreissig und fünfunddreissig –, verfügen mittlerweile über genügend Kapital und soziale und geschäftliche Netzwerke, um ihr

---

3   Vgl. *Kokai, S., "A nyiregyhazi KGST-piac nemzetkozi vonzasa", Szabolcs-Szatnar-Beregi Szemle 30 (1995), Heft 2*

Business auszuweiten, und sind zu regulären Händlern geworden. Der Kleinhandel als reine Überlebensstrategie geniesst hingegen weiterhin kein grosses Ansehen; er wirft wenig Gewinn ab und wird meistens von Frauen aus ländlichen Regionen betrieben.[4]

Wenn wir davon ausgehen, dass die Mehrheit der Personen innerhalb dieser "Armutsökonomie" weder Zoll noch Steuern zahlen, dann hiesse das, dass beispielsweise durch den Handel an der Südgrenze Ungarns während der Jugoslawienkriege gegen die nationale Gesetzgebung ebenso wie gegen das internationale Handelsembargo gegen Jugoslawien verstossen wurde. Vor dem Bosnienkrieg wurden in ungarischen Grenzstädten viele Supermärkte gebaut, die sich auf die EinkaufstouristInnen aus Jugoslawien einstellten. Mit dem Krieg jedoch blieben die legalen Geschäfte aus und alle, die hier Arbeit gefunden hatten, verloren ihren Job; viele von ihnen fingen an, Benzin und Waffen nach Jugoslawien zu schmuggeln.

Die Fachliteratur ist voll von Beobachtungen zur Situation von TouristInnen als solchen, bis jetzt gibt es aber wenig Arbeiten über TouristInnen aus sozialistischen Ländern im Westen oder über westliche TouristInnen in Osteuropa. Die einzige Ausnahme sind gelegentliche Zeitungsberichte über das absurde, bestenfalls bemitleidenswerte Verhalten der seltenen "Ost"-TouristInnen im Westen: Geschichten über sowjetische Matrosen, die in einem Supermarkt in Hamburg Dutzende von Plastiktüten mitgehen liessen, über den Touristen aus Polen, der an einer Strassenecke in Rom seinen potentiellen KundInnen klarzumachen versuchte, dass sie ihm eine Dose Nivea-Creme abkaufen sollten oder über die Festnahme einer ungarischen Ladendiebin auf Wiens Mariahilferstrasse.

Daher lohnt es sich, die Phänomenologie der osteuropäischen TouristInnen im Westen genauer anzuschauen. Als die Ausreisebeschränkungen in einigen osteuropäischen Ländern ein wenig gelockert wurden, entschieden sich die etwas besser Gestellten, sich für ungefähr drei Monatslöhne einen Reisepass, die nötigen Visa

---

4   Csite - Ivaskin - Orban - Varga, *"Csencselok es maffiozok Karpataljan"*, a.a.O.

und harte Währung (auf legalem wie illegalem Weg) zu beschaffen. Waren sie einmal im Westen angekommen, erlebten sie einen Schock, als sie auf der anderen Seite der Grenze erfuhren, dass ihre teuer gekauften Devisen lächerlich wenig wert waren, dass Sozialhilfe oder Arbeitslosenunterstützung im Westen wesentlich höher waren als ihr relativ guter Monatslohn. Und weil sie sich den Aufenthalt anders nicht leisten konnten, lebten sie von mitgebrachter Büchsennahrung, jagten Schnäppchen und Gratisangeboten hinterher, waren gezwungen, langweilige Besuche bei entfernten Verwandten zu machen, um vielleicht eine warme Mahlzeit und ein Bett für eine Nacht zu bekommen, oder mussten sich mit dem höhnischen Lächeln des Kellners abfinden, wenn sie – einmal den Mut gefasst – ein Restaurant betraten und nur eine Vorspeise bestellten. Nach diesen Qualen und Entbehrungen wuchs das Bedürfnis, die Reise vor sich selbst und den Daheimgebliebenen durch das Vorzeigen von Trophäen zu rechtfertigen: Fotos von Sehenswürdigkeiten und die wenigen begehrten Objekte, die sie sich von ihrem schmalen Reisebudget geleistet hatten.[5] Da Reisen in den Westen zu den grossen Privilegien zählten, waren Stellen mit Aussicht auf entsprechende Geschäftsreisen höchst begehrt. FernfahrerInnen oder Stewardessen galten allgemein als HeldInnen, wie dies die Studie des Projektteilmehmers Ferenc Hammer über "die nach Benzin riechenden Sindbads" darlegt.

Nicht weniger interessant sind die Erfahrungen, die westliche TouristInnen im sozialistischen Osteuropa gemacht haben. Reisende der ArbeiterInnen- oder unteren Mittelklasse aus dem Westen wurden im Osten bis vor kurzem als gern gesehene Gäste umworben, deren Reichtum allgemein beneidet wurde und die, durch das servile Verhalten der Angestellten in Hotels, Reisebüros usw. unterstützt, nur zu gerne die Rolle der Kolonialherren spielten.[6]

---

5 *Ein Mitglied unseres Teams, Zoltan Gayer, studierte solche Ferienfotos, die eindeutig zu dem Zweck geschossen worden waren, das "Dort-gewesen-Sein" und "Dazugehört-Haben" beweisen zu können.*

6 *Dieser populäre "Kolonialdiskurs" und die damit verbundenen Stereotypen wurden von Jozsef Borocz in seinem Buch "Leisure Migration" analysiert. Oxford, Pergamon Press, 1997.*

Touristen oder illegale Händler?

Früher oder später kamen wir im Verlauf des Projektes nicht um die Frage herum, ob nicht unsere Shoppingtourismus-Diskussion zwei ganz verschiedene Praktiken vermengte: die der TouristInnen, die Souvenirs kaufen, und die der illegalen HändlerInnen. Die Antwort auf diese völlig gerechtfertigte Frage hat zwei Seiten: Erstens trieben viele TouristInnen aus den sozialistischen Ländern irgendeine Form von Handel, um sich den Aufenthalt im Ausland leisten zu können, obwohl der Begriff "TouristIn" vom Gesetz auf diejenige angewandt wird, deren Tätigkeit sich allein auf den Konsum beschränkt. Da aber der Aussenhandel in den sozialistischen Ländern zweitens ein Staatsmonopol war, mussten sich alle, die im Ausland private Geschäfte machten, als TouristInnen ausgeben. Neben dem wenig profitablen Kleinhandel, der jedoch trotzdem zum Ausgleich des Haushaltsgeldes und zur Beibehaltung des Lebensstandards beitrug, gab es gewinnbringende Geschäftsmöglichkeiten mit Gütern, deren Export aus Osteuropa untersagt war: Kunstwerke, Folkloreartikel, Antiquitäten oder COCOM-geschützte Waren aus dem Westen, deren Export nach Osteuropa verboten war, beispielsweise Hightechgeräte wie Computer. (Der letztere Fall ist besonders interessant, da privat importierte Ersatzteile von staatlichen Firmen "bestellt" und dann zu Computern zusammengebaut wurden.) Die illegalen HändlerInnen waren also von den TouristInnen nicht immer klar zu unterscheiden. Oft hing es von den Situationen und gegebenen Bedingungen ab, welche Rolle gerade übernommen wurde. Einer der Kollegen aus Rumänien, Alexandru Vari, analysierte ein einmaliges Dokument: die Memoiren eines aus dem Geschäft ausgestiegenen Schwarzhändlers, herausgegeben 1991. Darin erzählt der ehemalige Händler detailliert von seinen Geschäftsreisen nach Jugoslawien gleich nach der rumänischen Revolution 1989. Da die rumänische Bevölkerung zuvor ihre westlichen NachbarInnen nicht besuchen durfte, stellte sie sich Jugoslawien wie ein Paradies auf Erden vor. Eine Vorstellung, die durch die wohlhabend aussehenden jugoslawischen TouristInnen, die auf den rumänischen Schwarzmärkten der siebziger und achtziger Jahre alle möglichen ausgefallenen Waren anboten, genährt wurde. Die Route des Schwarzhändlers führte von Kladovo durch Nis, Leskovac und Vranje, nach Skopje und weiter nach Krusevac, durch Kraljevo bis Sarajevo und schliesslich auch nach Mostar und Dubrovnik. Der harte Wettbewerb, forciert nicht nur von eigenen Landsleuten, sondern auch von bulgarischen und russischen HändlerInnen der Grenzregionen, drängte ihn immer weiter in den Westen ab. Da das Geschäft nicht gut lief, hatte er mehr Zeit, sich umzuschauen und an der "bildschönen Landschaft" Gefallen zu finden. Je weiter er sich von Rumänien entfernte, desto mehr hatte er das Gefühl, auf einem Pfadfinderausflug zu sein, und fast ohne es zu bemerken, nannte er sich bald nicht mehr Schwarzhändler sondern Tourist. Von seinen Eindrücken in Dubrovnik schreibt er begeistert: "Hier vergassen wir, die Schwarzhändler, sonst immer auf Profit aus, alles Geschäftliche sowie die teuren Lebenskosten jener Region und fühlten uns wie im siebten Himmel. Jetzt, sagten wir uns, können wir uns endlich Touristen nennen."[7].

Aneignung

Obschon ich bis jetzt hauptsächlich Ökonomien, Waren und Handelsformen diskutiert habe, war die zentrale Frage unserer Forschungsarbeit eine andere. Was uns wirklich interessierte, waren die unsichtbaren Importe: die Verbreitung von Vorstellungen und Stereotypen, Ideen und Know-how sowie "der Prozess eines gesellschaftlich organisierten Tagträumens"[8], der "den bodenlosen Appetit auf Dinge aus dem Westen" verständlich macht[9]; die Sozialisation zum Konsumismus und die Konstruktion einer lokalen Identität durch Codes und Images, die durch Westprodukte transportiert wurden. (Die angeführten Beispiele mögen genügen, um aufzuzeigen, dass der Begriff "westlich" relativ zu verstehen ist, auch in geographischer Hinsicht.)

7   aus "Lived Experience and Inherited Meanings: The case of a Romanian black marketeer", Alexandru Vari
8   Vgl. John Urry, "The Tourist Gaze" 1990
9   Vgl. Arjun Appadurai 1990

Ohne klare Vorstellung von den o.g. Prozessen kann man sich kaum erklären, wie die Menschen in Zentral- und Südosteuropa nach 1989 die spätkapitalistischen Formen der Werbung und Imagebildung ohne grosse Schwierigkeiten akzeptieren konnten.

In den sozialistischen Ländern, mit Rumänien als bereits erwähnter Ausnahme, wurde der Konsum nie so unermüdlich kritisiert, wie dies in den westlichen Medien und in den intellektuellen Diskursen der sechziger Jahre der Fall war. Im Gegenteil: Seit den frühen fünfziger Jahren insistierte die offizielle Propaganda, nach dem Ausbau der Schwerindustrie, auf der zeitgemässen Entwicklung der Leichtindustrie, d.h. die Produktion von Konsumgütern mit Priorität zu behandeln. RednerInnen bei festlichen Anlässen feierten den gesellschaftlichen Fortschritt, indem sie auf den ständig wachsenden Lebensstandard und Konsum hinwiesen. Im Rahmen der Wirtschaftsreformen der sechziger Jahre wurden vorsichtige Modernisierungsstrategien ausgearbeitet und die bewusste Heranbildung von KonsumentInnen angestrebt. Unter anderem wurde auf den internationalen Messen der sozialistischen Länder ein "Weltstandard" vorgestellt, der als Ziel für die Inlandproduktion gelten sollte. Besuche solcher Messen wurden zur beliebten Praxis einer Art Schaufenster- und virtuellem Einkaufsbummel, die den KonsumentInnen die Auswahlkriterien von Qualität, Funktionalität, Ästhetik und Objektdesign von Alltagsgegenständen lehrte.[10]

Ideen und Objekte auf der Reise werden auf ihrer Wanderung charakteristischen Veränderungen unterzogen. Sie gewinnen neue, ortsgebundene Bedeutungen und werden dadurch zu wichtigen Mitteln für die Neubestimmung einer lokalen Gruppenidentität. Globale Phänomene müssen von der lokalen Bevölkerung zuerst angeeignet und "vereinheimischt" werden, bevor sie sich verwurzeln können

10 *Die Studie "Fairy Sales" von David Kitzinger und Otto Gecser zeigt die Phasen und Resultate dieses Prozesses anhand der Geschichte und Transformation der Internationalen Messe in Budapest.*

(Appadurai). Das Resultat dieser kreativen Transformation wird auch als "Hybridisierung" von Bedeutungen beschrieben. Dabei spielen auch die aus Deutschland, der Schweiz und Österreich zurückgekehrten TouristInnen bzw. GastarbeiterInnen eine bedeutende Rolle für die Einflussnahme auf Konsumgewohnheiten und die lokale Gruppenidentität.

Der hochkomplexe Fall einer Umgestaltung oder Neuinterpretation eines signifikanten Konsumgegenstandes wurde vom Projektteilnehmer Marton Oblath untersucht. Sein Essay, eine Fallstudie über eine Ungarin, die sich in den sechziger Jahren ein Chanel-Kostüm nachschneidern liess, beschreibt die spezifische soziale Bedeutung, die einem solchen Kleidungsstück von der Besitzerin sowie von ihrem sozialen Umfeld attestiert wurde. Ein ähnliches Phänomen konnte während der achtziger Jahre mit der Entstehung der Kultur der Computerhacker und -cracker beobachtet werden, in der sich nicht nur eigene Netzwerke, sondern auch ganz spezifische Ausdrucksformen, vor allem in Jugoslawien und Ungarn, entwickelten. Peter Vessey beschreibt in seiner Studie die Jugendsubkultur der User und Hacker von Computerspielen auf Commodore 64, deren verbale und visuelle Sprache und ihre "Cracker-Parties" usw.

Eines der bekanntesten Beispiele für diese Prozesse ist vielleicht die Beat-Musik. Beat-Musik hatte in Osteuropa eine subversive Bedeutung, auch wenn die wachsende Zahl der Fans kaum eine Zeile der englischen Texte ihrer Lieblingslieder verstanden. Die Musik inspirierte die HörerInnen und gab ihnen das Gefühl von etwas Neuem, das sie mit ihren eigenen Frustrationen, ihrer Aggressivität und Sentimentalität anfüllen konnten. Die importierten Bedeutungen der Beat-Musik ermutigte und unterstützte sie, etwas auszudrücken, was zwar schon längst da war, aber bis dahin keine Artikulation gefunden hatte.

(Übersetzung aus dem Englischen von Gabriela Meier)

Das Theorem der komparativen Kosten

Res Strehle

Es gehört zum Allgemeingut aller Wirtschaftslehrbücher, dass sie den Schutz einer nationalen oder regionalen Wirtschaft vor den Segnungen des Weltmarkts mittels Handelsbarrieren für schädlich halten. Der Abbau aller Handelshemmnisse mit dem Ziel eines weltweiten Freihandels soll angeblich allseitig den höchsten volkswirtschaftlichen Nutzen bringen.

Theoretische Grundlage des weltweiten Freihandelspostulats ist die vom englischen Ökonomen David Ricardo zu Beginn des 19. Jahrhunderts entwickelte Theorie der komparativen Kosten. Ricardo, der sich früh mit Börsenspekulationen eine goldene Nase verdiente und sich ohne materielle Probleme gänzlich der Wissenschaft zuwenden konnte, singt ein frühes Loblied auf die weltweit zu entfesselnden Marktkräfte. Am Beispiel eines Zwei-Güter-Handelsaustausches zwischen Portugal und England weist er nach, dass sowohl Portugal wie England besser fahren, wenn nicht beide Länder je für sich Wolltücher und Wein produzieren, sondern sich jedes Land auf die Produktion jenes Gutes konzentriert, das komparativ – im internationalen Vergleich – die grössten Kostenvorteile beziehungsweise die geringsten Kostennachteile aufweist.

Im gewählten Beispiel zeigt Ricardo, dass Portugal aufgrund seiner klimatischen und topographischen Verhältnisse sowohl für die Produktion von Wein als auch für jene von Wolle bessere Bedingungen aufweist. Während Reben nur schlecht Kälte und Regen ertragen, sind Schafe weniger anspruchsvoll, werden sich vor garstigen klimatischen Bedingungen womöglich gar mit einem dichteren

Wollkleid schützen und auch den magersten Wiesen noch ein paar Kräutchen abgewinnen. Dazu kommt, dass die früh entwickelte englische Textilindustrie bei der Wollverarbeitung zu Tuch sehr viel leistungsfähiger war als die traditionelle Handverarbeitung in Portugal. England soll folglich Wolltuch produzieren, Portugal Wein, und beide Länder sollen ihre Überschüsse tauschen. So werden international die Produktionsressourcen am besten genutzt; der Utilitarist Ricardo schloss daraus das grösste Glück der grössten Zahl.

Seit dem Paradigmenwechsel hin zur entfesselten Marktwirtschaft ist Ricardos Theorie der komparativen Kosten unbestrittener denn je. Gleichzeitig – ein weiteres Paradoxon des Marktes – wird auch ihre Absurdität deutlicher sichtbar. Es lässt sich schon vermuten, dass die aktuell deregulierte Weltwirtschaft mit dem 200 Jahre alten Wein-Wolle-Modell so unzutreffend erfasst wird wie das Verhalten postmoderner Konsumentinnen und Konsumenten im Supermarkt mit der Lebenswirklichkeit Robinson Crusoes auf der einsamen Insel. Das Wein-Wolle-Gleichnis ist in einer komplexen Weltwirtschaft in keiner Weise mehr erklärungskräftig und dient vorab als Denkschranke zum Schutze des nicht mehr hinterfragten weltweiten Freihandelstheorems.

Dabei würde schon ein unvoreingenommener Blick zeigen, dass der weltweite Freihandel im Ergebnis weit davon entfernt ist, zum grössten Glück der grössten Zahl zu führen. Selbst wenn wir ohne jegliche konsum- und kulturkritische Wertung annehmen, dass die Segnungen der international standardisierten Warenwelt glücklich machen, so zeigt es sich, dass dieses grösste Glück der kleinen Zahl vorbehalten ist und die grosse Zahl den Weltmarkt weit weniger als Segnung denn als Fluch erlebt. Es lässt sich daraus die Vermutung ableiten, dass die weltweite Deregulierung und Globalisierung nicht einfach vom Himmel gefallen ist und dass sie weder wirtschaftlicher Sachzwang noch gar Naturgesetz ist. Offenkundig gibt es an einer wachsenden Globalisierung nur das Interesse einer kleinen, allerdings massgeblichen Zahl, die die gewünschte Umverteilung von unten nach oben im nationalen Rahmen nicht mehr durchzusetzen vermochte und stattdessen nun den nationalen Ökonomien via Weltmarktgesetze Vorgaben macht.

Zuvor war es in vielen Metropolenstaaten mit ihrem — wenn auch unvollkommenen — demokratischen Rahmen nicht möglich, den Kuchen radikal neu zu verteilen. Wenn der Staat, wie etwa in Skandinavien, nach einigen Jahrzehnten staatlich orientierter Sozialdemokratie rund die Hälfte aller jährlich produzierten Werte (Bruttosozialprodukt) abschöpfte und die Lohneinkommen nach einem Jahrhundert gewerkschaftlicher Organisierung andernorts ähnliche Höhen erreichten, so zeigt schon eine einfache Überschlagsrechnung, dass die Gewinne, Grundrenten und Zinseinkommen aus der produktiven Wertschöpfung den oberen Rest der Gesellschaft nur mehr mässig befriedigten. Nun zeigte die zweite Hälfte der siebziger Jahre und auch noch der Beginn der achtziger Jahre, dass im nationalen Rahmen weder Löhne noch Staatsquote so einfach nach unten zu bewegen waren. Dagegen regte sich der Widerstand von Seiten der organisierten Sektoren in den Bereichen Lohnarbeit, Staat und Kleingewerbe inklusive Landwirtschaft erfolgreich. War das zu verteilende Geld nicht vorhanden, so musste notfalls auf Kredit verteilt werden.

Mit der wachsenden Globalisierung ab Beginn der achtziger Jahre wurden die organisierten Bereiche der Metropolenstaaten von aussen aufgebrochen: der Lohnarbeitsbereich durch die transnational organisierten internationalen Konzerne, die ihre Wertschöpfungskette entlang den weltweit gewachsenen Lohndifferenzen einrichteten und das Konkurrenzprinzip auf Standorte ausdehnten; der Staat durch die international mobil gewordene Kaste der einst guten Steuerzahler, die ihre Steuerdomizile unpatriotisch nach Opportunitätserwägungen auszusuchen begann; das Kleingewerbe über den Abbau von Kartell- und Heimatschutz; die Landwirtschaft über eine neue gemeinsame Front preisbewusst und gleichzeitig ökologisch argumentierender Konsumentinnen und Konsumenten. Vehikel zur Veränderung war die in den achtziger Jahren manifest gewordene Schuldenkrise in all ihren Facetten: Aussenschuld der Trikontländer, Verschuldung der Staatshaushalte in den Metropolen, Verschuldung des Kleingewerbes gegenüber dem Bankensektor, notleidender Sektor der Konsumkredite und dergleichen mehr. Globalisierung war damit viel weniger Sachzwang oder Zeitgeist als vielmehr jenes Mittel zur Umverteilung, dem im nationalen Rahmen nichts entgegenzusetzen war – ganz ähnlich übrigens wie seinerzeit zu Beginn der sechziger Jahre des vergangenen Jahrhunderts nach der damaligen grossen Weltwirtschaftskrise.

Ich will offen lassen, ob Ricardos Plädoyer für weltweiten Freihandel womöglich schon bei seiner Entstehung der ideologischen Verschleierung von Machtverhältnissen diente und ob die starke Handelsmacht England zu Beginn des 19. Jahrhunderts durch ihren Handel mit dem höher verarbeiteten Tuch gegenüber der aussenhandelsschwachen Nation Portugal mit ihrem wenig verarbeiteten Primärprodukt Wein einseitig profitierte und gleichzeitig ihre eigene Unterklasse unter Druck setzte. Solche Zusammenhänge sind nicht untersucht worden und nachträglich schwierig zu rekonstruieren. Nun gehören ausserdem jene von Ricardo im Klima und in der Topographie georteten Kostenvorteile zu den unverfänglichsten in der gesamten Theorie der komparativen Kosten. Es wird ausser einer traditionell erworbenen und über Generationen tradierten handwerklichen Fertigkeit einer Region überhaupt schwierig, heute noch irgend einen anderen unverdächtigen komparativen Kostenvorteil zu finden. Gerade handwerkliche Fertigkeit wird indessen angesichts der rasanten technologischen und arbeitsorganisatorischen Entwicklung vom Weltmarkt immer schlechter honoriert.

Für den Weltmarkt gilt im wesentlichen dasselbe wie für den Arbeitsmarkt: Wenn sich gleich starke Partner gegenüberständen und als Folge gleiche Werte getauscht würden, wäre dagegen wenig einzuwenden. Simpler gesagt: Wenn die Bewohnerinnen und Bewohner des Südens in den Alpen skifahren und snowboarden gingen und sich die Alpenbewohnerinnen und -bewohner in die Gegenrichtung aufmachten, um als Touristinnen und Touristen Meer und Sonne zu geniessen – es wäre, abgesehen von ökologischen Erwägungen, vom Äquivalenzprinzip her beurteilt ganz in Ordnung. Wenn sich der in der Skihütte im Norden konsumierte Kaffee gegen jenen an der Strandbar im Süden eins zu eins tauschen liesse, dann wäre das ein guter Tausch für alle. Nun ist dem allerdings in keiner Weise so. Der Kaffee trinkt sich an der Strandbar besser und rund dreissig Mal billiger, während die Bewohnerinnen und Bewohner des Südens in den Alpen bloss mit jenem obersten

Segment ihrer Elite vertreten sind, das sich von hohen Preisen nicht abschrecken, sondern prestigemässig anziehen lässt.

Insgesamt produziert der Süden auf einer wertschöpfungsmässig weit schwächeren Handelsposition mit weltweit latent drohender Überproduktion und kann als komparative Kostenvorteile homogen einzig folgende Bedingungen dauerhaft anbieten: tiefe Löhne, fehlende Gewerkschaftsfreiheit, geringe ökologische Auflagen, keine umständlichen demokratischen Entscheidungsprozesse, wenig staatliche Begehrlichkeit auf Gewinnabschöpfung und keine Rücksicht auf moralische Handelshemmnisse wie Menschenrechte. Je weniger eine Region auf solche "Kostenfaktoren" Rücksicht nehmen muss, umso komparativer ist sie als Exporteurin am Weltmarkt.

Je ungleicher sich Handelspartner sind, umso fragwürdiger wird die Theorie der komparativen Kosten unter sozialen, ökologischen, politischen und moralischen Kriterien. Was sich in der Theorie noch vergleichsweise vernünftig darstellen lässt, verliert in der praktischen Umsetzung seine Wertfreiheit. Hier zeigt sich, dass es keine universale Theorie der komparativen Kosten geben kann. Bei arbeitsintensiver Produktion auf vergleichsweise tiefem Rationalisierungsniveau etwa ist der Anteil der Lohnkosten an den Gesamtkosten so hoch, dass sich hier komparative Kostenvorteile vorab über eine Senkung der Lohnkosten realisieren lassen. Bei stark umweltbeanspruchender Produktion werden die komparativen Kostenvorteile vorab im Bereich geringer ökologischer Auflagen zu realisieren sein. Vergleichsweise harmlos sind demgegenüber einzig die komparativen Kostenvorteile einer kapitalintensiven Produktion auf hohem technologischen Niveau: tiefe Kapitalkosten, tiefe Energiepreise, hohes technologisches Know-how, gute Infrastruktur, hohe soziale Stabilität. In einer globalisierten Weltwirtschaft mit voll verankerter Kapitalbewegungsfreiheit wird sich jede Investition unter dem Gesichtspunkt maximal realisierter komparativer Kostenvorteile ihren optimalen Standort suchen.

Nun gibt es eine ganze Reihe weiterer Einwände gegen die Stichhaltigkeit der Theorie der komparativen Kosten, die ich hier nur summarisch wiedergeben will. Kosten lassen sich international einzig über die Wechselkurse messen: Was gibt es

Naheliegenderes, als komparative Kostenvorteile durch eine tief gehaltene eigene Währung zu erzielen? Rund ein Drittel aller Preise im internationalen Welthandel sind ausserdem administrierte Verrechnungspreise im Intra-Konzernhandel. Hier gilt als oberste Maxime nicht Kostenwahrheit, sondern Steuerminimierung.

Und selbst wenn Ricardo recht hätte und der weltweite Freihandel unter der Bedingung gleichberechtigter Handelspartner zum grössten materiellen Wohlstand vieler führen würde: Es ist evident, dass die komparativen Kostenvorteile die weltwirtschaftliche "Arbeitsteilung" massiv erhöhen und jede Region tendenziell zur Monokultur machen, die die einseitig erhöhte Produktion im Bereich ihrer Spezialisierung mit immer höherer Weltmarktabhängigkeit in den übrigen Bereichen teuer erkauft. Was selbst Kronzeuge Adam Smith in der radikal freien Marktwirtschaft für Arbeitskräfte als Problem bemängelte, gälte in noch höherem Mass für die Regionen: Spezialisiert als Monokulturen, die in einer weltweit geplanten Wertschöpfungskette womöglich nicht einmal fertige Marktprodukte herstellen würden, sondern nur noch einzelne Teilwertschöpfungsschritte, verkrüppelten ganze Regionen zu tristen Silicon Valleys auf tiefem Lohnniveau.

Zu tiefe Transportkosten sind das Schmiermittel in diesem Räderwerk hoch spezialisierter Regionen, die internationalen Transportachsen die Fliessbänder der transnationalen Fertigung. Das allein erklärt, warum es die offenkundig vernünftige Forderung nach der längst fälligen Kostenwahrheit von Energiepreisen auf dem Weltmarkt ebenso schwer hat wie jeder Versuch, Steuerreformen nicht nur unter dem Gesichtspunkt der Standortkonkurrenz, sondern unter ökologischen Gesichtspunkten durchzuführen. Demgegenüber würden "richtige" – unter Einrechnung der externen Kosten berechnete – Energiepreise ohne jede weitere Regulierung einer regionalen Wirtschaftsform mit nahräumigen direkten ProduzentInnen-KonsumentInnen-Beziehungen ganz andere Möglichkeiten eröffnen, wenn eine Region erst einmal vor dem Dumpingpraktiken des Weltmarktes geschützt wäre.

Ohnehin hat es jede Forderung nach protektionistischen Massnahmen gegenüber dem weltweiten Freihandel schwer. Wer sich für Protektionismus (Schutz einer Region vor dem Durchgriff des Weltmarkts) stark macht, wird in die nationalistische Ecke abgedrängt, als ob es ausser Nationen auf der Welt nichts zu schützen gäbe. Dabei ist Nationalismus neben dem Schutz ungerechtfertigter Renten für Importkartelle das einzige unzulässige Argument für protektionistische Massnahmen. Gerade der Schutz vor ökologisch, sozial oder steuerlich erkaufter Tiefpreispolitik lässt sich ohne Protektion heute gar nicht ernsthaft ins Auge fassen, solange sich weltweite Deregulierungsprogramme wie die Welthandelsorganisation WTO, das Zoll- und Handelsabkommen Gatt, die nordamerikanische Freihandelszone Nafta oder der Europäische Wirtschaftsraum jeder sozialen und ökologischen Regulierung auf ernsthaftem Niveau widersetzen. Nicht überraschend scheinen sich solche Marktprogramme als Regulierungsprogramme gegen die absolut gesetzte Marktfreiheit auch nicht sonderlich gut zu eignen, weil sie dafür nicht konstruiert worden sind.

Wer darauf hofft, Deregulierungsprogramme regulatorisch einfach "umdrehen" zu können, sollte sich erst mit der Identitätsfrage eines Organismus auseinandersetzen. Beharrliche Organismen verdanken ihre langandauernde Existenz in aller Regel dem Prinzip einer "Corporate Identity" – einer in sich stimmigen, nach aussen abgrenzbaren Identität. So ist allein schon der Versuch, eine Konsummarke umdrehen zu wollen, selbst für starke Weltmarken ein halsbrecherisches Unterfangen. Nicht die renommiertesten Agenturen für Corporate Identity werden BMW zum Volkswagen machen können, Coca-Cola zum Lebenselixier für Seniorinnen und Senioren und Nike zu Gesundheitssandalen für Hare-Krishna-JüngerInnen. Eine Metzgerei wird nur in Ausnahmefällen der vegetarischen Küche zum Durchbruch verhelfen, und der Versuch der Schnellimbisskette McDonalds, sich mittels eigens dazu in Auftrag gegebenen Ökobilanzen grün zu positionieren, scheint als Überraschungsschuss, wenn überhaupt, dann nach hinten gegangen zu sein.

So wird vorhersehbar eine Enttäuschung riskieren, wer das "Allgemeine Zoll- und Handelabkommen Gatt", im Kern das Deregulierungsprogramm in der Nachkriegsordnung von Bretton Woods, mit sozialen und ökologischen Regulierungsfunktionen betrauen will. Ähnlich spekulativ sind jene Hoffnungen, die dem Militärbündnis Nato friedensstiftende Funktionen verleihen wollen, genauso wie die gutgemeinten basisdemokratischen Wünsche an die Adresse der Europäischen Union – eine Institution, die in ihrer Geschichte einige Durchbrüche in den Bereichen von Markt, Währungen, Landwirtschaft und Sicherheitspolitik erzielt hat, sich im Bereich der Basisdemokratie allerdings nie irgendwelche Lorbeeren verdient hat. Oft wird vorab von Eliten des Südens das Argument angeführt – oder vielleicht wird es ihnen notfalls auch in den Mund gelegt – der Norden wolle mit dem Anspruch auf sozial oder ökologisch begründete Mindeststandards für den Welthandel in erster Linie die aufstrebenden Länder des Südens und des Fernen Ostens benachteiligen. Dahinter würden sich angeblich die alten protektionistischen Schutzmassnahmen für die eigene Wirtschaft, die ohne Kinderarbeit und Ökodumping auskommt, verbergen. Wer so argumentiert, sollte zuerst dafür sorgen, dass sich die Menschen in einer Region zu den eigenen sozialen und ökologischen Bedingungen überhaupt demokratisch äussern können. Wäre dies der Fall, so gäbe es keinen rationalen Grund, warum die betroffenen Regionen nicht für ihren sozialen und ökologischen Schutz eintreten sollten, es sei denn, sie hätten tatsächlich keine andere Wahl, als prekär für den Weltmarkt zu produzieren – ganz ähnlich wie Frauen in den Metropolen angeblich "freiwillig" und aus Überzeugung Nachtarbeit in Betrieb und Familie leisten.

Ein weiteres, unverfängliches Argument für einen neuen regionalen Protektionismus ist unmittelbar volkswirtschaftlicher Natur. Wenn es richtig ist, dass in einer globalisierten Weltwirtschaft mit sich gegenseitig bedingender rationalisierter Produktionsweise in Hochlohnregionen und in der arbeitsintensiven Produktion in Niedriglohnregionen die Konsumkraft zurückbleibt, dann kann jeder Versuch einer keynesianischen Stützung der Nachfrage nur in einem minimal geschützen Rahmen erfolgen. Andernfalls wird der Öffentlichen Hand angesichts international konkurrierender Finanzhaushalte dazu schlicht das Geld fehlen. Nun waren aber die vom englischen Ökonomen John M. Keynes für die Krise postulierten Programme direkter staatlicher Nachfrage oder öffentlich finanzierter privater Nachfragestützung ohne Geld nie zu haben – daran hat sich bis heute nichts geändert.

Auch die im Keynesianismus unter dem Aspekt der Nachfragestützung durchaus lebensfähigen Ineffizienzen der Privat- und Staatswirtschaft setzen einen finanziellen Spielraum voraus, der in einer global deregulierten Weltwirtschaft nicht mehr gegeben ist. So gab es während Jahrzehnten an einem Dorfplatz mittlerer Grösse in den Metropolenländern drei oder mehr Bankfilialen, die alle dieselben Marktleistungen zu weitgehend gleichen Preisen anboten. Allein die Tatsache, dass hier an drei oder mehr SchalterbeamtInnen Löhne ausgeschüttet wurden und dass diese Lohnsumme umgehend mit dem volkswirtschaftlichen Konsummultiplikator an die regionale Wirtschaft weiterfloss, machte solche Mehrspurigkeit volkswirtschaftlich erfolgreich. Wenn heute noch zwei und morgen bald nur noch einE Bankschalterbeamtin am Dorfplatz sitzt, bedeutet dies gleichzeitig weniger Restaurants ringsherum, weniger Coiffeure, weniger Taxis und dergleichen. So hat das Downsizing von Unternehmen ganze Volkswirtschaften heruntergefahren.

Im Rückblick lässt sich auch vermuten, dass viele skurrile Forschungsprojekte im Keynesianismus weniger dem Erkenntnisfortschritt als simpler volkswirtschaftlicher Nachfragestützung dienten. Etwa die im Rahmen eines nationalen Forschungsprogramms untersuchte Frage, was eine Kuh zur nationalen Identität der Schweiz beiträgt. Die Studie hat jedenfalls das Abbröckeln der nationalen Identität in den Voralpen nicht verhindern und auch den Röstigraben zwischen deutscher und französischer Schweiz nicht zuschütten können. Auch jener anderen ForscherInnengruppe, die an der Technischen Hochschule seit Jahren gut dotiert den Orientierungssinn der tunesischen Wüstenameise untersucht, wird produktiv nutzbarer Erkenntnisgewinn wohl nur schwer zugesprochen werden können – die volkswirtschaftliche Relevanz durch Nachfragestützung hat diese Gruppe indessen bereits nachgewiesen.

Als Konsequenz drängt sich die Frage auf, was es einer Volkswirtschaft bringt, wenn etwa der letzte verbliebene Schweizer Nähmaschinenhersteller unter dem Druck der internationalen Konkurrenz einen Grossteil seiner produktiven Wertschöpfung nach Taiwan auslagert. Wohl lässt sich damit die Nähmaschine zum halben Preis auf den Markt bringen, was Käuferinnen und Käufer in einer ersten Phase erfreuen wird. Erst später wird sich zeigen, dass mit der Verbilligung auch die

Versicherungsprämie ihres eigenen Arbeitsplatzes weggefallen ist. Wenn dadurch in Taiwan in punkto Schutz und Sicherheit gleichwertige Arbeitsplätze geschaffen würden, wäre gegen diesen Wegfall der Versicherungsprämie für den eigenen Arbeitsplatz wenig einzuwenden. Wenn dort aber ungeschützte prekäre Arbeitsplätze auf zehnfach tieferem Lohnniveau entstehen, dann hat Protektionismus mit Heimatschutz weit weniger zu tun als mit Verteidigung materieller Sicherheit. Am Jahresende 1996 zeigten ausgedehnte Streiks gegen die Aufhebung des Kündigungsschutzes in Südkorea, dass auch dieses Wirtschaftswunder seinen langjährigen Erfolg offenbar einer Nachfragestützung mittels schwer kündbarer Arbeitsplätze verdankte.

Wenn solche Lücken unter dem Einfluss der weltweiten Deregulierung und Globalisierung nun nach und nach geschlossen werden, dann bedeutet dies das Ende geschützter Nischen im Global Village. Kein Wunder, wenn sucht sich das Volk in diesen härter gewordenen Zeiten sein Opium wieder dort sucht, wo es Karl Marx schon in seiner Kritik der Hegelschen Rechtsphilosphie ortete: in Religion und Sekten, wo die bedrängte Kreatur noch immer das Gemüt einer herzlosen Welt und den Geist geistloser Zustände zu finden hofft. Dabei gäbe es eine durchaus irdische Heilslehre anzubieten: den sozialen und ökologischen Protektionismus einer Region vor dem emotionslosen Zugriff des Weltmarkts.

Die Ideologiefrage: Marxismus ohne Garantien

Stuart Hall

In den letzten dreissig Jahren erlebte die marxistische Theorie eine beachtliche, aber ungleichmässige Wiederbelebung. Einerseits hat sie wieder einmal dem "bürgerlichen" Gesellschaftskonzept die wichtigste Gegenposition zur Verfügung gestellt. Andererseits sind viele junge Intellektuelle durch das marxistische Revival hindurchgegangen und sind nach einer heftigen und kurzen Lehrzeit auf der anderen Seite wieder herausgekommen. Sie "schlossen mit dem Marxismus ab" und begaben sich auf die Suche nach neuen und zeitgemässeren intellektuellen Feldern: aber nicht ganz. Der Postmarxismus bleibt eine der bedeutendsten und ergiebigsten theoretischen Schulen der Gegenwart. Die PostmarxistInnen verwenden marxistische Konzepte, indem sie laufend deren Unzulänglichkeiten aufzeigen. Eigentlich stehen sie immer noch auf den Schultern derjenigen Theorien, die sie gerade eben definitiv zerstört haben. Hätte es den Marxismus nie gegeben, müsste er durch den Postmarxismus erfunden werden, um die "DekonstruktivistInnen" einmal mehr mit dessen "Dekonstruktion" beschäftigt zu halten. All das verleiht dem Marxismus eine merkwürdige Leben-nach-dem-Tod-Qualität; er wird ständig "transzendiert" und "bewahrt". Dieser Prozess ist nirgendwo besser zu beobachten als von der Warte der Ideologietheorie aus.

Ich habe nicht vor, die exakten Drehungen und Wendungen aktueller Debatten noch einmal nachzuzeichnen oder das sie begleitende, verknotete Theoretisieren zu verfolgen. Stattdessen möchte ich die Debatten über Ideologie in den weiter gefassten Kontext der marxistischen Theorie als Ganzes stellen. Ich möchte sie auch als generelle Fragestellung behandeln, als Frage nach Theorie als politischem und strategischem Problem. Ich möchte die bezeichnendsten Schwächen und Grenzen der klassisch marxistischen Begriffe für Ideologie herausfinden und überlegen, was in Anbetracht der unterschiedlichen Kritiken gewonnen wurde, was verworfen, was aufrechterhalten werden kann, und was neu überdacht werden muss.

Zunächst geht es um die Frage, weshalb die Ideologiekritik während der 70er Jahre innerhalb des marxistischen Diskurses einen so hohen Stellenwert eingenommen hat. Perry Anderson kritisierte in einem Rundumschlag (1976) die westeuropäische, marxistische Intellektuellenszene und deren intensive Auseinandersetzung mit den Problemen der Philosophie, der Erkenntnistheorie, der Ideologie und des Überbaus. Er hielt diese Entwicklung für eine Deformation des marxistischen Denkens. Dass diese Fragestellungen im westlichen Marxismus bevorzugt behandelt wurden, erklärte für Anderson die Isolation der westeuropäischen, marxistischen Intellektuellen von den Imperativen des massenpolitischen Kampfes und deren Organisation, die Vernachlässigung einer "direkten und aktiven Beziehung zum proletarischen Publikum", die Distanz zu einer "populären Praxis" und die fortwährende Unterwerfung unter das herrschende, bürgerliche Denken. Perry Anderson sah in dieser theoretischen Positionierung westlicher Intellektueller den Grund für eine allgemeine Loslösung von den klassischen Themen und Problemen des späten Marx und des Marxismus und führte aus, dass die intensive Beschäftigung mit dem Ideologischen als beredtes Zeichen für eben dieses Phänomen gewertet werden kann.

Dass an Andersons Erklärung etwas dran ist, werden diejenigen, die die Theorieflut des "westlichen Marxismus" dieser Jahre überlebt haben, wohl oder übel bestätigen müssen. Die Schwerpunkte, die der "westliche Marxismus" gesetzt hat, erklären die Art und Weise, mit der die Ideologiefrage konstruiert wurde, wie die Debatte geführt und das Ausmass, in dem in die hohen Gefilde der spekulativen Theorie abstrahiert wurde. Ich gehe aber dennoch davon aus, dass wir alle Implikationen verwerfen müssen, die darauf verweisen, dass die marxistische Theorie ohne die durch den westlichen Marxismus produzierten Verzerrungen bequem auf dem

240

für sie vorgesehenen Weg hätte fortschreiten können: die Ideologiefrage weiterhin auf ihrem untergeordneten und zweitrangigen Platz belassend. Die zunehmende Sichtbarkeit der Ideologiefrage hat eine objektivere Basis: Erstens die Entfaltung der Mittel, mit welchen das Massenbewusstsein geformt und verändert wird – der massive Bedeutungszuwachs der "Kulturindustrie". Zweitens haben wir es entgegen allen Erwartungen mit dem irritierenden Problem einer "mehrheitlichen" Zustimmung der ArbeiterInnenklasse zu den fortgeschrittenen kapitalistischen Gesellschaften Europas zu tun und damit mit deren teilweiser Stabilisierung. Diese "Zustimmung" wird aber nicht allein durch die Mechanik der Ideologie aufrechterhalten. Aber diese beiden Phänomene dürfen nicht getrennt voneinander betrachtet werden, denn sie verweisen beide auf deutlich vorhandene theoretische Schwächen der ursprünglichen marxistischen Ideologiebegriffe. Ausserdem beleuchten sie einige der heikelsten Aspekte der politischen Strategie der sozialistischen Bewegung in den fortgeschrittenen kapitalistischen Gesellschaften.

Mit einem kurzen Rückblick auf diese Fragen möchte ich daher nicht so sehr die Theorie, sondern wie bereits gesagt das Problem der Ideologie selbst in den Vordergrund rücken. Die Ideologiefrage kann innerhalb der materialistischen Theorie darüber Auskunft geben, wie gesellschaftiche Vorstellungen entstehen. Denn wir müssen die Rolle der Ideologie innerhalb einer spezifischen sozialen Formation verstehen, damit wir dem Kampf zur Veränderung der Gesellschaft relevante Informationen liefern und den Weg hin zu einer sozialistischen Gesellschaft ebnen können.

Unter Ideologie verstehe ich die geistigen Rahmenbedingungen – die Sprachen, Konzepte, Kategorien, Denkvorstellungen und Repräsentationssysteme –, welche die verschiedenen Klassen und sozialen Gruppen zum Verständnis, zur Definition und zur sinnvollen Erklärung des gesellschaftichen Funktionierens anwenden.

Bei der Ideologiefrage handelt es sich in diesem Sinne um die Art und Weise, wie unterschiedliche Ideen das Massenbewusstsein erreichen und anschliessend zu einer "materiellen Kraft" werden. Aus dieser eher politisierten Perspektive erleichtert uns die Ideologietheorie, im Sinne Gramscis, die Analyse der Frage, wie bestimmte Ideen in der Lage sind, das gesellschaftliche Denken eines historischen Block zu beherrschen und diesen von innen heraus zu vereinen und zu festigen. Weiter erleichtert sie auch die Analyse der Bedingungen, die die Stabilisierung der Vorherrschaft eines solchen Blocks über die Gesellschaft als Ganzes gewährleisten. Die Ideologietheorie hat im besonderen mit den Konzepten und den Sprachen des "Alltagsverstandes" zu tun, die eine bestimmte Form von Macht und Herrschaft festigen, die die Massen mit ihrem untergeordneten Platz in der Gesellschaftsordnung verorten und sie mit ihm versöhnen. Ausserdem beschäftigt sie sich mit den Prozessen, die neue Bewusstseinsformen und neue Weltanschauungen hervorbringen, die die Massen zu geschichtsverändernden Handlungen gegen das vorherrschende System bewegen. Um diese Fragen geht es in diversen gesellschaftlichen Kämpfen. Sie sollten erklärt werden, um den ideologischen Kampfschauplatzes besser verstehen und beherrschen zu können. Dazu benötigen wir nicht einfach irgendeine Theorie, sondern eine, die der Komplexität dessen, was wir erklären wollen, angemessen ist.

Solcherart ausgearbeitete theoretische Ansätze gibt es in Bezug auf die Ideologie allerdings weder bei Marx noch bei Engels. Marx entwickelte keine allgemeine Erklärung der Funktionsweise gesellschaftlicher Vorstellungen, die mit seiner geschichtstheoretischen Abhandlung über die Wirtschaftsformen und –beziehungen des kapitalistischen Produktionsprozesses vergleichbar wäre. Seine Bemerkungen zu dieser Frage waren auch nie dazu gedacht, einen "gesetzähnlichen" Status zu haben, und es wäre denkbar, dass die ganze Ideologieproblematik im Marxismus durch die fälschliche Annahme entstanden ist, es handle sich bei ihr um einen bereits ausgereiften theoretischen Ansatz. Marx theoretische Überlegungen zu diesem Thema waren viel eher spontan und beiläufig, und so erklären sich konsequenterweise auch die begrifflichen Schwankungen im Gebrauch des Begriffes "Ideologie".

Heute wird der Ideologiebegriff gemäss der Definition, die ich oben bereits eingeführt habe, für einen weiteren, deskriptiveren und weniger systematischen Zusammenhang gebraucht als dies in den klassischen Marxtexten der Fall war. Wir gebrauchen ihn heute, um uns auf alle organisierten Formen des gesellschaftlichen Denkens zu beziehen. Das lässt das Ausmass und den Charakter seiner "Verzerrungen" unbestimmt. Der Ideologiebegriff bezieht sich eindeutig auf den Bereich des "Alltagsverstandes" und des logischen Denkens (also diejenigen Formen, in denen es den Ideen immer noch am wahrscheinlichsten gelingt, das Massenbewusstsein zu beinflussen und Menschen zu Handlungen zu bewegen) und eher weniger auf die durchdachten und in sich konsequenten "Denksysteme". Wir denken dabei an das praktische wie an das theoretische Wissen, das es den Menschen möglich macht, Vorstellungen über die Gesellschaft, in der sie leben zu entwickeln, aber auch daran, in welchen Kategorien und Diskursen sie ihre Positionierung innerhalb sozialer Beziehungen "erfahren" und "ausleben".

An verschiedenen Stellen entspricht Marx' praktische Verwendung des Begriffs "Ideologie" dieser Bedeutung. In diesem Sinne wird die Verwendung des Begriffs durch seine Arbeit sanktioniert. In einer berühmten Passage beschreibt Marx die "ideologischen Formen, in denen sich Menschen (…) eines Konflikts bewusst werden und ihn ausfechten" (Marx, 1970). Im "Kapital" macht er zahlreiche Randbemerkungen über das "Alltagsbewusstsein" der kapitalistischen UnternehmerIn, oder den "Common Sense des Kapitalismus". Er versucht damit, die Formen des spontanen Denkens zu beschreiben, in welchem die KapitalistInnen die Arbeitsweise des kapitalistischen System repräsentiert sehen und worin sie ihre praktische Beziehungen zum System erleben. Hierin sind bereits Hinweise auf den nachfolgenden Gebrauch des Begriffs der Ideologie enthalten, und ich vermute, dass viele nicht glauben, dieser Gebrauch sei von Marx' Arbeit ableitbar. Nach Marx sind beispielsweise die spontanen Ausprägungen des "praktischen bürgerlichen Bewusstseins" real, sie sind aber keine adäquaten Denkformen, da einige Aspekte im kapitalistischen System – die Generierung von Mehrwert zum Beispiel – mit diesen vulgären Kategorien grundsätzlich weder "gedacht" noch erklärt werden können. Ganz falsch können sie hingegen auch nicht sein, da die Bourgeoisie Gewinn erwirtschaftet, das System am Laufen hält, seine Beziehungsgrundlagen nachhaltig stützt und Arbeitskraft ausbeutet, ohne ein tieferes Verständnis davon zu haben, in was sie eigentlich wirklich involviert ist. Um ein anderes Beispiel anzuführen: Es ist sicher zulässig, aus Marx' Aussagen zu schliessen, dass das gleiche Beziehungsgefüge – die kapitalistische Zirkulation – in unterschiedlichen Arten oder (wie wir dies heute ausdrücken würden) in unterschiedlichen Diskurssystemen repräsentiert werden kann. Um deren nur drei zu nennen: Den Diskurs des "bürgerlichen Common Sense", die elaborierten Theorien der klassischen politischen Ökonomie, wie die von dem für Marx sehr lehrreichen Ricardo, und natürlich Marx' eigenen theoretischen Diskurs des "Kapitals".

Je mehr wir uns von einer religiösen und dogmatischen Marxinterpretation entfernen, desto offensichtlicher wird, dass sowohl die vielen klassischen wie die neueren Verwendungen des Ideologiebegriffs flexibler sind als uns dies zeitgenössische TheoretikerInnen glauben machen wollten.

Nichtsdestotrotz ist es eine Tatsache, dass Marx den Begriff "Ideologie" oft dann spezifisch für die Manifestationen des bürgerlichen Denkens benutzte, wenn es um dessen negative und verzerrte Merkmale ging. Er verwendete ihn zum Beispiel in der "Deutschen Ideologie", dem gemeinsamen Werk von ihm und Engels, um diejenigen Ideen wiederlegen zu können, die sich als besonders "gebildet" und "systematisch" ausgaben. Heute würden wir diese wohl eher im Gegensatz zu den Kategorien des "praktischen Bewusstseins" oder nach Gramsci des "Alltagsverstandes", als "theoretische Ideologien", oder, wieder gemäss Gramsci, "Philosophien" nennen. Marx benutzte den Begriff der Ideologie allerdings als entscheidende Waffe gegen die spekulativen Mysterien der Hegel'schen Philosophie, gegen die Religion und die Religionskritik, gegen die idealistische Philosophie und die ordinären und degenerierten Ausformungen der politischen Ökonomie. In der "Deutschen Ideologie" und "Dem Elend der Philosophie" bekämpften Marx und Engels die bürgerlichen Ideen. Sie opponierten damit gegen eine anti-materialistischen Philosophie, welche die Vorstellungen des bürgerlichen Denkens und deren Herrschaft stützte. Um ihre polemische Position zu verschärfen, vereinfachten sie einige ihrer Formulierungen. Die Probleme, die für uns durch diese Vereinfachungen entstanden sind, resultieren aber aus der Tatsache, dass diese polemisierenden Umkehrungen immer wieder als Grundlage für ein generell positives Theoretisieren instrumentalisiert worden sind.

Im Rahmen dieser eher weit gefassten Verwendung des Ideologiebegriffs entwickelte Marx spezifische Thesen weiter, die dann zur theoretischen Basis der sogenannten klassischen Theorieform wurden.

Erstens die materialistische Prämisse: Diese besagt, dass sich Ideen aus materiellen Bedingungen und Umständen generieren und diese gleichzeitig reflektieren. Sie geben den sozialen Beziehungen und deren widersprüchlichen Denkweisen Ausdruck. Die Ansicht, dass Ideen den Motor der Geschichte antreiben oder sich unabhängig von materiellen Beziehungen weiterentwickeln und ihre eigenen autonomen Wirkungen erzielen, wird von Marx in Bezug auf die bürgerliche Ideologie als spekulativ und illusorisch bezeichnet.

Zweitens die These der Determiniertheit: Marx beschreibt Ideen als Effekte einer letztendlich determinierenden Ebene der gesellschaftlichen Formation: Dies ist in letzter Instanz die Ökonomie. So modifizieren die Transformationen der ökonomischen Ebene früher oder später auch die Ideen und werden nach Marx im gesellschaftlichen Gebilde sichtbar.

Drittens die proportionale Übereinstimmung zwischen der dominierenden, sozioökonomischen und der ideologischen Sphäre: Die "herrschenden Ideen" sind im Besitz der "herrschenden Klasse" – die gesellschaftliche Stellung der letzteren garaniert die Beziehung und die Übereinstimmung mit den ersteren (Ideen).

Die Kritik an der klassischen Theorie wurde genau an diesen Thesen festgemacht. Die Annahme, dass Ideen "blosse Reflexe" sind, begründet den Materialismus. Sie spricht den Ideen jegliche spezifische Wirkung ab und verweist sie in die völlige Abhängigkeit. Die Feststellung, dass sie durch "die letzte Instanz", d.h. durch die Ökonomie, determiniert werden, führt zu ökonomischem Reduktionismus, bei dem die Ideen letztlich auf die Essenz ihres Wahrheitsgehalts – die Essenz ihres wirtschaftlichen Gehalts – reduziert werden. Der einzige Ausweg aus diesem "ultimativen Reduktionismus" ist der Versuch, ihn durch vermehrte "Vermittlung" etwas zu verlangsamen und zu relativieren und damit mehr Handlungsraum zu schaffen. Die dritte These – das "Herrschend-Sein" einer Klasse garantiert auch die Vorherrschaft bestimmter Ideen – schreibt die Ideen nicht nur dem exklusiven Besitz dieser Klasse zu, sondern definiert auch bestimmte Bewusstseinsformen als klassenspezifisch.

In diesem Zusammenhang muss jedoch beachtet werden, dass diese Kritiken, obwohl sie sich direkt an die Formulierungen betreffend der Ideologiefrage wenden, in ihrer Substanz eigentlich eine allgemeinere und weiter greifende Kritik am klassischen Marxismus zusammenfassen: an seiner rigiden strukturellen Determiniertheit, dem Begriffsreduktionismus auf "Klasse" und "Ökonomie" und an der Art und Weise, soziale Formationen zu konzeptualisieren. Marx' Ideologiemodell wurde kritisiert, weil er soziale Formationen nicht als komplexe Gebilde begriff, die aus verschiedenen Praktiken bestehen, sondern als einfache, rein "expressive" Strukturen – wie dies Althusser in "Für Marx" und "Das Kapital lesen" formulierte. Mit dem Begriff "expressiv" versuchte Althusser zu beschreiben, wie nach Marx eine Praxis – und zwar "das Ökonomische" – immer direkt alle anderen determiniert, und dass jede Wirkung einfach und simultan in entsprechender Weise auf allen anderen Ebenen reproduziert (d.h. "ausgedrückt") wird.

Diejenigen, die mit der entsprechenden Literatur und den Debatten vertraut sind, werden die Hauptlinien der spezifischen Revisionen, die von verschiedenen Seiten an diesen Positionen vorgenommen wurden, leicht erkennen. Sie beginnen in Engels Anmerkungen zu Marx' Denken – vor allem in der späteren Korrespondenz – damit, jeder einfachen Übereinstimmung der verschiedenen Ebenen oder der Ansicht, dass der "Überbau" keinerlei eigene spezifische Wirkungen hat, zu widersprechen. Engels' Bemerkungen sind in dieser Hinsicht ausserordentlich vieldeutig und produktiv. Obwohl sie keine Lösung zur Ideologiefrage anbieten, markieren sie den Ausgangspunkt aller ernsthaft mit diesem Thema befassten Überlegungen. Die Vereinfachungen in Bezug auf die Ideologie sind laut Engels nur aus Marx' Opposition gegen den spekulativen Idealismus seiner Zeit zu erklären; sie sind als einseitige Verzerrungen und polemisierend notwenige Übertreibungen zu sehen. Die Marxismusrevisionen führen über die vielfältigen Bemühungen marxistischer TheoretikerInnen, wie zum Beispiel zu Lukacs, bis hin zum Festhalten an der strikten Orthodoxie einer Hegelianischen Marxinterpretation. In der revisionistischen Praxis wurden allerdings eine ganze Reihe von "vermittelnden und mittelnden Faktoren" aufgenommen, welche den Reduktionismus und Ökonomismus, die den ursprünglich Marx'schen Formulierungen implizit waren, lockerten und zerstreuten. Hierhin gehört auch Gramsci, der allerdings aus einer anderen Richtung kam und von dessen Beitrag später in diesem Text die Rede sein wird. Die Kritik an der klassischen Theorie findet ihren Höhepunkt in den sehr anspruchsvollen theoretischen Interventionen Althussers und der AlthusserianerInnen: in ihrem Kampf gegen den Reduktionismus auf "Ökonomie" und "Klassen" und gegen den Ansatz der "expressiven Totalität".

Althussers Revisionen (in "Für Marx" und vor allem im Kapitel über die Ideologischen Staatsapparate in "Lenin und die Philosophie und andere Essays") waren der entscheidende Schritt, der die Debatte von den "verzerrten Ideen" und dem Ansatz vom "falschen Bewusstseins" weg- und zur Ideologie hinführte. Dieser Schritt ebnete den Weg hin zur einer stärker "linguistischen" oder "diskursiven" Konzeption von Ideologie. Er setzte lange vernachlässigte Fragen wieder auf die Tagesordnung: wie Ideologie internalisiert wird und wie wir dazu kommen, innerhalb der Grenzen der Denkkategorien, die uns umgeben oder genauer gesagt die uns denken, "spontan" zu sprechen. (Das ist im Zentrum des ideologischen Diskurses das sogenannte Problem der Anrufung des Subjekts, was in seiner Folge psychoanalytische Interpretationen, wie Individuen Teil von ideologischen Sprach-Kategorien werden, in den Marxismus einbrachte.) Im Insistieren auf der Funktion der Ideologie für die Reproduktion der sozialen Produktionsverhältnisse (wie zum Beispiel im Kapitel über die "Ideologischen Staatsapparate") und auf der metaphorischen Brauchbarkeit der Basis/Überbau-Metapher (in den Essays "Über die Selbstkritik") versuchte Althusser in letzter Minute eine Neugruppierung des klassisch marxistischen Terrains.

Seine erste Revision war allerdings noch zu "funktionalistisch". Wie können subversive Ideen oder ideologische Kämpfe erklärt werden, wenn es die Funktion der Ideologie ist, soziale Beziehungen gemäss den "Anforderungen" des kapitalistischen Systems zu "reproduzieren"? Seine zweite Revision dagegen war zu "orthodox". Es war Althusser, der die Basis/Überbau-Metapher so grundsätzlich verabschiedet hat! Die Türen, die dadurch aufgingen, benutzten viele, um der Problematik der klassisch marxistischen Ideologietheorie den Rücken zu kehren. Sie gaben nicht nur Marx' spezifisches Denken aus "Die Deutschen Ideologie" auf, das die "herrschende Klasse"und die "herrschenden Ideen" koppelte, sondern auch die Auseinandersetzung mit der Klassenstruktur der Ideologie und deren Rolle für Entstehung und Aufrechterhaltung der Hegemonie.

Diskurstheorie und Psychoanalyse, die ursprünglich als theoretische Unterstützung der kritischen Theorierevisionen und -entwicklungen begriffen wurden, lieferten nun Kategorien, die frühere Paradigmen ersetzten. So wurden die ganz realen Leerstellen und Textlücken im "objektiven" Tenor der marxistischen Theorie zum ausschliesslichen Bearbeitungsfeld: Die Bedingtheit des Bewusstseins und die "Subjektwerdung" (subjectification) der Ideologien wurden von Althusser durch den Gebrauch des von Freud entlehnten Begriffs der "Anrufung" (interpellation) und des von Lacan eingeführten Begriffs der "Positionierung" (positioning) auf den Plan gerufen. Das Problem hinsichtlich der Ideologie bestand jetzt einzig und allein aus der Frage, wie ideologische Subjekte durch psychoanalytische Prozesse geformt werden. Die theoretischen Spannungen waren somit gelöst. Hier sind wir am Endpunkt der "revisionistischen" Arbeit zur Ideologie angelangt, die mit Foucault letztendlich zur Aufgabe der Kategorie "Ideologie" führte. Trotz alledem gibt es immer noch höchst ausgeklügelte IdeologietheoretikerInnen, die aus ziemlich obskuren Gründen weiterhin darauf beharren, dass ihre Theorien "wirklich" materialistisch, politisch, historisch usw. seien; als würden sie von Marx' Gespenst heimgesucht, das immer noch in der Theoriemaschine umgeht.

Ich habe diese Geschichte hier in einer reichlich verkürzten Form wiedergegeben, weil es nicht meine Intention ist, mich im Detail mit Vermutungen und Widerlegungen auseinanderzusetzen. Und doch möchte ich diesen roten Faden aufnehmen, da er zumindest die klassischen Annahmen zur Ideologie mit Kraft und Stichhaltigkeit massgeblich verändert hat. In diesem Zusammenhang möchte ich einige der früheren Marx'schen Formulierungen erneut überprüfen. Mich interessiert, inwieweit diese im Licht der avancierten Kritik neubewertet und entwickelt werden können, ohne die essentiellen Qualitäten und Einsichten, die sie ursprünglich besassen (die früher der "rationale Kern" genannt wurden), zu verlieren – was mit guten Theorien möglich sein sollte. Grob gesagt, möchte ich veranschaulichen, dass ich die grosse Bedeutung neuerer Kritikansätze anerkenne. Aber ich bin dennoch nicht davon überzeugt, dass sie jede nützliche Einsicht und jeden grundlegenden Ausgangspunkt der materialistischen Ideologietheorie aufgegeben haben. Wenn die unablässige "Dekonstruktionsarbeit" alles ist, was im Licht einer verheerend weit fortgeschrittenen, schlauen und stichhaltigen Kritik übriggeblieben und à la Mode ist, soll dieser Essay einer bescheidenen "Rekonstruktionsarbeit" gewidmet sein – hoffentlich ohne durch rituelle Orthodoxie zu stark verunstaltet zu werden.

Wagen wir uns zum Beispiel auf das extrem schlüpfrige Gelände der ideologischen "Verzerrungen" und der Frage nach dem "falschen Bewusstsein" vor. Es ist nicht schwierig nachzuvollziehen, warum diese Formulierungsweise Marx' KritikerInnen dazu brachte, sich auf ihn zu stürzen. Der Begriff der "Verzerrungen" löst unmittelbar die Frage aus, warum die Menschen, die ihre Existenzbedingungen durch die Kategorien einer verzerrten Ideologie sehen, nicht erkennen können, dass ihre Ideologie verzerrt ist. Uns dagegen mit unserer "höheren Weisheit" und bewaffnet mit einwandfrei entwickelten "Konzepten" fällt das nicht schwer. Sind diese "Verzerrungen" einfach nur Unwahrheiten? Oder sind sie absichtlich gestützte Fälschungen und wenn ja von wem? Funktioniert die Ideologie tatsächlich wie bewusste Klassenpropaganda? Und wenn die Ideologie nicht das Produkt oder die Funktion einer Gruppe von Verschwörern, sondern eher "der Struktur" ist, wie kann eine ökonomische Struktur dann garantierte ideologische Wirkungen entfalten? Die Begriffe, wie sie jetzt dastehen, helfen uns nicht weiter, sondern lassen die "Massen" ebenso wie die KapitalistInnen wie Trottel aussehen. Ausserdem beinhalten sie eine merkwürdige Sicht auf die Entstehung alternativer Bewusstseinsformen: Als würden den Menschen schlagartig die Schuppen von den Augen fallen und als könnten sie, wie aus einem langen Traum erwachend, plötzlich das Licht sehen und durch die Transparenz der Dinge auf deren Wahrheitskern und ihre bisher verhüllte strukturelle Prozesshaftigkeit hindurchschauen. Die Bewusstseinsentwicklung der Arbeiterklasse wäre aus dieser Perspektive mit der eher fragwürdigen Erkenntnis des Heiligen Paulus auf der Strasse nach Damaskus vergleichbar.

Nehmen wir selbst eine kleine Ausgrabungsarbeit zu diesem Thema vor. Marx hielt Hegel durchaus für einen ernstzunehmenden Denker und eine vorbildhafte Figur, obwohl mit Hegel der Höhepunkt des spekulativen, bürgerlichen Denkens erreicht ist und seine AnhängerInnen ihn gleichzeitig banalisierten und religiös verehrten. Ähnlich sah Marx den Fall der klassischen politischen Ökonomie – von Smith bis Ricardo –, für die die Unterscheidungen zwischen den verschiedenen Ebenen einer ideologischen Formation ebenfalls grosse Bedeutung hatten. Für Marx gab es sowohl eine klassische politische Ökonomie, die er für "wissenschaftlich" hielt – später allerdings verloren sich diejenigen, die sie popularisierten, in "blosser Apologetik" –, als auch ein "Alltagsbewusstsein", das den bürgerlichen UnternehmerInnen einen Rahmen zur Verfügung stellt, ihre Gewinne zu kalkulieren, und das unbewusst von David Ricardo oder Adam Smith geprägt war (zumindest bis der Thatcherismus aufkam). Dass Marx darauf beharrte, dass (a) die klassische Ökonomietheorie einflussreiche, substanziell wissenschaftliche Errungenschaften beinhaltet, die (b) trotz allem, essentielle ideologische Grenzen, d.h. Verzerrungen, aufweist, ist vielleicht noch aufschlussreicher. Diese ideologischen Verzerrungen der klassischen Ökonomietheorie hatten laut Marx nicht direkt mit empirischen Fehlern oder Lücken in der Argumentation zu tun, sondern mit einem breit wirksamen Erkenntnisverbot. Genauer gesagt beruhten die Verzerrungen auf der Tatsache, dass sie die Kategorien der bürgerlichen politischen Ökonomie als Basis aller ökonomischen Kalkulation stilisierten und sich weigerten, deren historische Determiniertheit bezüglich ihrer Ausgangspunkte und Prämissen zu erkennen. Von einer anderen Seite aus betrachtet sind die ideologischen Verzerrungen aber auch durch die Auffassung entstanden, dass die wirtschaftliche Entwicklung mit der kapitalistischen Produktionsweise bislang nicht nur ihren Höhepunkt (Marx stimmte dem zu), sondern auch ihren logischen Endpunkt erreicht hat. Danach könnte es keine neuen Formen ökonomischer Verhältnisse mehr geben und kapitalistische Produktionsbeziehungen würden ewig weiterbestehen.

Die Verzerrungen innerhalb der bürgerlichen theoretischen Ideologie in ihrer eher "wissenschaftlichen" Ausprägung wären, um ganz präzise zu sein, real und substanziell. Sie unterminierten aber die ideologische Gültigkeit nur geringfügig, die nicht einfach deshalb als "falsch" bezeichnet werden könnte, weil sie durch den Horizont des bürgerlichen Denkens begrenzt ist. Andererseits schränkten diese Verzerrungen die wissenschaftliche Gültigkeit und Fähigkeit der bürgerlichen Ideologie darin ein, über gewisse Punkte hinauszugehen und innere Widersprüche aufzulösen. So wäre es zudem unmöglich, soziale Beziehungen ausserhalb ihrer Repräsentation im Ideologischen zu denken.

Das Verhältnis zwischen Marx und den klassischen Ökonomen steht für ein sehr viel komplexeres Verständnis von der Relation zwischen "Wahrheit" und "Unwahrheit" innerhalb des sogenannten wissenschaftlichen Denkens, als dies von vielen KritikerInnen angenommen wird. Und in der Tat haben die kritischen TheoretikerInnen im Verlangen nach grösserer theoretischer Schärfe – einer absoluten Trennung zwischen "Wissenschaft" und "Ideologie" und einem klaren epistemologischen Bruch zwischen "bürgerlichen" und "nicht-bürgerlichen" Ideen – diese Verhältnisse simplifiziert, die Marx eher praktisch etablierte als theoretisierte (Marx benutzte die klassische Ökonomie gleichzeitig als Unterstützerin und Widersacherin). Wir können die spezifischen "Verzerrungen" umbenennen, die Marx der klassische Ökonomie vorwarf, um uns später an deren allgemeine Anwendbarkeit zu erinnern. Marx erkannte in ihnen die "Eternalisierung" von Beziehungen, die in Wahrheit von ihrer historischen Situiertheit abhängig sind, und einen "Naturalisierungseffekt": Produkte einer spezifischen, historischen Entwicklung werden als universell gültig behandelt und als nicht von historischen Prozessen, sondern von der "Natur" selber hervorgerufen wahrgenommen.

Die umstrittensten Punkte – die "Unwahrheit" oder die Verzerrung der Ideologie – können wir auch von einem anderen Standpunkt aus betrachten. Es ist bekannt, dass Marx die spontanen Kategorien vulgärbürgerlichen Denkens in Verbindung brachte mit ihrem Verhaftetsein in den "Oberflächenstrukturen" des kapitalistischen Kreislaufs. Marx erkannte, dass dem "Markt" und dem "Tausch über den Markt" nur dort Bedeutung zugemessen wird, wo Dinge verkauft und Profite gemacht werden. Dieser Ansatz lässt nach Marx den kritischen Bereich – "den versteckten Aufenthaltsort" – der kapitalistischen Produktion selbst ausser acht. Einige von Marx' wichtigsten Formulierungen leiten sich aus diesem Argument ab.

Zusammengefasst besagt das Argument Folgendes: Der Tausch über den Markt scheint die wirtschaftlichen Prozesse im Kapitalismus zu beherrschen und zu regulieren. Die Marktbeziehungen werden von einer Anzahl von konstituierenden Elementen getragen, die in jedem Diskurs erscheinen (und repräsentiert werden), der die kapitalistische Zirkulation aus der Perspektive des Marktes erklärt. Der Markt bringt unter den Bedingungen eines gleichberechtigten Tausches KonsumentInnen und ProduzentInnen zusammen, die sich – die "unsichtbare Hand des Marktes" vorrausgesetzt – nicht kennen und auch nicht kennen müssen. Auf ähnliche Weise bringt der Arbeitsmarkt die Menschen, die etwas zu verkaufen haben (Arbeitskraft) mit denjenigen zusammen, die (mit ihren Löhnen) etwas kaufen möchten. So wird ein "fairer Preis" ausgehandelt. Da der Markt auf magische Art und Weise funktioniert und die Bedürfnisse und deren Befriedigung "blind" harmonisiert, scheint es keine Zwänge zu geben. Wir können "wählen", ob wir etwas kaufen oder verkaufen wollen oder nicht, und nehmen wohl oder übel auch die entsprechenden Konsequenzen in Kauf. Diese sind aber in den Diskursen über den Markt, die sich mehr mit den positiven Seiten der freien Wahl als mit seinen negativen Auswirkungen beschäftigen, eher unterrepräsentiert. KäuferInnen wie VerkäuferInnen müssen weder über guten Willen, Nächstenliebe oder Zugehörigkeitsgefühle verfügen, um sich im Spiel des Marktes zu behaupten. Der Markt funktioniert demnach am besten, wenn jede am Handel beteiligte Partei nur die eigenen Interessen direkt verfolgt. Es ist ein System, das nur durch die realen und praktischen Imperative des Eigeninteresses angetrieben wird. Alles in allem kann eine gewisse Befriedigung erreicht werden: Die KapitalistInnen stellen Arbeitskraft ein und machen ihre Profite, die ImmobilienbesitzerInnen vermieten ihr Eigentum und verdienen an der Miete, die ArbeiterInnen bekommen ihren Lohn und können sich damit die Waren kaufen, die sie brauchen.

Der Tausch über den Markt "erscheint" aber auch in einem ganz anderen Sinn. Er ist der Teil des kapitalistischen Kreislaufs, den alle wahrnehmen können und täglich erleben. Ohne Kauf und Verkauf würden wir in einer Geldwirtschaft schnell zu einem physischen und sozialen Stillstand kommen. Solange wir nicht in andere Bereiche des kapitalistischen Prozesses involviert sind, verstehen wir nicht notwendigerweise viel von den anderen Teilen des Kreislaufs, die für die Vermehrung des Kapitals und für die Reproduktion und Expansion des gesamten Prozesses nötig sind.

Aber solange keine Waren produziert werden, gibt es auch nichts zu verkaufen; nach Marx liegt die Ausbeutung der Arbeitskraft jeder Produktion zugrunde. Die Art der "Ausbeutung", die die Marktideologie noch am besten fassen kann, ist der "Wucher", der die Marktpreise unverhältnismässig in die Höhe treibt. Zusammengefasst ist der Markt also der Teil des Systems, der überall angetroffen und erfahren wird: der offensichtliche, sichtbare Teil, der ständig in Erscheinung tritt.

Es ist durchaus möglich, diese generativen Kategorien, die auf dem Tausch über den Markt basieren, auch auf andere Bereiche des sozialen Lebens zu übertragen, die nach dem gleichen Prinzip funktionieren. Das ist genau das, was Marx in einer zu Recht berühmten Passage darlegt:

"Die Sphäre der Zirkulation oder des Warenaustausches, innerhalb deren Schranken Kauf und Verkauf der Arbeitskraft sich bewegt, war in der Tat ein wahres Eden der angeborenen Menschenrechte. Was allein hier herrscht, ist Freiheit, Gleichheit, Eigentum und Bentham. Freiheit! Denn Käufer und Verkäufer einer Ware, z.B. der Arbeitskraft, sind nur durch ihren freien Willen bestimmt. Sie kontrahieren als freie, rechtlich ebenbürtige Personen. Der Vertrag ist das Endresultat, worin sie ihren beiden 'Willen' einen gemeinsamen Rechtsausdruck geben. Gleichheit! Denn sie beziehen sich nur als Warenbesitzer aufeinander und tauschen Äquivalent für Äquivalent. Eigentum! Denn jeder verfügt nur über das Seine. Bentham! Denn jedem von den beiden ist es nur um sich zu tun. Die einzige Macht, die sie zusammen und in ein Verhältnis bringt, ist die ihres Eigennutzes, ihres Vorteils, ihrer Privatinteressen." (Marx, 1972)

Unsere Vorstellungen von "Freiheit", "Gleichheit", "Eigentum" und "Bentham" (d.h. Individualismus) sind die herrschenden, ideologischen Prinzipien des bürgerlichen Wörterbuchs und die politischen Schlüsselthemen, die in unserer Zeit unter der Schirmherrschaft von Margaret Thatcher und dem Neo-Liberalismus eine machtvolle Rückkehr zum Ideologischen erlebten. Sie lassen sich möglicherweise von unserem alltagspraktischen, vom "Common Sense" gesteuerten Denken über die Marktwirtschaft ableiten. So entstehen aus der täglichen, profanen Erfahrung die mächtigen Kategorien bürgerlich legalen, politischen, sozialen und philosophischen Denkens. Das ist der entscheidende "locus classicus" der Debatte, Ausgangspunkt für viele von Marx' Thesen, die zum umkämpften Terrain der Ideologietheorie wurden: Erstens etablierte Marx als "Quelle" von Vorstellungen einen bestimmten Punkt oder Moment innerhalb der ökonomischen Kapitalzirkulation. Zweitens zeigte er auf, wie die Übersetzung von ökonomischen in ideologische Kategorien beeinflusst werden kann: vom "Austausch von Gleichwertigem über den Markt" zur bürgerlichen Auffassung von "Freiheit" und "Gleichheit", von obligatorischem Besitz der Tauschmittel zu legalen Eigentumsrechten. Drittens definierte er präzise, was er unter dem Begriff "Verzerrung" versteht, wenn das Verlassen des Tauschplatzes im Kapitalkreislauf ein ideologischer Prozess ist. Dieser ideologische Prozess "verunklart, versteckt, verbirgt" (all diese Worte gebraucht Marx selbst) eine weitere Reihe von Beziehungen: Und zwar die Beziehungen, die an der Oberfläche nicht sichtbar und am "versteckten Auftenthaltsort" der Produktion verborgen sind (wo das Eigentum, der Besitz, die Ausbeutung von LohnarbeiterInnen und die Enteignung des Mehrwerts stattfindet). Die ideologischen Kategorien "verdecken" die ihnen zugrundeliegende Realität und ersetzen diese durch die "Wahrheit" der Marktbeziehungen. Alles in allem enthält die hier erläuterte Marx-Passage alle sogenannten "Kardinalsünden" der klassisch marxistischen Ideologietheorie: den ökonomischen Reduktionismus, die zu simpel gefasste Entsprechung zwischen ökonomischer und politischer Ideologie, das unterscheidende Setzen von "wahr" vs. "falsch", Realität vs. Verzerrung und "richtiges" vs. falsches Bewusstsein. Es scheint mir jedoch möglich, diese Passage aus der Perspektive zeitgenössischer Kritik neu zu lesen, indem (a) einige der tiefen Einsichten des Originals bewahrt und (b) sie gleichzeitig durch den Gebrauch neuerer Ideologietheorien erweitert werden.

Die kapitalistische Produktion wird in Marx' Terminologie als Kreislauf definiert. Aber dieser Kreislauf erklärt nicht nur Produktion und Konsumtion, sondern auch die Reproduktion – die Art und Weise, die die Bedingungen für die Aufrechterhaltung des Kreislaufs nachhaltig garantiert. Jedes dieser Momente ist für die Generierung und Realisierung von Wert ausschlaggebend. Gleichzeitig etabliert jedes dieser Momente einen determinierenden Rahmen für die anderen – das heisst, jedes Moment innerhalb des kapitalistischen Kreislaufs (Produktion, Konsumtion, Reproduktion) hängt von den anderen ab oder determiniert diese. Daher kann sich die Arbeitskraft, wenn nicht ein gewisser Teil des durch den Verkauf Erwirtschafteten als Lohn ausbezahlt wird, weder physisch noch sozial reproduzieren, um am nächsten Tag wieder arbeiten und kaufen zu können. So besteht auch zwischen "Produktion" und "Konsumtion" ein Abhängigkeitsverhältnis, obwohl Marx in seiner Analyse dazu tendiert, an dem vorrangigen analytischen Wert der Produktionsverhältnisse festzuhalten. (Diese Argumentation hatte schwerwiegende Konsequenzen, da MarxistInnen seitdem nicht nur der "Produktion" Priorität einräumten, sondern den Momenten der "Konsumtion" und des "Tausches" keine Bedeutung für die Theoriebildung zumassen – eine fatale, einseitige und produktivistische Lesart.)

Der eben beschriebene kapitalistische Kreislauf kann allerdings ideologisch auf verschiedene Weisen dargestellt werden; darauf beharren auch die modernen

IdeologietheoretikerInnen – im Gegensatz zur vulgären Ideologiekonzeption, die sich auf feste und unveränderliche Beziehungen zwischen dem Ökonomischen und seinen "Ausdrucks-" bzw. Repräsentationsformen beruft. Moderne TheoretikerInnen haben oftmals mit der einfachen Annahme der ökonomischen Determination der Ideologie gebrochen, weil sie von neueren Arbeiten zu Sprach- und Diskurstheorie beeinflusst waren. Die Sprache ist das Medium par excellence, durch das die Dinge im Denken "repräsentiert" werden, und somit auch das Medium, in welchem sich Ideologie entwickelt und verändert. In der Sprache können dieselben sozialen Beziehungen jedoch unterschiedlich repräsentiert und ausgelegt werden. Die Argumentation geht in die Richtung, dass es in der Natur der Sprache liegt, nicht einen Referenten zu fixieren, sondern "multi-referenziell" zu sein: Sie kann um ein und dieselbe soziale Beziehung oder Erscheinung herum verschiedene Bedeutungen konstruieren.

Vielleicht geht Marx in der hier zur Diskussion stehenden Passage wirklich von einer festen, determinierten und unveränderlichen Beziehung zwischen dem Tausch über den Markt und dessen Manifestationen im Denken aus. Aus meinen Ausführungen geht jedoch hervor, dass ich das für unwahrscheinlich halte. Wie "Markt" meiner Ansicht nach verstanden wird, ist eine Sache in der vulgär-bürgerlichen, politischen Ökonomie und im spontanen Bewusstsein des Bürgertums und eine grundsätzlich andere in der marxistischen Ökonomietheorie. Ich würde sagen: Marx meint hier implizit, dass es recht seltsam wäre, wenn es in einer Welt, in der es Märkte gibt und in der der Tausch über den Markt das wirtschaftliche Leben beherrscht, keine Kategorie gäbe, die es uns erlaubt mit Bezug auf diese zu denken, zu sprechen und zu handeln. In diesem Sinne stehen alle ökonomischen Kategorien – ob bürgerlich oder marxistisch – für existierende soziale Beziehungen. Für mich lässt sich dieser Punkt auch von dem Argument, dass Marktbeziehungen nicht immer durch die gleichen Denkkategorien repräsentiert werden, ableiten.

Es gibt keine feste und unveränderliche Beziehung zwischen dem Markt und seiner Analyse innerhalb eines ideologischen oder erklärenden Rahmens. Wir könnten sogar sagen, dass das "Kapital" sowohl die Verdrängung des bürgerlich-politischen

Ökonomiediskurses bezweckt, mit welchem der Markt üblicherweise erklärt wird, als auch dessen Ersetzung durch ein marxistischen Marktkonzept. Wenn dieser Punkt nicht allzu wörtlich genommen wird, sind die beiden Diskurse – der bürgerliche und der marxistische – in ihren Ansätzen zum Verständnis von Ideologie gar nicht so widersprüchlich.

Was bedeutet dies dann für die "Verzerrungen" der bürgerlich-politischen Ökonomie als einer Ideologie? Diese Frage kann dahingehend beantwortet werden, dass die bürgerlich-politische Ökonomie, seit Marx sie als "verzerrt" bezeichnete, "falsch" sein muss. Das heisst, dass diejenigen, die ihre Beziehungen zum wirtschaftlichen Leben ausschliesslich innerhalb der bürgerlich-politischen Denk- und Erfahrungskategorien leben, per definitionem ein "falsches Bewusstsein" haben.

Aber auch hier müssen wir auf der Hut sein vor zu eiligen Schlussfolgerungen. Denn Marx machte eine wichtige Unterscheidung zwischen den "vulgären" und den fortschrittlicheren Versionen der politischen Ökonomie, wie zum Beispiel der von Ricardo, der Marx deutlich einen "wissenschaftlichen Wert" attestierte. Die Frage jedoch bleibt: Was meint Marx in diesem Zusammenhang mit "falsch" und "verzerrt"?

Es kann schwerlich sein, dass er der Ansicht war, der "Markt" exisitiere nicht wirklich; dafür ist alles viel zu real. Aus einem bestimmten Blickwinkel ist der Markt sogar das Schmieröl des Kapitalismus. Ohne ihn hätte der Kapitalismus den feuda-listischen Rahmen niemals sprengen können und ohne seinen unablässigen Fort-bestand würden die Kapitalkreisläufe zu einem abrupten und für sie desaströsen Stillstand kommen. Ich glaube, das die Begrifflichkeiten von "falsch" und "ver-zerrt" für uns nur dann Sinn machen, wenn wir uns den ökonomischen Kreislauf, der ja aus unterschiedlichen, nicht zusammenhängenden Momenten besteht, durch die Betrachtung jeweils nur eines dieser Momente vergegenwärtigen.

Wenn wir aber in unserer Erklärung wirklich nur ein Moment bevorzugen und dabei nicht das differenzierte Ganze oder "Ensemble" im Blick behalten oder wenn wir in Kategorien denken, die sich zwar nur für die Untersuchung von einzelnen Momenten eignen, aber den gesamten Prozess erklären wollen, dann geraten wir in die Gefahr der "einseitigen Darstellung", wie Marx sie (nach Hegel) bezeichnet hätte.

Einseitige Erklärungen sind immer eine "Verzerrung"; nicht in dem Sinne, dass sie Lügen über das System verbreiten, sondern weil eine "Halb-Wahrheit" niemals die ganze Wahrheit sein kann. In solchen Erklärungen, die nur eingeschränkt adäquat sind und darum "falsch", ist immer nur ein Teil des Ganzen repräsentiert. Auch wenn man nur "Marktkategorien und -konzepte" verwendet, um den kapitalistischen Kreislauf als Ganzes zu verstehen, werden viele seiner Aspekte nicht sichtbar. Analog dazu verschleiern und mystifizieren die Kategorien des Tausches über den Markt unser Verständnis des kapitalistischen Prozesses: das heisst, sie verunmöglichen es uns, die unsichtbaren Aspekte zu erkennen oder zu formulieren.

Haben dann Arbeiter und Arbeiterinnen, deren Beziehungen zum kapitalistischen Produktionskreislauf sich ausschliesslich in den Kategorien des "fairen Preises" und "fairen Lohns" entfalten, ein "falsches Bewusstsein"? Die Antwort ist ja, wenn wir davon ausgehen, dass es in ihrer Situation etwas gibt, das sie mit den Kategorien, in denen sie denken, nicht begreifen können, etwas, das in dem Prozess als Ganzem systematisch etwas verbirgt, weil die verfügbaren Konzepte ihnen lediglich eine Ahnung der vielgestaltigen Momente des Prozesses vermitteln. Die Antwort ist nein, wenn wir davon ausgehen, dass die ArbeiterInnen über das, was im Kapitalismus vorgeht, vollkommen und total getäuscht werden. Die Unwahrheit entsteht nicht durch die Tatsache, dass der Markt eine Illusion oder ein Taschenspielertrick ist, sondern dadurch, dass er einen Prozess inadäquat erklärt. Der Markt hat sich, obwohl selbst nur ein Teil des Prozesses, als Ganzes gesetzt – ein Vorgang, den die Linguistik "Metonymie" nennt und der in Anthropologie, Psychoanalyse und in Marx' Werk (hier mit spezifischer Bedeutung) als "Fetischismus" bezeichnet wird. Die anderen "vergessenen" Momente des Kreislaufes sind unbewusst. Unbewusst allerdings nicht im Freud'schen Sinne, da sie nicht aus dem Bewusstsein verdrängt wurden, sondern solange sie für die Konzepte und Kategorien, die wir anwenden, unsichtbar sind. Dies hilft uns auch, die sonst höchst verwirrende Terminologie im "Kapital" zu klären hinsichtlich dessen, was "an der Oberfläche erscheint" (was manchmal als "blosses Phänomen", als nicht besonders wichtig oder real bewertet wird) und was "darunter verborgen" liegt bzw. was in die Struktur eingebettet ist und darum nicht an der Oberfläche erscheint. Es ist wichtig zu erkennen, dass – wie es das Tausch/Produktionsbeispiel klar macht – "Oberfläche" und "Phänomen" in ihrem ursprünglichen Wortsinn nicht gleichzusetzen sind mit "Unwahrheit" und "Illusion".

Der Markt ist nicht mehr und nicht weniger "real" als andere Aspekte – die Produktion zum Beispiel. Produktion beschreibt in Marx' Terminologie nur den Ort, an dem wir die Analyse des Kreislaufs beginnen sollten: "Der Akt, durch welchen der ganze Prozess wieder seinen Lauf nimmt" (Marx, 1971). Die Produktion ist allerdings nicht unabhängig vom Kreislauf, da die im Markt erzielten Profite und die angestellte Arbeitskraft wieder in die Produktion zurückfliessen müssen. So beschreibt der Begriff "wahr" lediglich eine gewisse theoretische Vorrangstellung, die die marxistische Analyse der Produktion einräumt. In jedem anderen Sinn ist der Tausch über den Markt ein ebenso materiell realer Prozess und eine vollkommen "wahre" Anforderung des Systems wie jeder andere konstitutive Teil des Kreislaufs auch: Sie alle sind "Momente eines einzigen Prozesses" (Marx, 1971).

Die Begriffe "Erscheinung" und "Oberfläche" sind ebenso problematisch. Erscheinungen können "Falsches" suggerieren: Oberflächenformen scheinen nicht so tief zu reichen wie "Tiefenstrukturen". Diese linguistischen Konnotationen haben einen unglückliche Wirkung, weil sie uns dazu verleiten, die einzelnen Momente als mehr oder weniger "real" oder "wichtig" zu werten. Aber von einem anderen Standpunkt aus ist das, was an der Oberfläche ist und was ständig erscheint, das tagtäglich Sichtbare, das, was wir selbstverständlich für die offensichtliche und manifeste Form des Prozesses halten. Es verwundert daher nicht, dass wir spontan jene Dinge mit dem kapitalistischen System assoziieren, mit denen wir ständig zu tun haben und die klar ihre Gegenwart markieren. Welche Chance hat schon der Gedanke an das Ausgebeutet-Sein durch "Mehrarbeit" gegenüber den harten Fakten: dem Lohn in der Tasche, den Ersparnissen auf der Bank, den

Münzen im Automat und dem Geld in der Kasse? Nicht einmal Nassau Senior, ein Ökonom des 19. Jahrhunderts, konnte die Stunde des Arbeitstags festmachen, in der die ArbeiterInnen für die Schaffung von Mehrwert und nicht für ihre eigene Existenzsicherung arbeiteten.

In einer durch monetäre Wirtschaft gesättigten Welt, die dazu noch an jeder Stelle durch Geld vermittelt wird, ist die "Markterfahrung" die unmittelbarste, tägliche und umfassendste Weise, in der für alle das wirtschaftliche System erfahrbar ist. Deshalb ist es nicht überraschend, dass wir den Markt als selbstverständlich hinnehmen und nicht danach fragen, wie er möglich wird bzw. auf welchen Fundamenten und Prämissen er beruht. Es ist weiter auch nicht verwunderlich, dass die Masse der arbeitenden Klasse über keine Konzepte verfügt, die es ihr erlauben würden, an einem unerwarteten Punkt in den Prozess einzugreifen, Fragen anders zu stellen und das an die Oberfläche zu bringen, was von der überwältigenden Faktizität des Marktes verdeckt gehalten wird. Es liegt auf der Hand, weshalb wir, ausgehend von eben beschriebenen, fundamentalen Kategorien, für die wir umgangssprachliche Worte, Redewendungen und idiomatische Ausdrücke im praktischen Bewusstsein gefunden haben, ein Modell anderer sozialer und politischer Beziehungen entwickeln sollten. Nach allem was wir gesehen haben, gehören diese Beziehungen ja zum gleichen System und scheinen gemäss dessen Vorgaben zu funktionieren. So kommt es, dass wir in der "freien Wahl" des Marktes das materielle Symbol abstrakterer Freiheiten und im immanenten Konkurrenzkampf um den Marktvorteil, der nur den Eigeninteressen folgt, die Repräsentation von Natürlichkeit, Normalität und Universalität der "menschlichen Natur" erkennen.

Ausgehend von dieser Neuinterpretation der Bedeutung von Marx' Passage, die ich hier vorgestellt habe, möchte ich unter Bezugnahme auf die neuere Kritik und Theorie versuchen, einige Schlüsse ziehen. Die Analyse ist nicht länger durch die Unterscheidung zwischen dem "Realen" und dem "Falschen" geprägt. Die verschleiernden oder mystifizierenden Effekte der Ideologie werden heute weder als Trick oder magische Illusion betrachtet noch werden sie einfach dem falschen

Bewusstsein zugeschrieben, in dem unsere "armen, geknechteten und untheoretischen ProletarierInnen" auf ewig eingeschlossen sind.

Die Beziehungen, in denen Menschen leben, sind "reale Beziehungen". Menschen benutzen Begriffe und Kategorien, um diese Beziehungen fassen und im Denken artikulieren zu können. Hier begeben wir uns möglicherweise auf einen Weg, der die Betonung ganz anders setzt als der klassische "Materialismus": Die ökonomischen Beziehungen selber können keine letztgültige, festgefügte und unveränderliche Form für die Konzeptualisierung dieser "realen Beziehungen" vorgeben; diese können vielmehr von unterschiedlichen ideologischen Diskursen "ausgedrückt" werden. Darüberhinaus können diese Diskurse das konzeptuelle Modell "Ökonomie" verwenden und es gegen andere, strenger "ideologische" Bereiche eintauschen. Aus dem Ursprungsmodell könnte sich zum Beispiel ein Diskurs entwickeln – wie z.B. der moderne Monetarismus –, der den hohen Wert der "Freiheit" vom Zwang ableitet, der Männer und Frauen tagtäglich auf den Arbeitsmarkt bringt. Wir haben auch die Unterscheidung zwischen "wahr" und "falsch" hinter uns gelassen und sie mit anderen, präziseren Begriffen wie "partiell" und "adäquat", "einseitig" und eine "in sich differenzierte Totalität" ersetzt. Zu behaupten, dass uns ein theoretischer Diskurs befähigt, eine konkrete Beziehung "im Denken" adäquat zu fassen, heisst: Der Diskurs stellt uns einen vollständigeren Zugriff auf die unterschiedlichen Relationen, aus denen sich eine Beziehung zusammensetzt, und auf die vielen Determinanten, die ihre Existenz bedingen, zur Verfügung. Das bedeutet, dass unser Zugriff im Gegensatz zu früheren schmalspurigen und einseitigen Abstraktionen konkreter und ganzheitlicher wird. Einseitige, teilerhellende Erklärungsweisen, pars-pro-toto-Konstrukte, die uns lediglich erlauben, einzelne Elemente zu beleuchten (den Markt zum Beispiel) und die sich exakt mit dieser Begründung als nicht adäquat erklären, können als "falsch" betrachtet werden. Genaugenommen ist der Begriff des "Falschen" jedoch missverständlich, wenn wir mit ihm eine simple alles-oder-nichts-Unterscheidung zwischen dem Wahren und dem Falschen bzw. zwischen Wissenschaft und Ideologie vornehmen. Erklärungen des Sozialen lassen sich glücklicher- oder unglücklicherweise selten so einfach schubladisieren.

In meinem "Neu-Lesen" der Ideologiefrage habe ich versucht, einige Nebenthesen der neueren Theorien über "Ideologie" mit an Bord zu nehmen und zu erkennen, in welchem Umfang sie mit Marx' originärer Formulierung unvereinbar sind. Wie wir gesehen haben, bezieht sich mein Erklärungsansatz sowohl auf Vorstellungen, Begriffe, Ideen, Kategorien, Terminologie als auch auf Bilder und Symbole (wie z.B. Geld, die Lohntüte oder Freiheit), die uns erlauben "gedanklich" einige Aspekte eines gesellschaftlichen Prozesses zu erfassen. Sie machen es uns und anderen möglich, die Funktionsweise des Systems zu verstehen.

Der besagte Prozess – die kapitalistische Produktion und der Tausch – kann durch verschiedene "Repräsentationssysteme" in einem jeweils anderen ideologischen Rahmen ausgedrückt werden. Es gibt den Diskurs des "Marktes", den der "Produktion" und den des "Kreislaufs": Jeder dieser Diskurse produziert eine andere Definition des Systems und weist uns auch einen anderen Platz zu – als ArbeiterInnen, KapitalistInnen, LohnarbeiterInnen, LohnsklavInnen, ProduzentInnen, KonsumentInnen etc. Jeder Diskurs situiert uns also als soziale Akteurin, als sozialer Akteur oder als Mitglied einer sozialen Gruppe mit einer bestimmten Beziehung zum kapitalistischen Prozess und schreibt uns bestimmte soziale Identitäten ein. Anders gesagt positionieren uns die gängigen ideologischen Kategorien gemäss der durch den Diskurs diktierten Darstellung des Prozesses. Das bedeutet, dass diejenigen Arbeiter und Arbeiterinnen, die ihre Existenzweise im kapitalistischen Prozess als "KonsumentInnen" begreifen und auf diese Weise in das System eintreten, am Prozess durch unterschiedliche Praktiken teilhaben; Praktiken, die von der ins System eingeschriebenen "FacharbeiterIn" bis zur nicht ins System eingeschriebenen "Hausfrau" reichen. Alle diese Einschreibungen haben reale Wirkungen: Sie produzieren materielle Unterschiede, da unser Handeln in bestimmten Situationen von unserer Definition dieser Situation abhängt.

Ich glaube, dass weitere Thesen zur Ideologie, die in den letzten Jahren stark umstritten waren, auf eine ähnliche Weise "neugelesen" werden können: die Klassendeterminierung von Ideen und der direkte Zusammenhang zwischen den "herrschenden Ideen" und den "herrschenden Klassen". Laclau (1977) thematisierte die Unhaltbarkeit der These, dass Klassen als solche Subjekte von festen oder zugeschriebenen Klassenideologien seien. Weitergehend demontierte er die Auffassung, dass bestimmte Ideen und Vorstellungen ausschliesslich zu einer bestimmten Klasse "gehören". Mit nachhaltiger Wirkung zeigte er auf, dass das Bild einer eingeschriebenen Klassenideologie, die mit einer sozialen Formation in direktem Zusammenhang steht, falsch ist. Er belegte den Widerspruch zwischen der Annahme, dass bestimmte Ideen permanent im Besitz einer bestimmten Klasse sind, und unserem Wissen über das Wesen der Sprache und der Diskursivierung. Ideen und Vorstellungen erscheinen weder in der Sprache noch im Denken einzeln und isoliert; weder ihr Inhalt noch ihre Referenzpunkte sind irreversibel. Sprache ist durch die Art und Weise, wie bestimmte Bedeutungen und Referenzen historisch festgelegt werden, im weitesten Sinn Medium der praktischen Vernunft, des Bewusstseins und der Berechnung. Ihre Stichhaltigkeit hängt von der "Logik" ab, die Thesen zu einer Bedeutungskette verbindet, die soziale Konnotationen und historische Bedeutungen ineinanderfallen und sich gegenseitig reflektieren lässt. Darüberhinaus kann eine solche Kette nie, weder in ihrem internen Bedeutungszusammenhang noch hinsichtlich der sozialen Gruppen und Klassen, zu denen sie "gehört", dauerhaft festgelegt werden. Im anderen Fall wäre jede Vorstellung von ideologischem Kampf und Bewusstseinsveränderung — eine zentrales Thema für die Politik jedes marxistischen Projekts — lediglich eine leere Heuchelei, ein Totentanz rhetorischer Figuren.

Das Feld des Ideologischen ist immer ein Feld von "sich überschneidenden Gewichtungen" und "ein Schnittpunkt aus unterschiedlich orientierten gesellschaftlichen Interessen", weil Sprache als Medium des Denkens und der ideologischen Berechnung "multi-akzentual" ist, wie es Volosinov formulierte:

"Denn auch die verschiedenen Klassen benutzen ein und dieselbe Sprache. Infolgedessen überschneiden sich in jedem ideologischen Zeichen unterschiedlich orientierte Akzente. Das Zeichen wird zur Arena des Klassenkampfes. (...) Ein Zeichen, das aus der Spannung des sozialen Kampfes ausgesondert wird und sich sozusagen ausserhalb des Klassenkampfes befindet, muss notwendigerweise verkümmern, zur Allegorie degenerieren und zum Objekt nicht eines lebendigen Verständnisses, sondern der Philologie werden." (Volosinov, 1975)

Dieser Ansatz ersetzt die Vorstellung von festen ideologischen Bedeutungen und den Klassen zugeschriebenen Ideologien durch die Begriffe "ideologischer Kampfschauplatz" und das Ziel "ideologische Veränderung". Die allgemeine Entwicklung bewegt sich in diese Richtung: weg von einer abstrakt- allgemeinen Ideologietheorie und hin zur konkreteren Analyse der Frage, wie in einer spezifischen historischen Situation Ideen "Massen organisieren und ein Terrain schaffen, auf dem sich Menschen bewegen, Bewusstsein über ihre Position erlangen, kämpfen usw." (Gramsci, 1971). Dieses Zitat belegt, dass Gramscis Arbeiten für die Entwicklung marxistischen Denkens im Bereich des Ideologischen von zentraler Bedeutung ist. Eine der Konsequenzen dieser Art revisionistischer Arbeit ist oft gewesen, gleichzeitig das "Problem" der Klassenstruktur des Ideologischen und die Frage, wie Ideologie in soziale Kämpfe eingreift, aufzugeben. Dieser Ansatz ersetzt meistens die inadäquate Vorstellung, dass Ideologien Klassen en bloc eingeschrieben sind, durch die ebenso unbefriedigende "diskursive" Annahme, die das völlig freie Fliessen aller ideologischen Elemente und des Diskurses behauptet. Das Bild von grossen, unbeweglichen Klassenbataillonen, die das in sie eingeschriebene ideologische Marschgepäck und ihre ideologischen Mannschaftsfarben mit auf den Kampfplatz bringen, wie Poulantzas es einmal ausdrückte, wird hier durch die Unendlichkeit subtiler Variationen ersetzt, in denen die Elemente eines Diskurses spontan erscheinen, um – abgesehen von den Rahmenbedingungen diskursiver Operationen – ohne materielle Zwänge kombiniert und rekombiniert zu werden.

Die Annahme, dass der Begriff "Demokratie" keine festgeschriebene Bedeutung hat, die ausschliesslich dem Diskurs der bürgerlichen Formen politischer Repräsentation eingeschrieben ist, ist vollkommen richtig. Im Diskurs des "Freien Westens" hat "Demokratie" längst nicht die gleiche Bedeutung wie für den "volksdemokratischen" Kampf oder die Ausweitung des demokratischen Inhalts politischen Lebens.

Wir dürfen nicht zulassen, dass sich der Diskurs der Rechten den Begriff "Demokratie" vollständig aneignet. Im Gegenteil, wir müssen einen strategischen Gegenentwurf zum Konzept "Demokratie" selbst entwickeln, was natürlich nicht eine lediglich "diskursive Operation" ist.

Machtvolle Symbole und Slogans, die stark positiv politisch aufgeladen sind, wechseln nicht einfach so innerhalb von Sprache und ideologischer Repräsentation die Seiten. Die Enteignung des Demokratiebegriffs muss durch bestimmte, polemische Formen der ideologischen Kampfführung aufgehalten werden: Eine neue Bedeutung des Begriffs ausgehend vom öffentlichen Bewusstsein muss entwickelt und durch die Logik eines anderen politischen Diskurses ersetzt werden. Auch Gramsci vertrat den Standpunkt, dass der ideologische Kampf, der ein ganzheitliches, integrales, klassenbezogenes Denken nur durch ein anderes fertig etabliertes, ausgereiftes Ideensystem ersetzt, nicht funktionieren kann:

"Was wirklich zählt, ist die Kritik, der ein solcher ideologischer Komplex durch die ersten Repräsentanten einer neuen historischen Phase unterzogen wird. Diese Kritik ermöglicht einen Differenzierungsprozess sowie eine Veränderung des relativen Gewichts, das die Elemente der alten Ideologie besassen. Was vorher sekundär, untergeordnet oder sogar zufällig war, wird jetzt an erste Stelle gesetzt und zum Nukleus eines neuen ideologischen und theoretischen Gebäudes. Der alte Kollektivwille löst sich in seine widersprüchlichen Elemente auf, da sich vorher untergeordnete Einzelwillen gesellschaftlich entwickeln etc."
(Gramsci, 1971)

Kurz gesagt ist seine Konzeption des ideologischen Kampfes die eines "Stellungskriegs". Das beinhaltet auch, die unterschiedlichen Konzeptionen von "Demokratie" innerhalb eines ganzen Bündel damit verbundener Vorstellungen zu artikulieren. Und das heisst auch, den Prozess ideologischer De- und Rekonstruktion mit organisierten, politischen Positionen und sozialen Kräften in Zusammenhang zu bringen. Ideologien werden nicht deshalb als eine materielle Kraft wirksam, weil sie aus den Bedürfnissen klar umrissener, sozialer Klassen hervorgehen. Denn auch das

Gegenteil ist wahr – obwohl es die Beziehung zwischen den Ideen und den sozialen Kräften umkehrt. Zusammengefasst kann keine ideologische Konzeption je materiell wirksam werden, solange sie nicht einen Zusammenhang mit den Kräften des politischen und sozialen Felds sowie mit den Kämpfen zwischen den unterschiedlichen betroffenen Kräften herstellt.

Es ist sicher nicht unbedingt eine Form von vulgärem Materialismus zu sagen, dass Ideen aus den materiellen Existenzbedingungen sozialer Gruppen und Klassen "entstehen" und diese "reflektieren können", obwohl wir sie nicht einer Klassenposition innerhalb einer bestimmten bestehenden Kombination zuschreiben können. In diesem – historischen – Sinne mag es durchaus bestimmte "tendenzielle Prädispositionen" geben: Manche erleben die moderne kapitalistische Entwicklung als "den Laden um die Ecke" und neigen deshalb dazu, sich den ganzen fortgeschrittenen Wirtschaftskapitalismus als "Laden um die Ecke" vorzustellen. Ich denke, das ist es, was Marx in "Der achtzehnte Brumaire" meinte: Es sei nicht nötig, dass Menschen wirklich zur alten kleinbürgerlichen Schicht gehören, um mit kleinbürgerlichen Vorstellungen zu liebäugeln. Trotzdem gäbe es eine Beziehung oder eine Tendenz zwischen der objektiven Position der betreffenden Menschen und dem Denkhorizont, zu welchem sie sich "spontan" hingezogen fühlen. Damit artikulierte Marx eine klare Meinung zu "charakteristischen Formen des Denkens", die als geeignete Idealtypen für eine bestimmte Position innerhalb der sozialen Struktur galten. Sein Urteil war ganz und gar keine simple Gleichsetzung zwischen Klassenposition und Vorstellungen in der konkreten historischen Realität. Das Wichtige an "tendenziellen historischen Verhältnissen" ist, dass nichts an ihnen unvermeidlich, notwendig oder für immer festgelegt ist. Diese tendenziellen Kraftlinien schreiben lediglich das temporäre "Gegeben-Sein" des historischen Terrains fest.

Sie bezeichnen die historisch gewachsene Struktur des Terrains. Es ist somit sehr gut möglich, der Idee der "Nation" eine fortschrittliche Bedeutung und Konnotation zuzusprechen, da sie für Gramsci einen nationalpopulistischen Kollektivwillen verkörpert. Es ist aber nicht von der Hand zu weisen, dass die Idee der "Nation" in einer Gesellschaft wie der britischen durchgängig von den Rechten besetzt worden ist. Die Vorstellungen von "nationaler Identität" und "nationaler Grösse" sind eng mit der imperialen Grossmachtstellung verbunden, die die Spur von vier Jahrhunderten Kolonialgeschichte, Weltmarktbeherrschung, imperialistischer Expansion und globaler Schicksalsmacht über sog. "native peoples" in sich trägt und die unauflöslich an rassistische Konnotationen geknüpft ist. Es ist daher kaum möglich, eine begriffliche Verbindung zwischen "Grossbritannien" und sozialer Radikalität oder Demokratie herzustellen. Die imperialistischen Assoziationen müssen nicht für alle Zeiten gültig bleiben, aber sie sind sehr schwer aufzubrechen, weil der historische Prozess das ideologische Terrain dieses spezifischen sozialen Gebildes nachhaltig geprägt und strukturiert hat. Solche historischen Verbindungen definieren die Art und Weise, wie das ideologische Terrain einer bestimmten Gesellschaft angelegt ist. Sie sind "Spuren", die Gramsci (1971) erwähnte: die "geschichteten Ablagerungen in der populären Philosophie", die zwar keinen direkten "Inhalt" mehr haben, die aber die Felder abstecken, in die sich der ideologische Kampf am ehesten hineinentwickeln wird.

Dieses Terrain war für Gramsci vor allem das Terrain des "Common Sense": Eine historische, notwendigerweise "fragmentarische, unzusammenhängende und episodische" Form des populären Denkens, die weder natürlich, allgemein gültig noch spontan ist. Das "Subjekt des Common Sense" setzt sich aus widersprüchlichen ideologischen Gebilden zusammen:

"(...) es enthält gleichzeitig steinzeitliche Elemente, Grundsätze der moderneren Wissenschaft, Vorurteile, die sich auf lokaler Ebene während aller Vergangenheitsphasen entwickelt haben, und die Utopie einer Zukunftsphilosophie: der weltweiten Vereinigung der Menschheit." (Gramsci, 1971)

Weil dieses Netzwerk aus präexistenten Spuren und Elementen des "Common Sense" für die meisten Leute das Feld des praktischen Denkens bestimmt, bestand Gramsci darauf, dass der ideologische Kampf meistens auf genau diesem Terrain stattfindet. Der "Common Sense" wäre dann der zentrale Punkt, um den sich der ideologische Kampf dreht. Im Grunde stand für Gramsci fest, "dass die Beziehung zwischen dem "Common Sense" und den höheren Ebenen der Philosophie durch die "Politik" abgesichert wird." (Gramsci S.331)

Ideen können erst dann wirksam werden, wenn sie sich mit einer spezifischen Konstellation sozialer Kräfte verbünden. In diesem Sinne ist der ideologische Kampf ein Teil des allgemeingesellschaftlichen Kampfes um Herrschaft und Führung – kurz, um Hegemonie. Für Gramsci erfordert die Etablierung von "Hegemonie" nicht einen mit vollständiger "Philosophie" ausgerüsteten Aufstieg einer Klasse zur Macht, sondern den "Prozess", in dessen Verlauf ein historischer Block sozialer Kräfte ausgebildet und dessen Vormachtstellung abgesichert wird. Unsere Vorstellung von der Beziehung zwischen den "herrschenden Ideen" und den "herrschenden Klassen" ist also am besten in den Begriffen von "hegemonialen Herrschaftsprozessen" aufgehoben.

Wenn wir aber das Problem der "Herrschaft" – der Hegemonie, Vorherrschaft und Autorität– deswegen nicht mehr behandeln, weil die ursprünglichen Fragestellungen unbefriedigend sind, schütten wir das Kind mit dem Bade aus. Die Dominanz herrschender Ideen ist nicht durch deren bereits gegebene Koppelung mit den herrschenden Klassen garantiert. Die Intention des ideologischen Kampfes ist vielmehr die wirkungsvolle Verkopplung herrschender Ideen mit dem historischen Block, der in einem spezifischen Zeitraum gerade hegemoniale Macht erlangt hat. Darum, und nicht um ein Agieren nach einem bereits fertigen Drehbuch, geht es im ideologischen Kampf.

Obwohl die Diskussion nur in Verbindung mit der Ideologiefrage geführt wurde, beinhaltet sie noch sehr viel weitreichendere damit verbundene Probleme für die Weiterentwicklung der marxistischen Theorie. Die Frage, um die es wirklich geht, ist die nach einer bestimmten Konzeption von "Theorie": Theorie als die Ausarbeitung von spezifischen Garantien. Ausserdem muss die Definition des Begriffs "Determination" neu überdacht werden. Die "Lesart", die ich hier angeboten habe, macht klar, dass der ökonomische Aspekt des kapitalistischen Produktionsprozesses die Kategorien, in welchen die Produktionskreisläufe gedacht werden (und vice versa), ideologisch eingrenzt (d.h. determiniert): Das Ökonomische stellt ein Repertoire an Kategorien zur Verfügung, die vom Denken benutzt werden. Was das Ökonomische allerdings nicht kann, ist (a) das Denken einer bestimmten sozialen Klasse oder Gruppe jederzeit inhaltlich zu füllen und (b) für auf lange Sicht festzulegen oder zu garantieren, welche Vorstellungen zu welchen Klassen gehören. Das Ökonomische determiniert das Ideologische nach a) nur insoweit, dass es die Grenzen setzt, die die Handlungsspielräume des Denkens umreissen; es liefert also lediglich das "Rohmaterial" des Denkens. Die "Existenzbedingungen" des praktischen Denkens und des Reflektierens über Gesellschaft sind von der "Zwangsjacke" der materiellen Gegebenheiten bestimmt.

Diese Konzeption von "Determinierung" weicht sowohl von der gängigen des "ökonomischen Determinismus" als auch von dem totalisierenden Blick auf die unterschiedlichen Praktiken einer sozialen Formation ab. Die Beziehungen zwischen den unterschiedlichen Praxisfeldern sind nämlich determiniert und determinieren sich gegenseitig. Die Struktur sozialer Praktiken – das Ganze – ist daher weder beständig im Fluss noch immateriell. Sie ist aber auch keine transitive Struktur, deren Verständlichkeit ausschliesslich auf der eindimensionalen Übertragung von Wirkungen – von unten nach oben – beruht. Das Ökonomische schafft es nicht, den Bereich des Ideologischen insoweit zu umschliessen, dass Auswirkungen garantiert wären. Es kann weder spezifische Übereinstimmungen sichern noch bestimmte Denkmodelle liefern, die den jeweiligen Klassen und ihrer Position im Systems entsprechen. Das ist so, weil (a) sich ideologische Kategorien gemäss ihren eigenen Evolutionsgesetzen entwickeln, herausbilden und verändern, obwohl sie natürlich nur gegebene Materialien zur Verfügung haben. Ausserdem ist das so, weil (b) die historische Entwicklung notwendigerweise "offen" ist. Wir müssen uns die Indeterminiertheit des Politischen als der Ebene, die alle anderen Ebenen des praktischen Handelns zusammenführt und deren Funktionieren in einem bestimmten Machtsystem sichert, vergegenwärtigen.

Diese relative Offenheit oder Indeterminiertheit ist für den Marxismus als Theorie notwendig. Das "Wissenschaftliche" an der marxistischen Politiktheorie besteht in dem Versuch, die Grenzen des politischen Handelns aufzuzeigen, die ihm durch das Terrain, auf dem es operiert, gesetzt werden. Dieses Terrain wird nicht von mit naturwissenschaftlicher Sicherheit voraussagbaren Kräften abgesteckt, sondern vom gerade bestehenden Gleichgewicht sozialer Kräfte und der Spezifik der konkret existierenden Konstellation. Der Marxismus ist "wissenschaftlich", weil er sich selbst als determiniert versteht und eine Praxis entwickeln will, die eine theoretische Basis hat. Nicht "wissenschaftlich" ist er allerdings in dem Sinne, dass er die politische Entwicklung und die Konsequenzen der politischen Kämpfe durch das Ökonomische für vorhersehbar hält.

Die einzige Basis für einen "Marxismus ohne Garantien" ist ein Verständnis, das "Determinierung" mit Grenzziehungen, die Festlegung von Parametern, die Definition eines Handlungsraums, konkrete Existenzbedingungen und das "Gegebensein" sozialer Praktiken zusammendenkt und sich von der absoluten Vorhersagbarkeit bestimmter Entwicklungen verabschiedet. Nur ein solches Verständnis von "Determinierung ohne garantierte Schlüsse" macht den "offenen Horizont" marxistischen Theoretisierens möglich. Das Paradigma des vollständig geschlossenen und vollständig vorhersagbaren Denksystems ist Religion oder Astrologie, nicht Wissenschaft. Aus dieser Perspektive sollten wir es vorziehen, den "Materialismus" der marxistischen Theorie als "Determination durch das Ökonomische in *erster Instanz*" aufzufassen. Entgegen allen Idealismen hatte der Marxismus sicherlich Recht darauf zu bestehen, dass sich keine soziale Praktik und Beziehung frei von den determinierenden Wirkungen konkreter Zusammenhänge entwickeln kann. Doch dürfen wir nicht vergessen, dass die These von der "Determination in *letzter Instanz*" lange Zeit als Refugium für den verlorenen Traum bzw. die Illusion theoretischer Gewissheit diente. Der Preis für diese Gewissheit war allerdings hoch: Dogmatismus, die erstarrten Rituale und das Einstimmen in den Kanon längst bekannter Wahrheiten, wurde wie all die anderen Nebenerscheinungen einer Theorie, die zu keinen neuen Einsichten fähig ist, heraufbeschworen. Dogmatismus beendet jede "Theoriebildung", jede Weiterentwicklung und Verbesserung neuer Begriffe und Erklärungen, die allein Zeichen eines lebendige Denkgebäudes sind. Nur ein lebendiges, engagiertes Denken ist in der Lage, ein Stück der Wahrheit neuer historischer Realitäten zu fassen zu kriegen.

(Erstpublikation in "Marx 100 Years On", Lawrence&Wishart, London 1983, S. 57-86. Übersetzung aus dem Englischen von Kirsten Riesselmann und Marion von Osten. Übersetzung und Abdruck erfolgen mit der freundlichen Genehmigung des Verlags)

Literaturverzeichnis

Althusser, L. (1969) For Marx, London: Allen Lane
Althusser, L. (1971) Lenin and Philosphy, London: New Left Books
Althusser, L. (1976) Essays in Self-Criticism, London: New Left Books
Althusser, L. und Balibar, E. (1970) Reading Capital, London: New Left Books
Gramsci, A. (1971) Selections from the Prison Notebooks, New York: International Publishers (zitierte Passagen übersetzt von Gabriela Meier)
Laclau, E. (1977) Politics and Ideology in Marxist Theory, London: New Left Books
Marx, K. (1972) Karl Marx, Das Kapital. Kritik der politischen Ökonomie, 1. Band, Buch I: Der Produktionsprozess des Kapitals, Berlin: Dietz Verlag
Marx, K. (1970) A Contribution to the Critique of Politcal Economy, New York: International Publishers
Marx, K. (1971) Grundrisse, New York: Harper & Row
Volosinov, V. (1975) Marxismus und Sprachphilosophie. Grundlegende Probleme der soziologischen Methode in der Sprachwissenschaft, Frankfurt a.M, Berlin, Wien: Ullstein

AutorInnen

PoYin AuYoung ist Kunsthistorikerin und -kritikerin. Sie lehrte am kunsthistorischen Institut der Cooper Union und ist Doktorandin an der City University, New York. Ihre theoretischen Arbeiten kreisen um die Themenfelder Urbanismus und Architektur, darüber hinaus schreibt sie im Feld der Kultur- und Kunstkritik für Kunstzeitschriften und - kataloge. PoYin AuYoung kuratierte Ausstellungen in Museen, Galerien und "alternative spaces". Sie lebt in New York.

Martin Beck, Künstler und Theoretiker, lebt und lehrt in Los Angeles und New York, Internationale Ausstellungsbeteiligungen und USA-Korrespondent der Zeitschrift springerin

Roderich Fabian ist Kulturjournalist und arbeitet für den Bayerischen Rundfunk sowie für diverse Zeitungen und Zeitschriften wie SZ, Spex, ME/Sounds u.a. Demnächst erscheint sein Buch "Der Kulturbursche" sowie seine CD "Amt für Angriff". Stay tuned!

Stuart Hall, langjähriger Leiter des Center for Contemporary Cultural Studies (CCCS) in Birmingham, derzeit für die Open University in England tätig, letzte Buchveröffentlichungen: "Doing Cultural Studies: The Story of the Sony Walkman" (1997), "Representation: Cultural Representations and Signifying Practices" (1997), "Eusebius´ Life of Constantine" (1999)

Justin Hoffmann, Kunsthistoriker, Mitglied der Gruppe "FSK". Dozent für Kunsttheorie an der Akademie der Bildenden Künste in München. Kritiker der Zeitschriften springerin, Kunstforum, frieze, Süddeutsche Zeitung. Autor des Buches "Destruktionskunst" (München 1995). Kurator an der Shedhalle Zürich und Kunstraum München

Schorsch Kamerun macht Musik usw. und lebt in Hamburg. Ist seit 15 Jahren Sänger der "Goldenen Zitronen", veröffentlichte zwei Soloalben, schloss eine Kfz-Mechanikerlehre ab (Praxis: 3, Theorie: 2). Zusammen mit Kollege Rocko Schamoni betreibt er den "Golden Pudel Klub" und eine Theatermusik-Gbr. Sie hatten eine Fernsehsendung auf 3Sat: Pudel Overnight.

Gülsün Karamustafa ist Künstlerin, hat mit ihren Arbeiten an internationalen Ausstellungen (steirischer herbst, Istanbul Biennale, fridericianum Kassel) teilgenommen. Sie lehrte unter anderem an der Akademie der Bildenden Künste München, der Staatlichen Kunst Hochschule und an der Bogazici University Istanbul. Sie lebt in Istanbul.

Maurizio Lazzarato, Sozialwissenschaftler, ist Mitglied der Redaktion Futur antérieur in Paris. Er publizierte u.a. in Kolaboration mit Toni Negri, Paolo Virno und Yann Moulier-Boutang in "Umherschweifende Produzenten", ID-Verlag Berlin 1998. Maurizio Lazzarato lebt in Paris.

Ayse Öncü ist Professorin am Soziologischen Institut der Bogazici Universität, Istanbul Türkei. Sie ist gemeimsam mit der Hamburger Soziologin Petra Weyland Herausgeberin von "Space, Culture and Power", New Identities in Globalizing Cities, Zed Books, 1996. Sie lebt in Istanbul.

Marion von Osten, Künstlerin und Autorin, ist Dozentin an der Schule für Gestaltung und Kunst Zürich. Internationale Ausstellungsbeteiligung und Veröffentlichungen in A.N.Y.P., springerin, Olympe, Texte zur Kunst, Ojeblikket. Von 1996-98 war sie Kuratorin an der Shedhalle Zürich und organisierte u.a. die Projekte Sex&Space, SUPERmarkt und MoneyNations. Lebt in Zürich und Berlin.

Elisabeth Stiefel (Jahrgang 29) hat sich seit 1949 eher zufällig auf Ökonomie (in USA, Paris, Tübingen) spezialisiert und ein Leben zwischen Polen gelebt, (u.a. Beruf und Familie). Als Referentin in der Weiterbildung bearbeitete sie Projekte der Integration von beruflicher, politischer, kultureller Bildung. Zahlreiche Veröffentlichungen - zuletzt zum Thema 'Zukunft der Arbeit' aus feministischer Perspektive, lebt in Köln.

Yvonne Volkart, freie Autorin und Kuratorin sowie Dozentin für Sprache und Neue Medien an der Hochschule für Gestaltung und Kunst, Zürich. Organisation der Ausstellung "Schnittstelle/Produktion", Shedhalle Zürich, 1998 und "Produktion/Öffentlichkeit", Kunsthalle Exnergasse, Wien 1999 (zus. mit Ulrike Kremeier). Seit 1998 Mitglied des cyberfeministischen Netzes Old Boys Network (OBN).

Anna Wessely ist Kunsthistorikerin und Soziologin an der Eötvös Lorand Universität Budapest. Sie koordinierte am soziologischen Institut das interdisziplinäre Forschungsprojekt "Shoppingtourism", an dem ein WissenschaftlerInnenteam aus Zentral- und Südosteuropa beteiligt war.

der verlag

mehr von b-books:

BAUSTOP.randstadt,-
zu städtischem handeln und politischer stadttheorie
hg. ngbk/berlin 288 seiten, zahlreiche abb. DM 29,-

zigaretten rauchen surplus . audio-cd DM 24,-
b_books records

antonio negri . ready-mix .94 seiten DM 19,80 *
vom richtigen gebrauch der erinnerung und des vergessens

linda singer . sex und logik des spätkapitalismus . DM 18,80 *
mit einem nachwort von renate lorenz

tilman baumgärtel .VOM GUERILLAKINO ZUM ESSAYFILM . harun farocki
284 seiten DM 39,-
werkmonografie eines autorenfilmers

stephan geene . money aided ich-design . 148 seiten DM 24,-
techno/logie subjektivität geld

m. rinck . neues von der phasenfront . DM 12,80
gegenstand: unproduktive phasen . theoriecomic

natalie seitz/markus jans . natureTM, cd-rom . DM 24,-
umsetzung der "messe gegen gentechnologie" in der
shedhalle zürich auf cd-rom

A.N.Y.P. nr.9 ausgabe 1999 . DM 10.-
die zeitung für 10 jahre
subjektivität produktivität kunst

b_books lübbenerstr. 14 10997 Berlin +49 30 611 78 44 fax +49 30 618 58 10
b_books@txt.de www.txt.de/b_books

b_books

anzeige

JUNGLE

4 394449 704008   16

WORLD

Die Wochenzeitung. Immer mittwochs. Immer kaufen. Immer 4 Mark.

springerin

Hefte für Gegenwartskunst

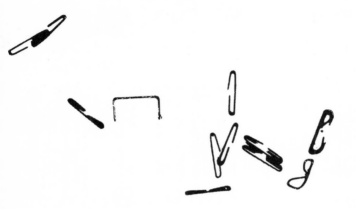

Messeplatz 1/Fürstenhof
A-1070 Wien
T + 43 1 522 91 24
F + 43 1 522 91 25
e-mail: springerin@springerin.at

Jahresabo ÖS 364,- | dm 52*;
Studentenabo ÖS 290,- | dm 41,-*
*plus Versandkosten

Wolfgang Sterneck
Der Kampf um die Träume
Musik, Gesellschaft und Veränderung

Detaillierte und übersichtliche Darstellung der schillernden
Vielfalt musikalischer Strömungen vor dem Hintergrund
gesellschaftlicher Entwicklungen.
Die Kapitel erzählen von Rebellionen und Ausbruchs-
versuchen, sie beschreiben aber auch, wie Musik dazu
genutzt wird, Bedürfnisse und Bewußtsein zu manipu-
lieren.

Mit Beiträgen zu:

-Rock - Punk - Hardcore - HipHop - Techno - Pop / Dada

- Experimente - Avantgarde - Industrial Culture - Kassetten-
kultur / Neue Musik - Free Jazz - Konsequente Musik

- Arbeiterlieder - Widerstandskultur - Frauenmusik

- Bewußtseinsindustrie - Neue Medien - Cyberspace /

-Gemeinschaft - Bewußtsein / Veränderung - Freiräume

- Selbstbestimmung ...

Jetzt in der 2. Auflage! 336 Seiten, div. Abbildungen,
Bibliographie, Discographie, Register. 38,- DM

Anares Nord

(Postfach 1247 · 31305 Uetze · Tel./Fax 0 5173 / 66 63

Nr.3 **Herbst 1999** 130 Seiten DM 5 öS 35
fax +49 30 4491683 www.star-ship.org